U0083158

比较文学与世界文学研究丛书

主编 曹顺庆

初编 第13册

白璧德的新人文主义与20世纪初新儒学运动研究

李夫生 著

花木兰文化事业有限公司

国家图书馆出版品预行编目资料

白璧德的新人文主义与20世纪初新儒学运动研究／李夫生 著
-- 初版 -- 新北市：花木兰文化事业有限公司，2022〔民111〕
目 2+202 面；19×26 公分
（比较文学与世界文学研究丛书 初编 第13册）
ISBN 978-986-518-719-4（精装）
1.CST：白璧德（Babbitt, Irving, 1865-1933）
2.CST：学术思想 3.CST：新儒学
810.8　　110022065

ISBN-978-986-518-719-4

比较文学与世界文学研究丛书
初编　第十三册　　ISBN：978-986-518-719-4

白璧德的新人文主义与
20世纪初新儒学运动研究

作　　者 李夫生
主　　编 曹顺庆
企　　划 四川大学双一流学科暨比较文学研究基地
总 编 辑 杜洁祥
副总编辑 杨嘉乐
编辑主任 许郁翎
编　　辑 张雅淋、潘玟静、刘子瑄　美术编辑 陈逸婷
出　　版 花木兰文化事业有限公司
发 行 人 高小娟
联络地址 台湾235 新北市中和区中安街七二号十三楼
电话：02-2923-1455 ／传真：02-2923-1452
网　　址 http://www.huamulan.tw 信箱 service@huamulans.com
印　　刷 普罗文化出版广告事业
初　　版 2022年3月
定　　价 初编28册（精装）台币76,000元

白璧德的新人文主义与
20 世纪初新儒学运动研究

李夫生 著

作者简介

李夫生，湖南长沙人，1964 年出生。长沙学院影视艺术与文化传播学院教授，博士。1993 年被遴选为湖南省普通高等学校“青年骨干教师”培养对象。2010 年被聘为湖南省高级职称评审专家，2010 年年入选长沙市社科优秀人才。国际比较文学学会会员、中国评论家协会会员，中国比较文学学会会员；中国中外文艺理论研究会会员。湖南省外国文学与比较文学学会、美学学会、文艺理论学会会常务理事。

其研究方向为外国文学、文学理论等。已主持完成国家社科基金项目、教育部人文社科研究规则基金和省级课题近 10 项；近年来出版专着有《中西文论：比较与批评 1919-1949》、《现代中国文论中的马克思主义话语》、《20 世纪中国西方文论接受史中的“勃兰兑斯现象”研究》、《敢为人先：辛亥革命与长沙精神》（第一作者）等 4 部；参编《新编比较文学教程》、《外国文学教程》、《比较文学》等“十二五”规划教材等 5 部；在《外国文学研究》、《文学理论与批评》、《文艺报》、《中州学刊》、《四川大学学报》（哲社版）、《湖南师大学报》等学术刊物发表研究论文数十篇，其中，数篇被人大复印资料《文学理论》全文转载。

提　要

这是作者继完成了“现代中国文论中的马克思主义话语”（博士论文）和“百年中国西方文论引进史中的勃兰兑斯现象研究”（教育部人文社科规划课题）之后延展开来的研究论题。和前面几个课题之间有一定的互文性。

现代“新儒学”研究是近些年来学术研究的一个重要场域。海内外很多学者倾尽精力研究儒家思想及其发展历程，并在不断的深化研究过程中发扬光大了儒家精神。从而使得它成为一种运动，一种学术研究高地。随着研究成果的增加及其影响面的扩大，又由于带着某些重建精神家园的强烈愿景乃至疗救人伦病态的动机，研究本身包括对研究对象的各种理论尝试和极富吸引力的推敲，有利于以杜维明为主的分布在世界多个地区的现代儒家思想的广泛传播，致使越来越多的学者参与其中……课题研究者将这一波新儒学研究的目光回溯，锁定到 20 世纪初期与“五四新文化运动”相对而行的一些具有“自由之精神，独立之人格”的文化守成主义者，将 20 世纪上半叶包括“学衡派”为主体的一些价值取向相同或相近的人文知识分子身上，并将他们作为研究对象之一维，与同时流行于美国乃至整个欧美世界的以白壁德“新人文主义”为代表的另一维进行比较研究。

研究者在具体的研究过程中，吸收了后殖民主义理论家赛义德的一些理论成果如“理论旅行”，特别关注了在白壁德新人文主义“旅行”到中国的过程中所遭遇到的种种“历史”与“情境”，认为正是在近现代中国“现代性”的追求中，白壁德的新人文主义迎合了满足中华文化自信，抵制人类社会发展中温疫一般流传开来的社会达尔文主义这么一种历史“情境”。社会达尔文主义主要表现出在唯科学主义和唯发展主义，这种思潮一度占据社会意识形态的主流。

对于白壁德“新人文主义”的传播，研究者也注意到了它传播过程中的意义遗漏之失。并用柏拉图的“洞穴之光理论”加以阐释。理论的“误读”是双向的。白壁德对东方、尤其是中国的思想精华的吸收受洞穴火光的眩晕效应所致，他对以孔子为核心的儒家文化的理解并不全面，而是有所偏误的，有些地方可能是有意的误读。同样，中国20世纪初的文化守成主义者们为了与强势主流意识形态抗衡,对白壁德的接受有其特定“情景”。在与自由派的新文化运动干将们的论战中，处于被动、焦虑状态的“新儒家”们看到来自西方的思想资源何其有力，所以，接受者们就难免囫囵吞枣，不顾吃相地一并吞咽下来。

国家社会科学基金一般项目批准号：
12BWW010 结项号：20192360

比较文学的中国路径

曹顺庆

自德国作家歌德提出“世界文学”观念以来，比较文学已经走过近二百年。比较文学研究也历经欧洲阶段、美洲阶段而至亚洲阶段，并在每一阶段都形成了独具特色学科理论体系、研究方法、研究范围及研究对象。中国比较文学研究面对东西文明之间不断加深的交流和碰撞现况，立足中国之本，辩证吸纳四方之学，而有了如今欣欣向荣之景象，这套丛书可以说是应运而生。本丛书尝试以开放性、包容性分批出版中国比较文学学者研究成果，以观中国比较文学学术脉络、学术理念、学术话语、学术目标之概貌。

一、百年比较文学争讼之端——比较文学的定义

什么是比较文学？常识告诉我们：比较文学就是文学比较。然而当今中国比较文学教学实际情况却并非完全如此。长期以来，中国学术界对“什么是比较文学？”却一直说不清，道不明。这一最基本的问题，几乎成为学术界纠缠不清、莫衷一是的陷阱，存在着各种不同的看法。其中一些看法严重误导了广大学生！如果不辨析这些严重误导了广大学生的观点，是不负责任、问心有愧的。恰如《文心雕龙·序志》说”岂好辩哉，不得已也“，因此我不得不辩。

其中一个极为容易误导学生的说法，就是“比较文学不是文学比较“。目前，一些教科书郑重其事地指出：比较文学不是文学比较。认为把“比较”与“文学”联系在一起，很容易被人们理解为用比较的方法进行文学研究的意思。并进一步强调，比较文学并不等于文学比较，并非任何运用比较方法来进行的比较研究都是比较文学。这种误导学生的说法几乎成为一个定论，

一个基本常识，其实，这个看法是不完全准确的。

让我们来看看一些具体例证，请注意，我列举的例证，对事不对人，因而不提及具体的人名与书名，请大家理解。在Y教授主编的教材中，专门设有一节以“比较文学不是文学比较”为题的内容，其中指出“比较文学界面临的最大的困惑就是把‘比较文学’误读为‘文学比较’”，在高等院校进行比较文学课程教学时需要重点强调“比较文学不是文学比较”。W教授主编的教材也称“比较文学不是文学的比较”，因为“不是所有用比较的方法来研究文学现象的都是比较文学”。L教授在其所著教材专门谈到“比较文学不等于文学比较”，因为，“比较”已经远远超出了一般方法论的意义，而具有了跨国家与民族、跨学科的学科性质，认为将比较文学等同于文学比较是以偏概全的。”J教授在其主编的教材中指出，“比较文学并不等于文学比较”，并以美国学派雷马克的比较文学定义为根据，论证比较文学的“比较”是有前提的，只有在地域观念上跨越打通国家的界限，在学科领域上跨越打通文学与其他学科的界限，进行的比较研究才是比较文学。在W教授主编的教材中，作者认为，“若把比较文学精神看作比较精神的话，就是犯了望文生义的错误，一百余年来，比较文学这个名称是名不副实的。”

从列举的以上教材我们可以看出，首先，它们在当下都仍然坚持“比较文学不是文学比较”这一并不完全符合整个比较文学学科发展事实的观点。如果认为一百余年来，比较文学这个名称是名不副实的，所有的比较文学都不是文学比较，那是大错特错！其次，值得注意的是，这些教材在相关叙述中各自的侧重点还并不相同，存在着不同程度、不同方面的分歧。这样一来，错误的观点下多样的谬误解释，加剧了学习者对比较文学学科性质的错误把握，使得学习者对比较文学的理解愈发困惑，十分不利于比较文学方法论的学习、也不利于比较文学学科的传承和发展。当今中国比较文学教材之所以普遍出现以上强作解释，不完全准确的教科书观点，根本原因还是没有仔细研究比较文学学科不同阶段之史实，甚至是根本不清楚比较文学不同阶段的学科史实的体现。

实际上，早期的比较文学“名”与“实”的确不相符合，这主要是指法国学派的学科理论，但是并不包括以后的美国学派及中国学派的学科理论，如果把所有阶段的学科理论一锅煮，是不妥当的。下面，我们就从比较文学学科发展的史实来论证这个问题。“比较文学不是文学比较”“comparative literature is not literary comparison"，只是法国学派提出的比较文学口号，只是法国学派一派的主张，而不是整个比较文学学科的基本特征。我们不能够把这个阶段性的比较文学口号扩大化，甚至让其突破时空，用于描述比较文学所有的阶段和学派，更不能够使其"放之四海而皆准"。

法国学派提出"比较文学不是文学比较"，这个"比较"（comparison）是他们坚决反对的！为什么呢，因为他们要的不是文学"比较"（literary comparison），而是文学"关系"（literary relationship），具体而言，他们主张比较文学是实证的国际文学关系，是不同国家文学的影响关系，influences of different literatures，而不是文学比较。

法国学派为什么要反对"比较"(comparison)，这与比较文学第一次危机密切相关。比较文学刚刚在欧洲兴起时，难免泥沙俱下，乱比的情形不断出现，暴露了多种隐患和弊端，于是，其合法性遭到了学者们的质疑：究竟比较文学的科学性何在？意大利著名美学大师克罗齐认为,"比较"(comparison)是各个学科都可以应用的方法，所以，"比较"不能成为独立学科的基石。学术界对于比较文学公然的质疑与挑战，引起了欧洲比较文学学者的震撼，到底比较文学如何"比较"才能够避免"乱比"？如何才是科学的比较?

难能可贵的是，法国学者对于比较文学学科的科学性进行了深刻的的反思和探索，并提出了具体的应对的方法：法国学派采取壮士断臂的方式，砍掉"比较"（comparison），提出比较文学不是文学比较（comparative literature is not literary comparison），或者说砍掉了没有影响关系的平行比较，总结出了只注重文学关系（literary relationship）的影响（influences）研究方法论。法国学派的创建者之一基亚指出，比较文学并不是比较。比较不过是一门名字没取好的学科所运用的一种方法……企图对它的性质下一个严格的定义可能是徒劳的。基亚认为：比较文学不是平行比较，而仅仅是文学关系史。以"文学关系"为比较文学研究的正宗。为什么法国学派要反对比较？或者说为什么法国学派要提出"比较文学不是文学比较"，因为法国学派认为"比较"(comparison）实际上是乱比的根源，或者说"比较"是没有可比性的。正如巴登斯佩哲指出："仅仅对两个不同的对象同时看上一眼就作比较，仅仅靠记忆和印象的拼凑，靠一些主观臆想把可能游移不定的东西扯在一起来找点类似点，这样的比较决不可能产生论证的明晰性"。所以必须抛弃"比较"。只承认基于科学的历史实证主义之上的文学影响关系研究（based on scientificity and positivism and literary influences.)。法国学派的代表学者卡雷指出：比较文学是实证性的关系研究："比较文学是文学史的一个分支：它研究拜伦与普希金、歌德与卡莱尔、瓦尔特·司各特与维尼之间，在属于一种以上文学背景的不同作品、不同构思以及不同作家的生平之间所曾存在过的跨国度的精神交往与实际联系。"正因为法国学者善于独辟蹊径，敢于提出"比较文学不是文学比较"，甚至完全抛弃比较（comparison），以防止"乱比"，才形成了一套建立在"科学"实证性为基础的、以影响关系为特征的"不比较"的比较文学学科理论体系，这终于挡住了克罗齐等人对比较文学"乱比"的批判，形成了以"科学"实证为特征的文学影响关系研究，确立了法国学派的学科理论和一整套方法论体系。当然，法国学派悍然砍掉比较研究，又不放弃"比较文学"这个名称，于是不可避免地出现了比较文学名不副实的尴尬现象，出现了打着比较文学名号，而又不比较的法国学派学科理论，这才是问题的关键。

当然，法国学派提出"比较文学不是文学比较"，只注重实证关系而不注重文学比较和文学审美，必然会引起比较文学的危机。这一危机终于由美国著名比较文学家韦勒克（René Wellek）在1958年国际比较文学协会第二次大会上明确揭示出来了。在这届年会上，韦勒克作了题为《比较文学的危机》的挑战性发言，对"不比较"的法国学派进行了猛烈批判，宣告了倡导平行比较和注重文学审美的比较文学美国学派的诞生。韦勒克作了题为《比较文学的危机》的挑战性发言，对当时一统天下的法国学派进行了猛烈批判，宣告了比较文学美国学派的诞生。韦勒克说："我认为，内容和方法之间的人为界线，渊源和影响的机械主义概念，以及尽管是十分慷慨的但仍属文化民族主义的动机，是比较文学研究中持久危机的症状。"韦勒克指出："比较也不能仅仅局限在历史上的事实联系中，正如最近语言学家的经验向文学研究者表明的那样，比较的价值既存在于事实联系的影响研究中，也存在于毫无历史关系的语言现象或类型的平等对比中。"很明显，韦勒克提出了比较文学就是要比较（comparison），就是要恢复巴登斯佩哲所讽刺和抛弃的"找点类似点"的平行比较研究。美国著名比较文学家雷马克（Henry Remak）在他的著名论文《比较文学的定义与功用》中深刻地分析了法国学派为什么放弃"比较"（comparison）的原因和本质。他分析说："法国比较文学否定'纯粹'的比较（comparison），它忠实于十九世纪实证主义学术研究的传统，即实证主义所坚持并热切期望的文学研究的‘科学性’。按照这种观点，纯粹的类比不会得出任何结论，尤其是不能得出有更大意义的、系统的、概括性的结论。……既然值得尊重的科学必须致力于因果关系的探索，而比较文学必须具有科学性，因此，比较文学应该研究因果关系，即影响、交流、变更等。”雷马克进一步尖锐地指出，“比较文学”不是“影响文学”。只讲影响不要比较的“比较文学”，当然是名不副实的。显然，法国学派抛弃了“比较”（comparison），但是仍然带着一顶“比较文学”的帽子，才造成了比较文学“名”与“实”不相符合，造成比较文学不比较的尴尬，这才是问题的关键。

美国学派最大的贡献，是恢复了被法国学派所抛弃的比较文学应有的本义——“比较”（The American school went back to the original sense of comparative literature ——“comparison”），美国学派提出了标志其学派学科理论体系的平行比较和跨学科比较：“比较文学是一国文学与另一国或多国文学的比较，是文学与人类其他表现领域的比较。”显然，自从美国学派倡导比较文学应当比较（comparison）以后，比较文学就不再有名与实不相符合的问题了，我们就不应当再继续笼统地说“比较文学不是文学比较”了，不应当再以“比较文学不是文学比较”来误导学生！更不可以说“一百余年来，比较文学这个名称是名不副实的。”不能够将雷马克的观点也强行解释为“比较文学不是比较”。因为在美国学派看来，比较文学就是要比较（comparison）。比较文学就是要恢复被巴登斯佩哲所讽刺和抛弃的“找点类似点”的平行比较研究。因为平行研究的可比性，正是类同性。正如韦勒克所说，“比较的价值既存在于事实联系的影响研究中，也存在于毫无历史关系的语言现象或类型的平等对比中。”恢复平行比较研究、跨学科研究，形成了以“找点类似点”的平行研究和跨学科研究为特征的比较文学美国学派学科理论和方法论体系。美国学派的学科理论以“类型学”、“比较诗学”、“跨学科比较”为主，并拓展原属于影响研究的“主题学”、“文类学”等领域，大大扩展比较文学研究领域。

二、比较文学的三个阶段

下面，我们从比较文学的三个学科理论阶段，进一步剖析比较文学不同阶段的学科理论特征。现代意义上的比较文学学科发展以“跨越”与“沟通”为目标，形成了类似“层叠”式、“涟漪”式的发展模式，经历了三个重要的学科理论阶段，即：

一、欧洲阶段，比较文学的成形期；二、美洲阶段，比较文学的转型期；三、亚洲阶段，比较文学的拓展期。我们将比较文学三个阶段的发展称之为“涟漪式”结构，实际上是揭示了比较文学学科理论的继承与创新的辩证关系：比较文学学科理论的发展，不是以新的理论否定和取代先前的理论，而是层叠式、累进式地形成“涟漪”式的包容性发展模式，逐步积累推进。比较文学学科理论发展呈现为层叠式、“涟漪”式、包容式的发展模式。我们把这个模式描绘如下：

法国学派主张比较文学是国际文学关系，是不同国家文学的影响关系。形成学科理论第一圈层：比较文学——影响研究；美国学派主张恢复平行比较，形成学科理论第二圈层：比较文学——影响研究＋平行研究＋跨学科研究；中国学派提出跨文明研究和变异研究，形成学科理论第三圈层：比较文学——影响研究＋平行研究＋跨学科研究＋跨文明研究＋变异研究。这三个圈层并不互相排斥和否定，而是继承和包容。我们将比较文学三个阶段的发展称之为层叠式、“涟漪”式、包容式结构，实际上是揭示了比较文学学科理论的继承与创新的辩证关系。

法国学派提出，可比性的第一个立足点是同源性，由关系构成的同源性。同源性主要是针对影响关系研究而言的。法国学派将同源性视作可比性的核心，认为影响研究的可比性是同源性。所谓同源性，指的是通过对不同国家、不同民族和不同语言的文学的文学关系研究，寻求一种有事实联系的同源关系，这种影响的同源关系可以通过直接、具体的材料得以证实。同源性往往建立在一条可追溯关系的三点一线的“影响路线”之上，这条路线由发送者、接受者和传递者三部分构成。如果没有相同的源流，也就不可能有影响关系，也就谈不上可比性，这就是“同源性”。以渊源学、流传学和媒介学作为研究的中心，依靠具体的事实材料在国别文学之间寻求主题、题材、文体、原型、思想渊源等方面的同源影响关系。注重事实性的关联和渊源性的影响，并采用严谨的实证方法，重视对史料的搜集和求证，具有重要的学术价值与学术意义，仍然具有广阔的研究前景。渊源学的例子：杨宪益，《西方十四行诗的渊源》。

比较文学学科理论的第二阶段在美洲，第二阶段是比较文学学科理论的转型期。从 20 世纪 60 年代以来，比较文学研究的主要阵地逐渐从法国转向美国，平行研究的可比性是什么？是类同性。类同性是指是没有文学影响关系的不同国家文学所表现出的相似和契合之处。以类同性为基本立足点的平行研究与影响研究一样都是超出国界的文学研究，但它不涉及影响关系研究的放送、流传、媒介等问题。平行研究强调不同国家的作家、作品、文学现象的类同比较，比较结果是总结出于文学作品的美学价值及文学发展具有规律性的东西。其比较必须具有可比性，这个可比性就是类同性。研究文学中类同的：风格、结构、内容、形式、流派、情节、技巧、手法、情调、形象、主题、文类、文学思潮、文学理论、文学规律。例如钱钟书《通感》认为，中国诗文有一种描写手法，古代批评家和修辞学家似乎都没有拈出。宋祁《玉楼春》词有句名句："红杏枝头春意闹。"这与西方的通感描写手法可以比较。

比较文学的又一次危机：比较文学的死亡

九十年代，欧美学者提出，比较文学作为一门学科已经死亡！最早是英国学者苏珊·巴斯奈特 1993 年她在《比较文学》一书中提出了比较文学的死亡论，认为比较文学作为一门学科，在某种意义上已经死亡。尔后，美国学者斯皮瓦克写了一部比较文学专著，书名就叫《一个学科的死亡》。为什么比较文学会死亡，斯皮瓦克的书中并没有明确回答！为什么西方学者会提出比较文学死亡论？全世界比较文学界都十分困惑。我们认为，20 世纪 90 年代以来，欧美比较文学继"理论热"之后，又出现了大规模的"文化转向"。脱离了比较文学的基本立场。首先是不比较，即不讲比较文学的可比性问题。西方比较文学研究充斥大量的 Culture Studies（文化研究），已经不考虑比较的合理性，不考虑比较文学的可比性问题。第二是不文学，即不关心文学问题。西方学者热衷于文化研究，关注的已经不是文学性，而是精神分析、政治、性别、阶级、结构等等。最根本的原因，是比较文学学科长期囿于西方中心论，有意无意地回避东西方不同文明文学的比较问题，基本上忽略了学科理论的新生长点，比较文学学科理论缺乏创新，严重忽略了比较文学的差异性和变异性。

要克服比较文学的又一次危机，就必须打破西方中心论，克服比较文学学科理论一味求同的比较文学学科理论模式，提出适应当今全球化比较文学研究的新话语。中国学派，正是在此次危机中，提出了比较文学变异学研究，总结出了新的学科理论话语和一套新的方法论。

中国大陆第一部比较文学概论性著作是卢康华、孙景尧所著《比较文学导论》，该书指出："什么是比较文学？现在我们可以借用我国学者季羡林先生的解释来回答了:‘顾名思义，比较文学就是把不同国家的文学拿出来比较，这可以说是狭义的比较文学。广义的比较文学是把文学同其他学科来比较，包括人文科学和社会科学’。”[1]这个定义可以说是美国雷马克定义的翻版。不过，该书又接着指出:“我们认为最精炼易记的还是我国学者钱钟书先生的说法:‘比较文学作为一门专门学科，则专指跨越国界和语言界限的文学比较’。更具体地说，就是把不同国家不同语言的文学现象放在一起进行比较，研究他们在文艺理论、文学思潮，具体作家、作品之间的互相影响。”[2]这个定义似乎更接近法国学派的定义，没有强调平行比较与跨学科比较。紧接该书之后的教材是陈挺的《比较文学简编》，该书仍旧以“广义”与“狭义”来解释比较文学的定义，指出:“我们认为，通常说的比较文学是狭义的，即指超越国家、民族和语言界限的文学研究……广义的比较文学还可以包括文学与其他艺术(音乐、绘画等)与其他意识形态(历史、哲学、政治、宗教等)之间的相互关系的研究。”[3]中国比较文学早期对于比较文学的定义中凸显了很强的不确定性。

由乐黛云主编，高等教育出版社 1988 年的《中西比较文学教程》，则对比较文学定义有了较为深入的认识，该书在详细考查了中外不同的定义之后，该书指出:“比较文学不应受到语言、民族、国家、学科等限制，而要走向一种开放性，力图寻求世界文学发展的共同规律。”[4]“世界文学”概念的纳入极大拓宽了比较文学的内涵，为“跨文化”定义特征的提出做好了铺垫。

随着时间的推移，学界的认识逐步深化。1997 年，陈惇、孙景尧、谢天振主编的《比较文学》提出了自己的定义:“把比较文学看作跨民族、跨语言、跨文化、跨学科的文学研究，更符合比较文学的实质，更能反映现阶段人们对于比较文学的认识。”[5]2000 年北京师范大学出版社出版了《比较文学概论》修订本，提出:“什么是比较文学呢?比较文学是一种开放式的文学研究，它具有宏观的视野和国际的角度，以跨民族、跨语言、跨文化、跨学科界限的各种文学关系为研究对象，在理论和方法上，具有比较的自觉意识和兼容并包的特色。”[6]这是我们目前所看到的国内较有特色的一个定义。

---

1 卢康华、孙景尧著《比较文学导论》，黑龙江人民出版社 1984，第 15 页。
2 卢康华、孙景尧著《比较文学导论》，黑龙江人民出版社 1984 年版。
3 陈挺《比较文学简编》，华东师范大学出版社 1986 年版。
4 乐黛云主编《中西比较文学教程》，高等教育出版社 1988 年版。
5 陈惇、孙景尧、谢天振主编《比较文学》，高等教育出版社 1997 年版。
6 陈惇、刘象愚《比较文学概论》，北京师范大学出版社 2000 年版。

具有代表性的比较文学定义是2002年出版的杨乃乔主编的《比较文学概论》一书，该书的定义如下："比较文学是以跨民族、跨语言、跨文化与跨学科为比较视域而展开的研究，在学科的成立上以研究主体的比较视域为安身立命的本体，因此强调研究主体的定位，同时比较文学把学科的研究客体定位于民族文学之间与文学及其他学科之间的三种关系：材料事实关系、美学价值关系与学科交叉关系，并在开放与多元的文学研究中追寻体系化的汇通。"[7]方汉文则认为："比较文学作为文学研究的一个分支学科，它以理解不同文化体系和不同学科间的同一性和差异性的辩证思维为主导，对那些跨越了民族、语言、文化体系和学科界限的文学现象进行比较研究，以寻求人类文学发生和发展的相似性和规律性。"[8]由此而引申出的"跨文化"成为中国比较文学学者对于比较文学定义所做出的历史性贡献。

我在《比较文学教程》中对比较文学定义表述如下："比较文学是以世界性眼光和胸怀来从事不同国家、不同文明和不同学科之间的跨越式文学比较研究。它主要研究各种跨越中文学的同源性、变异性、类同性、异质性和互补性，以影响研究、变异研究、平行研究、跨学科研究、总体文学研究为基本方法论，其目的在于以世界性眼光来总结文学规律和文学特性，加强世界文学的相互了解与整合，推动世界文学的发展。"[9]在这一定义中，我再次重申"跨国""跨学科""跨文明"三大特征，以"变异性""异质性"突破东西文明之间的"第三堵墙"。

"首在审己，亦必知人"。中国比较文学学者在前人定义的不断论争中反观自身，立足中国经验、学术传统，以中国学者之言为比较文学的危机处境贡献学科转机之道。

三、两岸共建比较文学话语——比较文学中国学派

中国学者对于比较文学定义的不断明确也促成了"比较文学中国学派"的生发。得益于两岸几代学者的垦拓耕耘，这一议题成为近五十年来中国比较文学发展中竖起的最鲜明、最具争议性的一杆大旗，同时也是中国比较文学学科理论研究最有创新性，最亮丽的一道风景线。

---

7 杨乃乔主编《比较文学概论》，北京大学出版社2002年版。

8 方汉文《比较文学基本原理》，苏州大学出版社2002年版。

9 曹顺庆《比较文学教程》，高等教育出版社2006年版。

比较文学“中国学派”这一概念所蕴含的理论的自觉意识最早出现的时间大约是20世纪70年代。当时的台湾由于派出学生留洋学习，接触到大量的比较文学学术动态，率先掀起了中外文学比较的热潮。1971年7月在台湾淡江大学召开的第一届“国际比较文学会议”上，朱立元、颜元叔、叶维廉、胡辉恒等学者在会议期间提出了比较文学的“中国学派”这一学术构想。同时，李达三、陈鹏翔（陈慧桦）、古添洪等致力于比较文学中国学派早期的理论催生。如1976年，古添洪、陈慧桦出版了台湾比较文学论文集《比较文学的垦拓在台湾》。编者在该书的序言中明确提出：“我们不妨大胆宣言说，这援用西方文学理论与方法并加以考验、调整以用之于中国文学的研究，是比较文学中的中国派”[10]。这是关于比较文学中国学派较早的说明性文字，尽管其中提到的研究方法过于强调西方理论的普世性，而遭到美国和中国大陆比较文学学者的批评和否定；但这毕竟是第一次从定义和研究方法上对中国学派的本质进行了系统论述，具有开拓和启明的作用。后来，陈鹏翔又在台湾《中外文学》杂志上连续发表相关文章，对自己提出的观点作了进一步的阐释和补充。

在“中国学派”刚刚起步之际，美国学者李达三起到了启蒙、催生的作用。李达三于60年代来华在台湾任教，为中国比较文学培养了一批朝气蓬勃的生力军。1977年10月，李达三在《中外文学》6卷5期上发表了一篇宣言式的文章《比较文学中国学派》，宣告了比较文学的中国学派的建立，并认为比较文学中国学派旨在“与比较文学中早已定于一尊的西方思想模式分庭抗礼。由于这些观念是源自对中国文学及比较文学有兴趣的学者，我们就将含有这些观念的学者统称为比较文学的‘中国’学派。”并指出中国学派的三个目标：1、在自己本国的文学中，无论是理论方面或实践方面，找出特具“民族性”的东西，加以发扬光大，以充实世界文学；2、推展非西方国家“地区性”的文学运动，同时认为西方文学仅是众多文学表达方式之一而已；3、做一个非西方国家的发言人，同时并不自诩能代表所有其他非西方的国家。李达三后来又撰文对比较文学研究状况进行了分析研究，积极推动中国学派的理论建设。[11]

继中国台湾学者垦拓之功，在20世纪70年代末复苏的大陆比较文学研

10 古添洪、陈慧桦《比较文学的垦拓在台湾》，台湾东大图书公司1976年版。
11 李达三《比较文学研究之新方向》，台湾联经事业出版公司1978年版。

究亦积极参与了“比较文学中国学派”的理论建设和学科建设。

季羡林先生 1982 年在《比较文学译文集》的序言中指出：“以我们东方文学基础之雄厚，历史之悠久，我们中国文学在其中更占有独特的地位，只要我们肯努力学习，认真钻研，比较文学中国学派必然能建立起来，而且日益发扬光大”[12]。1983 年 6 月，在天津召开的新中国第一次比较文学学术会议上，朱维之先生作了题为《比较文学中国学派的回顾与展望》的报告，在报告中他旗帜鲜明地说：“比较文学中国学派的形成（不是建立）已经有了长远的源流，前人已经做出了很多成绩，颇具特色，而且兼有法、美、苏学派的特点。因此，中国学派绝不是欧美学派的尾巴或补充”[13]。1984 年，卢康华、孙景尧在《比较文学导论》中对如何建立比较文学中国学派提出了自己的看法，认为应当以马克思主义作为自己的理论基础，以我国的优秀传统与民族特色为立足点与出发点，汲取古今中外一切有用的营养，去努力发展中国的比较文学研究。同年在《中国比较文学》创刊号上，朱维之、方重、唐弢、杨周翰等人认为中国的比较文学研究应该保持不同于西方的民族特点和独立风貌。1985 年，黄宝生发表《建立比较文学的中国学派：读〈中国比较文学〉创刊号》，认为《中国比较文学》创刊号上多篇讨论比较文学中国学派的论文标志着大陆对比较文学中国学派的探讨进入了实际操作阶段。[14]1988 年，远浩一提出“比较文学是跨文化的文学研究”（载《中国比较文学》1988 年第 3 期）。这是对比较文学中国学派在理论特征和方法论体系上的一次前瞻。同年，杨周翰先生发表题为“比较文学：界定‘中国学派’，危机与前提”（载《中国比较文学通讯》1988 年第 2 期），认为东方文学之间的比较研究应当成为“中国学派”的特色。这不仅打破比较文学中的欧洲中心论，而且也是东方比较学者责无旁贷的任务。此外，国内少数民族文学的比较研究，也应该成为“中国学派”的一个组成部分。所以，杨先生认为比较文学中的大量问题和学派问题并不矛盾，相反有助于理论的讨论。1990 年，远浩一发表“关于‘中国学派’”（载《中国比较文学》1990 年第 1 期），进一步推进了“中国学派”的研究。此后直到 20 世纪 90 年代末，中国学者就比较文学中国学派的建立、理论与方法以及相应的学科理论等诸多问题进行了积极而富有成效的探讨。

---

12 张隆溪《比较文学译文集》，北京大学出版社 1984 年版。
13 朱维之《比较文学论文集》，南开大学出版社 1984 年版。
14 参见《世界文学》1985 年第 5 期。

刘介民、远浩一、孙景尧、谢天振、陈淳、刘象愚、杜卫等人都对这些问题付出过不少努力。《暨南学报》1991年第3期发表了一组笔谈，大家就这个问题提出了意见，认为必须打破比较文学研究中长期存在的法美研究模式，建立比较文学中国学派的任务已经迫在眉睫。王富仁在《学术月刊》1991年第4期上发表“论比较文学的中国学派问题”，论述中国学派兴起的必然性。而后，以谢天振等学者为代表的比较文学研究界展开了对“X+Y”模式的批判。比较文学在大陆复兴之后，一些研究者采取了“X+Y”式的比附研究的模式，在发现了“惊人的相似”之后便万事大吉，而不注意中西巨大的文化差异性，成为了浅度的比附性研究。这种情况的出现，不仅是中国学者对比较文学的理解上出了问题，也是由于法美学派研究理论中长期存在的研究模式的影响，一些学者并没有深思中国与西方文学背后巨大的文明差异性，因而形成“X+Y”的研究模式，这更促使一些学者思考比较文学中国学派的问题。

经过学者们的共同努力，比较文学中国学派一些初步的特征和方法论体系逐渐凸显出来。1995年，我在《中国比较文学》第1期上发表《比较文学中国学派基本理论特征及其方法论体系初探》一文，对比较文学在中国复兴十余年来的发展成果作了总结，并在此基础上总结出中国学派的理论特征和方法论体系，对比较文学中国学派作了全方位的阐述。继该文之后，我又发表了《跨越第三堵‘墙’创建比较文学中国学派理论体系》等系列论文，论述了以跨文化研究为核心的“中国学派”的基本理论特征及其方法论体系。这些学术论文发表之后在国内外比较文学界引起了较大的反响。台湾著名比较文学学者古添洪认为该文“体大思精，可谓已综合了台湾与大陆两地比较文学中国学派的策略与指归，实可作为‘中国学派’在大陆再出发与实践的蓝图”[15]。

在我撰文提出比较文学中国学派的基本特征及方法论体系之后，关于中国学派的论争热潮日益高涨。反对者如前国际比较文学学会会长佛克马（Douwe Fokkema）1987年在中国比较文学学会第二届学术讨论会上就从所谓的国际观点出发对比较文学中国学派的合法性提出了质疑，并坚定地反对建立比较文学中国学派。来自国际的观点并没有让中国学者失去建立比较文学中国学派的热忱。很快中国学者智量先生就在《文艺理论研究》1988年第

15 古添洪《中国学派与台湾比较文学界的当前走向》，参见黄维梁编《中国比较文学理论的垦拓》167页，北京大学出版社1998年版。

1 期上发表题为《比较文学在中国》一文，文中援引中国比较文学研究取得的成就，为中国学派辩护，认为中国比较文学研究成绩和特色显著，尤其在研究方法上足以与比较文学研究历史上的其他学派相提并论，建立中国学派只会是一个有益的举动。1991 年，孙景尧先生在《文学评论》第 2 期上发表《为“中国学派”一辩》，孙先生认为佛克马所谓的国际主义观点实质上是“欧洲中心主义”的观点，而“中国学派”的提出，正是为了清除东西方文学与比较文学学科史中形成的“欧洲中心主义”。在 1993 年美国印第安纳大学举行的全美比较文学会议上，李达三仍然坚定地认为建立中国学派是有益的。二十年之后，佛克马教授修正了自己的看法，在 2007 年 4 月的“跨文明对话——国际学术研讨会（成都）”上，佛克马教授公开表示欣赏建立比较文学中国学派的想法[16]。即使学派争议一派繁荣景象，但最终仍旧需要落点于学术创见与成果之上。

比较文学变异学便是中国学派的一个重要理论创获。2005 年，我正式在《比较文学学》[17]中提出比较文学变异学，提出比较文学研究应该从“求同”思维中走出来，从“变异”的角度出发，拓宽比较文学的研究。通过前述的法、美学派学科理论的梳理，我们也可以发现前期比较文学学科是缺乏“变异性”研究的。我便从建构中国比较文学学科理论话语体系入手，立足《周易》的“变异”思想，建构起“比较文学变异学”新话语，力图以中国学者的视角为全世界比较文学学科理论提供一个新视角、新方法和新理论。

比较文学变异学的提出根植于中国哲学的深层内涵，如《周易》之“易之三名”所构建的“变易、简易、不易”三位一体的思辨意蕴与意义生成系统。具体而言，“变易”乃四时更替、五行运转、气象畅通、生生不息；“不易”乃天上地下、君南臣北、纲举目张、尊卑有位；“简易”则是乾以易知、坤以简能、易则易知、简则易从。显然，在这个意义结构系统中，变易强调“变”，不易强调“不变”，简易强调变与不变之间的基本关联。万物有所变，有所不变，且变与不变之间存在简单易从之规律，这是一种思辨式的变异模式，这种变异思维的理论特征就是：天人合一、物我不分、对立转化、整体关联。这是中国古代哲学最重要的认识论，也是与西方哲学所不同的“变异”思想。

16 见《比较文学报》2007 年 5 月 30 日，总第 43 期。
17 曹顺庆《比较文学学》，四川大学出版社 2005 年版。

由哲学思想衍生于学科理论，比较文学变异学是“指对不同国家、不同文明的文学现象在影响交流中呈现出的变异状态的研究，以及对不同国家、不同文明的文学相互阐发中出现的变异状态的研究。通过研究文学现象在影响交流以及相互阐发中呈现的变异，探究比较文学变异的规律。”[18]变异学理论的重点在求“异”的可比性，研究范围包含跨国变异研究、跨语际变异研究、跨文化变异研究、跨文明变异研究、文学的他国化研究等方面。比较文学变异学所发现的文化创新规律、文学创新路径是基于中国所特有的术语、概念和言说体系之上探索出的“中国话语”，作为比较文学第三阶段中国学派的代表性理论已经受到了国际学界的广泛关注与高度评价，中国学术话语产生了世界性影响。

四、国际视野中的中国比较文学

文明之墙让中国比较文学学者所提出的标识性概念获得国际视野的接纳、理解、认同以及运用，经历了跨语言、跨文化、跨文明的多重关卡，国际视野下的中国比较文学书写亦经历了一个从“遍寻无迹”“只言片语”而“专篇专论”，从最初的“话语乌托邦”至“阶段性贡献”的过程。

二十世纪六十年代以来港台学者致力于从课程教学、学术平台、人才培养，国内外学术合作等方面巩固比较文学这一新兴学科的建立基石，如淡江文理学院英文系开设的“比较文学”（1966），香港大学开设的“中西文学关系”（1966）等课程；台湾大学外文系主编出版之《中外文学》月刊、淡江大学出版之《淡江评论》季刊等比较文学研究专刊；后又有台湾比较文学学会（1973 年）、香港比较文学学会（1978）的成立。在这一系列的学术环境构建下，学者前贤以“中国学派”为中国比较文学话语核心在国际比较文学学科理论、方法论中持续探讨，率先启声。例如李达三在 1980 年香港举办的东西方比较文学学术研讨会成果中选取了七篇代表性文章，以 *Chinese-Western Comparative Literature: Theory and Strategy* 为题集结出版，[19]并在其结语中附上那篇“中国学派”宣言文章以申明中国比较文学建立之必要。

学科开山之际，艰难险阻之巨难以想象，但从国际学者相关言论中可见西方对于中国比较文学学科的发展抱有的希望渺小。厄尔·迈纳（Earl Miner）

18 曹顺庆主编《比较文学概论》，高等教育出版社 2015 年版。

19 *Chinese-Western Comparative Literature：Theory & Strategy*, Chinese Univ Pr.1980-6

在 1987 年发表的 *Some Theoretical and Methodological Topics for Comparative Literature* 一文中谈到当时西方的比较文学鲜有学者试图将非西方材料纳入西方的比较文学研究中。(until recently there has been little effort to incorporate non-Western evidence into Western com- parative study.) 1992 年，斯坦福大学教授 David Palumbo-Liu 直接以《话语的乌托邦：论中国比较文学的不可能性》为题（*The Utopias of Discourse: On the Impossibility of Chinese Comparative Literature*）直言中国比较文学本质上是一项“乌托邦”工程。(My main goal will be to show how and why the task of Chinese comparative literature, particularly of pre-modern literature, is essentially a *utopian* project.) 这些对于中国比较文学的诘难与质疑，今美国加州大学圣地亚哥分校文学系主任张英进教授在其 1998 编著的 *China in a polycentric world: essays in Chinese comparative literature* 前言中也不得不承认中国比较文学研究在国际学术界中仍然处于边缘地位（The fact is, however, that Chinese comparative literature remained marginal in academia, even though it has developed closely with the rest of literary studies in the United Stated and even though China has gained increasing importance in the geopolitical world order over the past decades.)。[20]但张英进教授也展望了下一个千年中国比较文学研究的蓝景。

新的千年新的气象，“世界文学”“全球化”等概念的冲击下，让西方学者开始注意到东方，注意到中国。如普渡大学教授斯蒂文・托托西（Tötösy de Zepetnek, Steven）1999 年发长文 *From Comparative Literature Today Toward Comparative Cultural Studies* 阐明比较文学研究更应该注重文化的全球性、多元性、平等性而杜绝等级划分的参与。托托西教授注意到了在法德美所谓传统的比较文学研究重镇之外，例如中国、日本、巴西、阿根廷、墨西哥、西班牙、葡萄牙、意大利、希腊等地区，比较文学学科得到了出乎意料的发展（emerging and developing strongly)。在这篇文章中，托托西教授列举了世界各地比较文学研究成果的著作，其中中国地区便是北京大学乐黛云先生出版的代表作品。托托西教授精通多国语言，研究视野也常具跨越性，新世纪以来也致力于以跨越性的视野关注世界各地比较文学研究的动向。[21]

20 Moran T . Yingjin Zhang, Ed. China in a Polycentric World: Essays in Chinese Comparative Literature[J].现代中文文学学报,2000,4(1):161-165.

21 Tötösy de Zepetnek, Steven. "From Comparative Literature Today Toward Comparative Cultural Studies." CLCWeb: Comparative Literature and Culture 1.3 (1999):

以上这些国际上不同学者的声音一则质疑中国比较文学建设的可能性，一则观望着这一学科在非西方国家的复兴样态。争议的声音不仅在国际学界，国内学界对于这一新兴学科的全局框架中涉及的理论、方法以及学科本身的立足点，例如前文所说的比较文学的定义，中国学派等等都处于持久论辩的漩涡。我们也通晓如果一直处于争议的漩涡中，便会被漩涡所吞噬，只有将论辩化为成果，才能转漩涡为涟漪，一圈一圈向外辐射，国际学人也在等待中国学者自己的声音。

上海交通大学王宁教授作为中国比较文学学者的国际发声者自 20 世纪末至今已撰文百余篇，他直言，全球化给西方学者带来了学科死亡论，但是中国比较文学必将在这全球化语境中更为兴盛，中国的比较文学学者一定会对国际文学研究做出更大的贡献。新世纪以来中国学者也不断地将自身的学科思考成果呈现在世界之前。2000 年，北京大学周小仪教授发文（*Comparative Literature in China*）[22]率先从学科史角度构建了中国比较文学在两个时期（20 世纪 20 年代至 50 年代，70 年代至 90 年代）的发展概貌，此文关于中国比较文学的复兴崛起是源自中国文学现代性的产生这一观点对美国芝加哥大学教授苏源熙（Haun Saussy）影响较深。苏源熙在 2006 年的专著 *Comparative Literature in an Age of Globalization* 中对于中国比较文学的讨论篇幅极少，其中心便是重申比较文学与中国文学现代性的联系。这篇文章也被哈佛大学教授大卫·达姆罗什（David Damrosch）收录于《普林斯顿比较文学资料手册》（*The Princeton Sourcebook in Comparative Literature*，2009[23]）。类似的学科史介绍在英语世界与法语世界都接续出现，以上大致反映了中国学者对于中国比较文学研究的大概描述在西学界的接受情况。学科史的构架对于国际学术对中国比较文学发展脉络的把握很有必要，但是在此基础上的学科理论实践才是关系于中国比较文学学科国际性发展的根本方向。

我在 20 世纪 80 年代以来 40 余年间便一直思考比较文学研究的理论构建问题，从以西方理论阐释中国文学而造成的中国文艺理论“失语症”思考

22 Zhou, Xiaoyi and Q.S. Tong, “Comparative Literature in China”, Comparative Literature and Comparative Cultural Studies, ed., Totosy de Zepetnek, West Lafayette, Indiana: Purdue University Press, 2003, 268-283.

23 Damrosch, David (EDT)***The Princeton Sourcebook in Comparative Literature***: Princeton University Press

属于中国比较文学自身的学科方法论，从跨异质文化中产生的“文学误读”“文化过滤”“文学他国化”提出“比较文学变异学”理论。历经 10 年的不断思考，2013 年，我的英文著作：*The Variation Theory of Comparative Literature*（《比较文学变异学》），由全球著名的出版社之一斯普林格（Springer）出版社出版，并在美国纽约、英国伦敦、德国海德堡出版同时发行。*The Variation Theory of Comparative Literature*（《比较文学变异学》）系统地梳理了比较文学法国学派与美国学派研究范式的特点及局限，首次以全球通用的英语语言提出了中国比较文学学科理论新话语：“比较文学变异学”。这一新概念、新范畴和新表述，引导国际学术界展开了对变异学的专刊研究（如普渡大学创办刊物《比较文学与文化》2017 年 19 期）和讨论。

欧洲科学院院士、西班牙圣地亚哥联合大学让·莫内讲席教授、比较文学系教授塞萨尔·多明戈斯教授（Cesar Dominguez），及美国科学院院士、芝加哥大学比较文学教授苏源熙（Haun Saussy）等学者合著的比较文学专著（Introducing Comparative literature: New Trends and Applications[24]）高度评价了比较文学变异学。苏源熙引用了《比较文学变异学》（英文版）中的部分内容，阐明比较文学变异学是十分重要的成果。与比较文学法国学派和美国学派形成对比，曹顺庆教授倡导第三阶段理论，即，新奇的、科学的中国学派的模式，以及具有中国学派本身的研究方法的理论创新与中国学派”（《比较文学变异学》（英文版）第 43 页）。通过对“中西文化异质性的“跨文明研究”，曹顺庆教授的看法会更进一步的发展与进步（《比较文学变异学》（英文版）第 43 页），这对于中国文学理论的转化和西方文学理论的意义具有十分重要的价值。（“Another important contribution in the direction of an imparative comparative literature-at least as procedure-is Cao Shunqing’s 2013 *The Variation Theory of Comparative Literature*. In contrast to the“French School”and“American School”of comparative Literature, Cao advocates a “third-phrase theory”, namely, “a novel and scientific mode of the Chinese school,” a “theoretical innovation and systematization of the Chinese school by relying on our *own* methods” (*Variation Theory* 43; emphasis added). From this etic beginning, his proposal moves forward emically by developing a “cross-civilizaional study on the heterogeneity between

24 Cesar Dominguez,Haun Saussy,Dario Villanueva Introducing Comparative literature: New Trends and Applications，Routledge,2015

Chinese and Western culture”(43), which results in both the foreignization of Chinese literary theories and the Signification of Western literary theories.）

法国索邦大学（Sorbonne University）比较文学系主任伯纳德·弗朗科（Bernard Franco）教授在他出版的专著（《比较文学：历史、范畴与方法》）*La littératurecomparée: Histoire, domaines, méthodes* 中以专节引述变异学理论，他认为曹顺庆教授提出了区别于影响研究与平行研究的“第三条路”，即“变异理论”，这对应于观点的转变，从“跨文化研究”到“跨文明研究”。变异理论基于不同文明的文学体系相互碰撞为形式的交流过程中以产生新的文学元素，曹顺庆将其定义为“研究不同国家的文学现象所经历的变化”。因此曹顺庆教授提出的变异学理论概述了一个新的方向，并展示了比较文学在不同语言和文化领域之间建立多种可能的桥梁。（Il évoque l’hypothèse d’une troisième voie, la « théorie de la variation », qui correspond à un déplacement du point de vue, de celui des « études interculturelles » vers celui des « études transcivilisationnelles . » Cao Shunqing la définit comme « l’étude des variations subies par des phénomènes littéraires issus de différents pays, avec ou sans contact factuel, en même temps que l’étude comparative de l’hétérogénéité et de la variabilité de différentes expressions littéraires dans le même domaine ».Cette hypothèse esquisse une nouvelle orientation et montre la multiplicité des passerelles possibles que la littérature comparée établit entre domaines linguistiques et culturels différents.）[25]。

美国哈佛大学（Harvard University）厄内斯特·伯恩鲍姆讲席教授、比较文学教授大卫·达姆罗什（David Damrosch）对该专著尤为关注。他认为《比较文学变异学》（英文版）以中国视角呈现了比较文学学科话语的全球传播的有益尝试。曹顺庆教授对变异的关注提供了较为适用的视角，一方面超越了亨廷顿式简单的文化冲突模式，另一方面也跨越了同质性的普遍化。[26]国际学界对于变异学理论的关注已经逐渐从其创新性价值探讨延伸至文学研究，例如斯蒂文·托托西近日在 *Cultura* 发表的（Peripheralities: "Minor" Literatures, Women's Literature, and Adrienne Orosz de Csicser's Novels）一文中便成功地将变异学理论运用于阿德里安·奥罗兹的小说研究中。

25 Bernard Franco La litt é raturecompar é e: Histoire, domaines, m é thodes，Armand Colin 2016.

26 David Damrosch Comparing the Literatures,Literary Studies in a Global Age,Princeton University Press,2020.

国际学界对于比较文学变异学的认可也证实了变异学作为一种普遍性理论提出的初衷，其合法性与适用性将在不同文化的学者实践中巩固、拓展与深化。它不仅仅是跨文明研究的方法，而是一种具有超越影响研究和平行研究，超越西方视角或东方视角的宏大视野、一种建立在文化异质性和变异性基础之上的融汇创生、一种追求世界文学和总体问题最终理想的哲学关怀。

以如此篇幅展现中国比较文学之况，是因为中国比较文学研究本就是在各种危机论、唱衰论的压力下，各种质疑论、概念论中艰难前行，不探源溯流难以体察今日中国比较文学研究成果之不易。文明的多样性发展离不开文明之间的交流互鉴。最具"跨文明"特征的比较文学学科更需要文明之间成果的共享、共识、共析与共赏，这是我们致力于比较文学研究领域的学术理想。

千里之行，不积跬步无以至，江海之阔，不积细流无以成！如此宏大的一套比较文学研究丛书得承花木兰总编辑杜洁祥先生之宏志，以及该公司同仁之辛劳，中国比较文学学者之鼎力相助，才可顺利集结出版，在此我要衷心向诸君表达感谢！中国比较文学研究仍有一条长远之途需跋涉，期以系列丛书一展全貌，愿读者诸君敬赐高见！

曹顺庆

二零二一年十月二十三日于成都锦丽园

目次

绪　论 ………………………………………………………… 1
　第一节　研究的缘起 ……………………………………… 1
　第二节　国内外研究现状 ………………………………… 3
　第三节　基本思路和框架 ………………………………… 4
第二章　世纪初碰撞 ……………………………………… 7
　第一节　所谓新儒学 ……………………………………… 7
　第二节　20 世纪上半叶的中国“现代性”观照 … 11
　第三节　世纪碰撞中的个案及其图景…………… 21
　　一、梁启超的“文明化合论” ……………… 21
　　二、“昌明国粹”和“融化新知”——
　　　　“学衡派”…………………………………… 26
　　三、“唯美”和“古典”——梁实秋 ……… 31
　第四节　世纪初碰撞之白璧德的新人文主义…… 32
　　一、“身份认同” …………………………… 32
　　二、新儒学后的哈佛面影 ……………………… 38
第三章　相互映照——互为镜像的中西方………… 43
　第一节　新人文主义的乌托邦 …………………… 43
　第二节　新儒家的西方想像 ……………………… 47
　第三节　柏拉图之光 ……………………………… 50
第四章　新儒学与新人文主义之间的思想同构性… 53
　第一节　新儒学运动 ……………………………… 53
　　一、对五四反传统的新文化运动的一种反动 ·· 54
　　二、对强势意识形态所带来的传统文化断裂
　　　　的切肤反思…………………………………… 58
　第二节　抉择与沉思 ……………………………… 61
　第三节　儒家理性的回归 ………………………… 71
第五章　新儒学与新人文主义之间的思想差异性… 77
　第一节　思想之变异 ……………………………… 81
　　一、白璧德的二手理解通道 …………………… 83
　　二、“创造性叛逆”——基于欧洲中心主义的
　　　　东方思维转向…………………………………… 85

第二节 双向式的“误读” ……………………………86
一、“误读” ………………………………………86
二、“双向式误读” ………………………………88
附 录 ……………………………………………………95
跨越性与文学性：比较文学学科话语的基石 ……97
比较文学：从“异”出发……………………………109
比较文学研究中“非此即彼”模式的批判 ……… 119
西方文论接受史的叙事法则——不断建构的
文学史……………………………………………… 127
论“道”与“逻各斯”之异 ……………………… 137
“宗经”与“原型”：结构主义诗学的对话 ……… 143
豪侠与圣贤：西中文学中两种异质人格类型 …… 151
重建中国文论话语的新视野——西方丈论的
中国化……………………………………………… 157
勃兰兑斯文学批评中的理论张力 ………………… 173
后殖民语境中的中国文学言说 …………………… 183
参考文献 ………………………………………………… 189
后 记 …………………………………………………… 197

绪 论

第一节 研究的缘起

1966 年，朱丽娅 · 克里斯特娃（Julia Kristeva，1941-）发表了两篇论文《词、对话、小说》和《封闭的文本》。在这两篇论文中，她吸纳了俄国批评家巴赫金（Bakhtin，Mikhail Mikhailovich，1895-1975）的相关理论，正式创造并引入了“互文性（Intertextuality）这个概念。在三年后的著作《符号学，语意分析研究》中，她再一次强调了这个概念，并指出：“任何一篇文本都吸收和转换了别的文本。”[1]

克里斯蒂娃的“互文性”概念一经提出，便得到理论界迅速的认同，很快就形成一种研究热潮。有趣的是，“互文性”概念本身也在理论提炼和融铸中不断丰富和深化。互文性既指文本之间本身具有相似性；又指文本互涉或关联，从一个文本启迪、孕育另一个新的文本。有理论家也称这种现象为“文本间性”，意即在文本与文本之间存在一个新文本的成长空间，并且能够促成或生产出另一种与之成或然关系的新文本。

现代“新儒家”研究是近些年来学术研究的一个重要场域。海内外很多学者倾尽精力研究儒家思想及其发展历程。随着研究成果的增加及其影响面的扩大，又由于带着某些重建精神家园的强烈愿景乃至疗救人伦病态的动机，研究本身包括对研究对象的各种理论阐释和极富吸引力的琢磨推敲，有利于

1 转引自蒂费纳 · 萨莫瓦约：《互文性研究》，邵炜译，天津人民出版社，2003 年，第 4 页。

在世界多个地区出现的以像杜维明等人为主要代表的现代儒家思想的广泛传播，从而吸引众多学者参与到其中。基于每个研究人员的思维方式不同和切入问题的方式各异，但目的都在探讨如何促进中华精神文化的传承与革新。

与此同时，对海内外“新人文主义”思想的研究也方兴未艾。特别是随着“学衡派”重归现代文学研究视野，与之紧密相关的美国哈佛大学教授白璧德的“新人文主义”理论也一同进入了研究者的视域。同时形成了研究热潮。（详论见后述）

“理论旅行”（Traveling theory）是由后殖民主义理论家赛义德（Edward W. Said，1935-2003）提出来的一个关于知识生产的基本概念。其关注的重心是一种理论在不同民族和文化转换生成的过程中所发生的变化和差异。我们注意到，在赛义德的理论中，他提出了两个相当重要的概念——“历史”（history）和“情境”（situation），一再提醒人们，要关注理论旅行中理论发生和变异的历史语境。即，重新回到理论发生和变换的现场，回到理论生产的历史语境中去。

然而，我们注意到，在赛义德的“理论旅行”理论中，“历史”是一种流动的时间观念，是发展变化的时间范畴；而“情境”则是一个不断产生新情况，发生新的质变和量变的场域，也是变幻无穷的空间范畴。因此，如果我们运用寒义德的这种理论对知识生产进行考量，就必须采取一种动态的、行进的历史观。任何一种将时空凝固化的论述，都有可能陷入僵死的、机械化的理论误区。

比较文学发展的新的可能性是，在进行“平行研究”的时候，事实上也离不开历史化了的“影响研究”。每一个研究单纯依靠平行方法或者影响研究方法都是“不可能完成的任务”。这实际上就告诉我们：比较文学研究已经向着更加多元的方式转换。而如果我们曾经把求同作为比较文学研究的共识，那么，今天的比较文学研究则更加开放，更加关注比较研究中的差异性。这或许成了当下比较文学研究的另一种可能性。“变异理论”正是在这种背景下应运而生的。这个理论所关注的重点不在于理论发生了多少“旅行”，而在于它在“旅行”过程中有哪些变化和差异。

西方文论中国化的研究，需要关注两个语境：一个是西方文艺理论批评发生的背景；一个是这种理论批评“旅行”和被接受的背景。在特定历史的情境之下，唯有回到历史，回到现场，我们才能接近理论本身。反过来说，任何一种理论在传播的过程中都有可能发生变异，而所谓对“元理论”的追索，无异于痴人说梦，缘木求鱼。

过去的一段时间中，我曾参与过西方文论中国化的讨论中。并不揣浅陋地撰写了不少相关论文。几年前我曾完成了《现代中国文论中的马克思主义话语》课题的探索，同名专著也已经正式出版。在进行马列文论中国化研究的过程中，我留意到现代中国西方文论引进过程中的一些普遍情状。西方文艺理论在引进到中国之后的沉浮起伏，特别能够窥察出中国现代文学发展的历史进程。解析勃兰兑斯文艺批评理论在中国的“理论旅行”，在研究现代中国西方文论史中具有一定的标本意义。几年后，教育部人文社科基金研究项目《理解与误读——百年中国西方文论引进过程中的“勃兰兑斯现象”研究》专著也正式出版了。

本课题的研究，正是在这么一种学术背景之下展开的。因此，从某种意义上说，它也是一种西方文论中国化研究课题在“互文性”意义上的展开。

第二节　国内外研究现状

本著所指称的“新儒学”（New-Confucianism）特指20世纪二三十年代包括梁启超、“学衡派”以及梁实秋等在内的文化精英，反思西方现代文明、对新文化运动以来过于倚重物质主义和科学主义的文化价值观进行反拨、评估的文化思潮。(详见后述)

1920年梁启超在《欧游心影录》中记录了他对于“西方文明破产理论”的感受。本次的欧洲之行摧毁了他对西方文明抱有的信心，促使梁启超转向倡导应用西方科学的方法来保护和传播我国传统文化，同时进一步宣扬中国文化对于拯救世界危机的重要作用。这可算作是“新儒学”的滥觞。其后出现的，作为五四新文化运动最主要的反对派——“学衡派”，从1922年出版同人杂志《学衡》至1933年7月宣布解散，其主要代表人物有吴宓、梅光迪、胡先骕等等，构成一个现代文化转型时期的特殊精英集团。这个团体成员大多学贯中西，既有深厚的以儒家思想为精神内核的传统文化积养，又能放眼世界，在与世界思想文化交往、碰撞中吸收并转化新的外来精神力量。在他们与反对派论争中，彰显了儒家传统文化，深刻反思新文化运动以来过于倚重物质主义和科学主义的文化价值观，构成20世纪初强势主流意识形态下的一道特殊思想文化景观。几乎与此同时，梁实秋也发表了大量相似观点的文章，声援、支持这股反思现代文化的社会思潮。

美国哈佛大学教授白璧德（Irving Babbitt）等学者提出的人道主义运动同样是作为西方文明危机时代下的产物。它在上个世纪二十年代通过在美国留学的中国学生带回本土地区，推行以重新发展中国儒家文化为主要内容的最佳人类文化，“进而解决道德思想之根本问题，以拯救人心之危与群治之乱，使全世界均蒙其福利焉”。

对“新儒学”和白璧德的新人文主义之关系的研究，呈现出两种样态：一种是有关20世纪初“新儒学”各成员文学文化思想的研究。如对梅光迪、梁实秋、林语堂等人的新儒学思想的关注。这主要见于各种零星论文和少量论著，如刘聪《现代新儒学文化视野中的梁实秋》；另一种主要集中在“学衡派”与白璧德新人文主义的关系研究上。近些年来，涌现了不少让人瞩目的新成果。如朱寿桐、旷新年、段怀清、郑师渠、张源等学者从不同的侧面对“学衡派”与白璧德新人文主义进行了精到的阐释。

20世纪初世界文化急遽转型为当时中国的“新儒教”运动与同期的白璧德“新人文主义”运动提供了一种相同的文化背景，二者对于中国文化的审视态度和方式也具有一致性。这为本课题提供了比较研究的广阔空间。与其他研究者不同的是，本课题关注的重点不仅在于探究“新儒学”思潮与白璧德的新人文主义之间的同源同构性精神血缘关系，更在于探究白璧德新人文主义在新儒教思想中，尤其是它与传统儒家思想之间所发生的种种变异，从而更好地精进中华民族传统文化。

第三节　基本思路和框架

本研究企图以中国文学的“现代性”（Mordenity）问题为基本入思角度，从两个关键词——“新人文主义”和“新儒家”出发，探讨作为中国现代文学史发展初期新旧派思想文化的激烈搏击中，在新旧两种矛盾斗争过程中的相搏相杀，相反相成的过程，以及以白璧德为代表的美国“新人文主义”理论是如何进入中国现代作家的视野，如何满足了中国现代作家的心理期待，20世纪初中国现代文学（文化）中的接受机制是如何得以建构的。研究拟分为几个步骤：

首先，梳理“新儒家”和“新人文主义”的发生历史及其基本内涵，爬梳有关文学和文学史书写的基本概念，探讨20世纪初在中国文学（文化）现代性过程中形塑过程。

其次，简要介绍了以“学衡派”为代表的20世纪初“新儒家”的基本样态及其批评理论和思想，同时着力考察了白璧德为代表的“新人文主义”文学（文化）批评理论对中国现代文学具有较大影响力的几个方面。借助比较文学“接受理论”和柏拉图哲学中的“洞穴之光”理论，考察“新人文主义”在中国的接受和传播过程。正是其具有独特个性魅力的批评理论，构成了白璧德的映像，吸引了中国“新儒家”的高度注意。而中国特殊历史时期的启蒙需求、救亡图存现实以及民族国家想象等，相应地构成了中国文学界对白璧德的期待视野。两相耦合，从而构成20世纪上半叶“新儒家”对白璧德“新人文主义”的吸收和借鉴。

当然，我们还借助哈罗德·布鲁姆（Harold Bloom，1930-）的误读理论（The misreading theory），考察了“新儒家”对白璧德及其理论的误读及白璧德对中国传统文化，尤其是儒家文化的误读。并简要地分析了形成原因。正是因为种种历史特殊语境的限制，使得白璧德及其理论在20世纪初中国的文化大辩论中作为一种工具而其意义被过于放大，因此，在论战过程中难免存在着种种误读：对其浪漫主义历史文化——心理批评的偏重，则有意掩盖了其中的乌托邦化倾向和主观唯心主义的审美倾向；忽略了他作为文学批评史家应有的对作品“细读”、精究的严重缺失，将其教育学、文学、社会学思想全面吸收而忽略了分辨中美中西之间的文化制度差别。总之，对白璧德及其理论的误读，既有“影响的焦虑”下的“创造性”、“对抗性”，也有我们按照自身的文化传统，思维方式，自身原有的“视阈”甚或当时某种意识形态去加以解读的“无奈性”。

最后，在上述讨论的基础上，我们进一步阐发白璧德的“新人文主义”思想的理论特征，探求其学理成因，以求得新的理论启发，从而总结20世纪上半叶中国西文文论（化）接受史中的经验和教训，为西方文论的中国转换提供应有的理论支持。

本研究写作的思路和方法是：试图以比较文学理论中的“流传学”、“变异学”为理论依托，同时借鉴后殖民批评中“理论旅行”理论、接受美学等理论资源，对中国20世纪初新儒学运动与白璧德的新人文主义之关系进行解析。

本研究对白璧德的“新人文主义”的研究，实际上贯穿在研究者将研究中国现代文学发展过程中对外来文学、文化思潮接受、转化所进行的系列的观察、探究中，从而形成一个研究链，弥补在这些过往研究中所存在的些微缺失，研究过程中固然要论及白璧德及其理论，但重点则在于通过白璧德这个学术个案，回顾百年中国对西方文论（化）的接受与消化过程；通过解析白璧德及其理论在百年中国文学（化）批评史发展中的接受与传播过程，挖掘其理论被认同、被误读的内在原因。

第二章　世纪初碰撞

第一节　所谓新儒学

总体而论，二十世纪上半叶的中国历史文化进程是在维护传统文化与现代化革命的相互斗争冲突中不断变化发展的。其中社会思潮更迭，五光十色，精彩纷呈。可以说，中国社会在20世纪的整个百年中，一切社会行为都是围绕着这一个时代主题进行的。对于中华民族来说，20世纪上半叶，尤其对19世纪末20世纪初世纪转型时期，“身份认同”（identity）是一个怎么也没办法绕开的时代问卷。在这种历史演变中，中西文化、传统思维与现代新思潮进行过无数次的交互斗争与博杀，总的来说，从最终结果来看，几乎所有反对、抵抗的声音都被现代化的时代任务所覆盖、掩没。但是，不容否定的是，这一过程是异常曲折而丰富的。

笔者曾在拙著《现代中国文论中的马克思主义话语（1919-1949）》（湖南人民出版社，2010）和《理解与误读——百年中国西方文论接受史中的“勃兰兑斯现象”研究》（湖南大学出版社，2013）中浅陋而简短地讨论过19世纪末20世纪初中华民族身份认同问题。我认为，所谓的“身份认同”就是中华民族对自身存在状态的一种体认与询问。它既包含对传统文化的认知，也包括对历史的扬弃，更饱含着对在世纪末激烈动荡、变幻莫测的历史情状中，中华民族面临内忧外患时的痛苦抉择[1]。因此，民族身份认同所面临的终极叩

1　参见拙著：《理解与误读》，（长沙）湖南大学出版社，2013年版，第26-27页。

问即是类似于三个根本性的哲学之问：“我是谁？”“我从何处来？”和“我向何处去？”[2]

对19世纪以来至20世纪初的中国历史，我们只需对这短短几十年的历史稍加梳理，便可看出当时古老中国的深重苦难。19世纪末与20世纪上半叶，中华民族可以说是处于各种各样的内部和外来忧患、祸害的极端险恶的环境中。

“救亡压倒启蒙”是李泽厚先生于1980年代中期提出的著名观点。在李泽厚的论文《启蒙与救亡的双重变奏》中，他以“启蒙”与“救亡”两大“性质不相同”的思想史线索来描绘中国现代史。他认为，在中国现代史的运行过程中，“反封建”的文化启蒙任务不时被民族救亡的主题所“中断”。迫切的革命和救亡运动没有从根本上继续推进文化启蒙工作，却常常被“传统的旧意识形态”用“改头换面地悄悄渗入”的形式，从而造成“封建传统全面复活的绝境”。[3]

确实，近代以来中华民族“救亡”与“启蒙”主题可以说是我国近代民族历史的“元叙事”（meta-narrative）。在这种“元叙事”的阔大背景之下，19世纪末20世纪初的中华民族精英们进行过持续不懈的努力。“救亡”伴随着中华民族的“身份认同”的需要，一直是近代中国最迫切、最重要的现实主题和现实选择。

在这样的现实语境中，中华民族的主流文化儒家文明又是处在怎样的现实矛盾和冲突中呢？

我们知道，鸦片战争、甲午战争之后，国势日颓。清廷腐败无以复加。1905年，科举考试被废止了；1911年，辛亥革命终于爆发了。近一百七十年来，尤其是在过去的100年里，中国社会、历史和文化等方面均发生了重大的变化。面对西方列强之间的入侵和掠夺，中国社会内部经历了长时间的争斗，整体结构崩溃，社会就像散沙一般。以此作为历史背景，民族主义思潮是几个世纪以来中国思想的根本所在，其中民族的复兴、独立和繁荣是100年来中国人真正的愿望以及主要的历史发展趋势。尤其是在五四新文化运动之后，儒家思想开始被大众误解和扭曲，许多人不知道中国文化和儒家文化

2 李泽厚：《中国思想史论》下册，（合肥）安徽文艺出版社1999年版，第852-853页。
3 李泽厚：《启蒙与救亡的双重变奏》，《中国现代思想史论》下册，（合肥）安徽文艺出版社1999年版，第40页。

是不该为中国的落后负责的。中国开始对旧文化和传统进行激进式的复兴，儒家学说开始衰落与凋零，在此阶段，儒家思想处于一种尴尬的状态，在多次遭驱逐的状态下徘徊在崩溃边缘。在这近一个世纪的历史发展过程中，儒家文化虽然受到一定的冲击，但是仍然艰难地发展着。

百年儒学中，以梁漱溟、熊十力、马一浮、冯友兰、牟宗三、杜维明、刘述先、成中英等为代表的现当代新儒家贡献很大，他们都力图重振中华儒家文明，重新确立了中华文化的精神方向。

但是，本研究所指称的“新儒家”事实上包含了20世纪上半叶价值取向较为相似或相近的一些人文学者和思想者。这些人怀抱着各自的理想和目的，活跃于关于文化、思想、学术的思考并提出了诸多新问题，萌生了许多问题意识，激活了现当代思想文化中的许多切实的真问题。他们汲取了不同的学术（思想）营养，对世界的看法也不一定全都相同，事实上我们这里的概念内涵更加接近杜维明先生近年来提出的“精神人文主义”的概念[4]。他说，“精神人文主义，一个正在涌现的全球性论域——当然他提出的是扎根于儒家传统的“精神人文主义”。在宏观的视野上，这一思想关联着我们如何能够走上一条通向永久和平的道路、如何通过文明对话达成文化谅解、如何文明与地球形成一种持续的关系等问题。

很显然，我们这里所指称的“新儒家”，与一般意义上所言“新儒家”在内涵和外延上略有不同。从内涵上说，我们这里的新儒家有这么几个特点：一是从传统文化的角度来看，他们大多是传统文化的坚定守望者。从这一意义上说，或许与文化守成主义者大体相同；二，在价值认同上，他们大多笃信“和谐”、“协调”、“中庸”、“天人合一”等共同理念。三、在一定的时间范围内，他们因与时代主流相悖离，因而显得落后、过时甚至反动。在这个意义上来说，或与文化保守主义相当。

事实上，“新儒家”虽然在20世纪90年代在海内外形成了研究热潮

4　引自2017年11月8日杜维明先生在北京师范大学《中国哲学的研究方法与趋势向：内地与海外视角对照与呼应》会议上的讲话。他强调的“精神人文主义”是作为一种综合而整全的人文主义，具有四个特点。第一，个人的身体、心知、灵我、社群、自觉和神明的融会贯通，人心与天道的相辅相成；第二，个人与社群之间健康的互动，社群包括家庭、邻里、村镇、城市、省份、国家、世界以及更广；第三，人类与自然之间持久的和谐，自然包括动物世界、植物、树木、岩石、山脉、河流、空气等等；第四，人心与天道的相辅相成。

甚至在某种意义上成为显学，但并没有一个广为接受的宣言书或者形成共识的概念、定义。有港台学者认为，一般来说，现代新儒家主要指民国以来的以梁漱溟、冯友兰、熊十力、贺麟、张君劢等人为中心及50年代后活跃于港台的牟宗三、唐君毅、徐复观等人，也包括方东美、杜维明、刘述先、成中英等为代表的海内外新儒学代表。大陆学界则不完全同意这种看法。大陆较为通行的说法是认为现代新技术儒家的主要代表人物是20世纪20年代至40年代的梁漱溟、张君劢、熊十力、冯友兰、贺麟、马一浮，50年代至70年代的唐君毅、牟宗三、徐复观、方东美、钱穆和80年代以来活跃于国际学术舞台上的刘述先、杜维明等人，他们分别属于现代新儒家的第一代、第二代和第三代。李泽厚先生则将现代新儒家范围大大缩小，认为“真正具有代表性，并恰好构成连接的层面或阶段的是熊十力、梁漱溟、冯友兰、牟宗三四人”[5]。余英时则认为仅以熊十力及其嫡传弟子为“现代新儒家”[6]。统而言之，新儒家所代表的学说既有传统儒家思想内核，也吸纳了现当代西方哲学中的某些精神营养。如唐君毅等的哲学思想即在包含了传统心性哲学之外还吸纳了柏格森、叔本华等的认知心理学等内容，而且，当代新儒家很多代表人物都既有深厚的国学背景，又有很深的西学渊源，有的甚至长期在西方大学教学，浸润在西方现代文化之中，比如杜维明等[7]。而本著所指称的“新儒学”（New-Confucianism）特指20世纪二、三十年代包括梁启超、“学衡派”以及梁实秋等等在内的文化精英，一方面坚定地恪守中国传统文化，另一方面，又热情地拥抱西方现代文明，同时又不忘深刻反思西方现代文明、对新文化运动以来过于倚重物质主义和科学主义的文化价值观进行理性地反拨、评估的文化思潮。这股文化思潮看似是各自独立的学案，但实际上背后隐藏着深深的“民族身份认同”焦虑。正是这股焦虑，使得当时的一些有识之士寻找拯救世界文明于既倾的思想冲动，从而在各自熟悉的思想领域找寻“药方”。虽然各自的具体主张不尽

5 李泽厚:《中国现代思想史论》，北京：东方出版社1987年，第267页。

6 余英时:《钱穆与新儒家》,《犹记风吹水上鳞》，台湾，台北三民书局1991版。亦可参见余英时:《钱穆与中国文化》，上海：上海远东出版社1994年版，第55页。

7 近些年来，方克立、汤一介、李锦全、萧寒父等老一辈学者和一批年轻学者在新儒学研究领域都取得了不少重要成果，他们大都跳出传统文化与现代化二元对立的思维模式，并由此反省现代性，重新思考东亚中华精神文明与东亚中华现代化的关系问题，并取得了受人瞩目的成果。

相同，但都有环顾自我，重新审视中土文明之优劣的自觉。耐人寻味的是，“学衡派”梅光迪、胡先骕、吴宓等人以及20年代的梁实秋所代表的“新人文主义”，或“古典主义”，是一种与胡适等人的激进文化革命主张相对立的文化守成（保守）主义。

第二节　20世纪上半叶的中国“现代性”观照

值得注意的时，几乎与此同时，上个世纪初，即“一战”前后时期，西方世界的学术思想中以科学主义为主题，主要表现为物质文明过度膨胀，传统思想与价值观念受到前所未有的冲击，最终导致西方整体社会危机以及精神塌陷等情况出现。以该事件为背景，学者白璧德与穆尔针对东方文化而西方文化展开了详细地分析和研究工作，充分提取了中西方思想文化中的精髓部分，发起了以“人道主义”为指导思想的运动，“恢复和支持世界上圣贤的基础地位”“主要目标是要将当今误入歧途的人们带回到过去的圣人们走过的路途之上，”该理论为西方社会提供一剂温润的文明解药。因为白璧德是这场运动重要的领导者，因此，学术领域中一般将这场运动称为白璧德人文主义运动。[8]

“激进”与“保守”，在社会文化发展的每个阶段都是唇齿相依，相伴而生的，就像是一对同胞卵亲兄弟。但是，激进往往并不就意味着都是正确的，也不一定意味着是先进的。自然，保守也往往并不就意味着落后，更不一定就意味着是错误的。由于众所周知的社会历史原因，中国现代化进程的标志及现代化的道路往往是由激进主义强力推行而成功的，这就使得保守主义在20世纪的中国受到了长期的误读、误解，在每个历史阶段，几乎总是被

8　朱寿桐先生在其《受华英文化教育基金会奖助赴美国进修的汇报》中指出：流行于中国的所谓“新人文主义”，其实是一个不怎么准确的概念。有称为“新人文主义”运动，也有称为“新人文主义”的思潮。白璧德的中国弟子们——学衡派以及梁实秋等人一般都称其思想为“人文主义”，只有在1931年《学衡》第74期上，吴宓才在一篇译文的按语中，唯一一次、且是在并非严格的学术论文中使用过“新人文主义”一词。研究白璧德比较深入的美国专家一般认为，白璧德倡导的思想正确的概括应是“白璧德人文主义”，而“新人文主义”这一概念歧义性较多，包含有，第一，20世纪初年的宗教界就曾掀起过人觉和神明的融会贯通；第二，个人与社群之间健康的互动，社群包括家庭、邻里、村镇、城市、省份、国家、世界以及更广；第三，人类与自然之间持久的和谐，自然包括动物世界、植物、树木、岩石、山脉、河流、空气等等；第四，人心与天道的相辅相成。

给予错误的定位。

我们试图以中国文学“现代性”（mordernity）问题为基本人思角度，观照 20 世纪上半叶中国文坛所谓的“新儒家”思想是如何与来自美国以白璧德为代表的“新文人主义”思想相遇相合，并融合成为一种起于文学、超于文学之上的新的社会（文学）思潮。

那么，何谓“现代性”？现代性包含着哪些内涵和意义呢?

现代性问题的实质其实是一种具有多面性的问题，由于每个人的立场不同，所以在看待同一个问题时想要表达的观点也有所不同。西方的现代化主要体现在文化的思想启蒙运动、政治上的资产阶级民主革命和经济上的资本主义市场制度的建设中，而资本主义的本质使社会的生产力迅速增长。

不同理论家从各自不同的视角对现代性问题进行过广泛的讨论。

在《现代性——一个尚未完成的谋划》一文中，哈贝马斯（Jurgen Habermas，1929-？）大胆引用了另一个重要理论家姚斯（Hans Robert Jauss，1921-？）的一段考据式论断。姚斯指出，“拉丁文形式为“modernus”是“现代”（modern）的词源，这个词首次使用是在 5 世纪末期，用来辨别出“当时”（the present）；姚斯对“现代”一词显然是进行了词源学方面的考证，这个词后来一度是基督教的官方用语。其后，同样对现代性颇为重视的卡林内斯库（Matei Calinescu，1934-）在他的《现代性之五个面相》一书中，以知识考古的态度进一步指出，尽管人们更加注重和强调“现代”与欧洲历史的世俗化过程的关系，“现代”概念实际上最初产生在基督教的末世论语境当中。哈贝马斯对于现代性表现出崇高的致意，通过对“现代”与“古代”放在一起进行研究和分析，并将“现代”定义为“与古典过去密切相关的思想意识”，即“时代的新意识”。这种对时代的新认识“是通过与古代的关系重新建立起来的”，是“旧与新之间的变化的结果”。然而，他在研究中强调，法国启蒙运动爆发之后，欧洲现代观念发生了重大变化，现代哲学与以往基于越来越坚信科学，已过去为参照物，以知识无限进步和社会道德无限发展作为思想目标，最终导致形成现代意识，其主旨思想是试图摆脱“激进”的所有特殊历史束缚的现代意识。综上所述可以看出，哈贝马斯现代性的核心精神就是一种时代意识——科学精神、民主政治与艺术自由。而要实现这种“三位一体”的现代目标，即将科学精神、民主政治与艺术自由三者联结、捆绑在一起，人类必须致力于智力、道德和艺术思维的和谐运作。从本质上讲，这是一种对社会凝聚力和完整未来的合理展望，是西方中产阶级社会和文化启蒙运动以来的发展目标，因此，一些学者表示“现代性在某种程度上也就是启蒙精神的另一种表述而已”[9]。

现代性强调对社会和文化的整体性原则。按英国学者齐格蒙特·鲍曼（Zygmunt Bauman，1925-？）的说法，现代性是对统一性、一致性、绝对性和确定性的追求，消除了理性秩序的混乱和差异。与此同时的，该学者指出，这种秩序也取决于混乱、不统一与不一致，这反过来又决定了它的秩序和目的。鲍曼选择了一个立意新颖的措辞来讨论这个现代矛盾：即 Ambivalence，其代表的含义是矛盾心态与正反情感并存，致力于通过这种矛盾的对立与统一强调社会原则。马克思·韦伯（Max Weber，1864-1920）如何描述现代理性和思想觉醒进程使世界逐渐从传统的封建模式中发展过来，社会各方先进分子通过智慧和理性来认识世界和征服世界。反过来，建立思想基础的合法性逐渐变成人的理性工具，并且随着时间的推移人们的情感世界也逐渐淡化。这些冲突本质上意味着对世俗愿望和人类自由的承诺存在矛盾的地方，因为现代性所追求的最终人类自由必然会受到其他因素的限制，因为差异的合理存在不断被统一和操纵。

通过以上研究不难发现，哈贝马斯对启蒙运动后过于激进的现代意识感到不满。在他看来，这种激进的现代意识“在传统和现代之间制造出一种具有抽象性的对抗”。并极力倡导现代与坚持做更多强调现代与古代“更新”的运动，可能意味着首先要将古代与现代分离开来进行研究，但价值观差距可能只是为了表现“新”与“旧”在思想方面展现的不同，和其他类型的预言家相比较而言，哈贝马斯更为注重现代与古代密不可分的关系。

无独有偶，安东尼·吉登斯（Anthony Giddens，1938-）也有大致相同的看法。吉登斯认为，“现代性”的定义仍不确定。现代基本上意味着“公共生活或组织模式”——它起源于 17 世纪的欧洲，在接下来的几百年里对世界产生了不同的影响。吉登斯并不承认 20 世纪世界已然进入利奥塔（Jean-Francois Lyotard, 1924-1998）等人所宣称的“后工业社会”、“后现代社会”，也对所谓的“后现代性”、“后现代主义”等判断不以为然。他只是认为当下时代处于一个制度转折（institutional transformation）的状态，即进入了即将终结之前的事物所处的先前状态。同样道理，他否认进化论式的“总体性”

9　周宪：《现代性的张力》，载《文学评论》1999 年第 1 期。

的历史“宏大叙事”，认为对现代性的分析的可靠视角应该从“现代性断裂（modernity discontinuitics）”始。

如何分析这种“现代性的断裂”呢？吉登斯认为涉及到若干要素：

“首先，是现代性时代到来的绝对速度。传统的文明形态也许比其他的前现代体系更富动力性，但是，在现代性的推动下，变迁的程度却是更加快捷飞速。这在技术方面表现得最为显著，它还潜入到了几乎所有其他领域。其次，断裂呈现在变迁的范围上。当全球的各个角落开始与其他地区国家发生紧密联系时，社会激变的浪潮实际上已奔涌、席卷了地球的整个层面。第三，是现代制度的固有属性。我们不应该粗暴简单地从此前的各个历史阶段内寻找、发现某些现代社会的组织形式。”[10]

很明显，吉登斯对现代性的判断基于这么几个理由：一是现代性到来的绝对速度；二是现代性是全球性的；三是现代性的组织形式的独特性。他的这些判断与哈贝马斯等人的判断虽然有个别争议之处，但从整体上来说，并无实质性的区别。

因此，根据上述思想家们对现代性的思考，我们大致可以概括出所谓现代性的几点内涵[11]：

（A）现代性被视为一种全新的时代意识

结合此类现代化的思想意识，现代化时代将自己定义为比过去更重要的存在。学者哈贝马斯在《现代主义哲学》中提出，黑格尔正是在这方面讨论了现代的概念，他将人们向往的未来称之为“现代”，实际上是“新时代”。在黑格尔哲学大行其道的启蒙时代，现代之“新”，主要在于启蒙时代的理性推动力。应该说，理性秩序是启蒙时代的基本叙事，因此也是所谓的“现代性”应有的基本的题中之义。

（B）现代性是一种注重现在的精神气质

尽管对“现在”的理解差别很多，但大体理解为当下也许是一种明智选择。“现在”苦短，稍纵即逝。因此，它为我们带来了诸多的烦恼，也提示我们抓住当下，即时尽享。这样，从审美现代性的角度而言，颓废的现代主义

10 安东尼·吉登斯：《现代性后果》，田禾译，（南京）译林出版社2000年版，第5-6页。

11 这个概括参考了唐文明《何谓现代性？》一文的观点，在此深表谢忱！唐文载《哲学研究》2000年第8期。

文学为我们留下了无尽的注脚：既有强调个性张扬，个性解放甚至无政府主义的美学主张；也有纵情声色，消极避世的混世主义美学理想。但万变不离其宗，现代主义总是强调一种精神气质的在场。

（C）现代性在某种意义上就是理性化

马克斯·韦伯（Max Weber）的分析是现代社会历史测量中最令人信服和最有说服力的分析。对此韦伯表示，人类社会的历史发展过程是一个不断变得理性的过程。理性作为一种基本的社会意识形态总是通过一系列旨在改善现代社会政治和经济结构的制度和机制来实现。

首先，资本主义的崛起就是现代社会这种制度安排的结果。按照马克思主义的观点，资本主义的制度设计使得它破坏了旧的“田园诗般的关系”，但却无可争辨地极大解放了生产力。同时批判的马克思主义也指出，资本主义作为现代性制度方面的一种表现形式，也带来了种种不可回避的矛盾，比如说特质异化的新情状就是如此。

其次，除了经济资本主义、政治意识形态，个人主义和民族自主权等逐渐成为该时期最强烈的政治要求。“解放是每个人和国家的共同愿望。理性主义的道德力量体现在康德身上：个人被视为自我调节的积极参与者，国家被视为依照康德在世界体系中的概念，以法治为基础的法律实体，整个人类生活也被设计成一个永久的和平与进步的世界历史。

（D）进步的观念也是现代性主流的意识形态

无论是启蒙现代性也好，还是审美现代性也好，有一点是殊途同归的。那就是思想家们的思考都是建基于生物、社会进步性的基础上的。与中国古代思想家们对历史的循环往复的认识不同，西方现代主义者基本上都认同生物、社会进步理论。因此，他们普遍同意历史进化论的宏大叙事。但是，现代主义哲学家和思想家们同时也注意到了这种进步论所隐含的危险性，那就是对当代的当然肯定。这样，假若“进步”被视为现代信仰或固定的教条，那么启蒙运动必然会导致对理性的非理性追求。“进步”是对权力意志的重要体现，而不是对现代的盲目渴望。换一种表述方式就是现代化的思想其实是一种进步的体现，现代性的理性概念也就有可能走向了它的反面。这样一来，我们又该如何看待中国现代文学中的现代性问题呢?

由于中国的特殊历史性，因此，中国的现代性也呈现出其自身的规律性。对于近代以还的中国历史发展进程而言，中国现代性可概而言之为两个鲜明特征：一是确立了以“进步”为指向的社会文化的线性发展图式；二是确立了以西方文明为方向的坐标。

有研究者将所谓的“现代性”加以进一步的抽丝脱茧，指出：现代性实际包含“历史现代性”与“审美现代性”两种各不相同的内容。前者表现为启蒙精神及其展开，后者则表现为艺术自主性和自律性的确然表达[12]。

在20世纪中国文学发展初期，“现代性”主要表现为“民主”与“科学”这两大现代思潮。按严复《论巨变之亟》一文所说，西方文化的特质是“于学术则黜伪而崇真，于刑政则屈私以为公”[13]，即学术上求真——科学之真，政治上求公——公正与民主。为与西方抗衡，科学与民主便成为这一时期中国民众对“现代性”追求的核心。事实上，“科学”和“民主”成了20世纪初期中国社会中对现代性的基本想象。

如果对这种社会想象作进一步的探究，我们便会发现：中国20世纪初的社会变革之路实际上运行这样一条轨迹：由科学主义打破循环论历史观；由民主主义实现对民族国家的想象。

众所周知，中国自古以来只有“循环论”的历史观，而没有进化的历史观。梁启超曾为中国受历史循环论之累，而千百年来没有国名一事痛心疾首：

“吾人所最惭愧者，莫如我国无国名之一事。寻常通称，或曰诸夏，或曰汉人，或曰唐人，皆朝名也。外人所称，或曰震旦，或曰支那，皆非我所自命之名也。以夏、汉、唐等名吾史，则失名从主人之公理；曰中国，曰中华，又未免自尊自大，遗讥旁观。虽然，以一姓之朝代而污我国民，不可也；以外人之假定而污我国民，犹之不可也。”[14]

因朝代而命名一个国家，这在整个世界范围内来看都只有中国是这样的，可以说是绝无仅有的。因此，在这个看似简单的文化现象里，实际上隐含了一种历史观——“历史循环论”，朝代即国名，国名即朝代，循环往复，周而复始。因此，有无国名，无关宏旨。但是，在这种特殊的命名中，还隐含着另一种价值观念——中国即世界论。

然而，中国即世界的价值论，不是说我们有多么兼容并包的胸怀，而是

12 俞兆平：《现代性与五四文学思潮·序言（洪峻峰）》，厦门大学出版社2002年版，第3页。

13 严复著：《严复集·论世变之亟》，王栻主编，中华书局1986年版，第2页。

14 梁启超：《中国史叙论》，《饮冰室合集·文集之六》，中华书局1989年影印本，第4页。

以为这个世界就在胯下。所以，这种价值论其实更多的时候是一种闭关自守和狭隘自大的民族意识。

在中国，人们习惯于将社会历史过程看作以“进步”为方向的线性发展图式，是从严复翻译《天演论》开始。自从达尔文的进化论被介绍到中国后，“物竞天择，优胜劣汰”的“进步论”观念开始动摇中国自古以来根深蒂固的“历史循环论”逐渐成为中国社会主流的历史观。从康有为、严复、梁启超到五四新文化人，都将西方现代历史看作优胜劣汰、不断进步的过程，同时想象中国的现代性也将沿着同样的路线前进，其目标都是朝向进步的一维。这样一来，从清末启蒙运动开始，“现代／传统”，“西方／中国”一元对立，与“新／旧”价值一元论一起，构成20世纪中国现代性观念中比较固定的元素，中国的现代性常常被简单地置于非此即彼的一元对立的选择中。

文学观念从来就不是一种单纯的意识形态，它往往曲折地表现出了一定的社会历史观。为社会历史观所影响，20世纪初的文学观念也有了根本性的变革。从文言文到白话文，与其说是一种语言形式上的变革，不如说是社会进化论在文学表现形式上的体现。与“现代／传统”、“西方／中国”、“新／旧”观念相伴随的是，文学形式上的天翻地覆的变化。

如我们所知，晚清新小说运动就确立了西方文学在中国现代文学建设中的典范地位。而五四文学革命则进一步将西方古典主义以后的文学史描述为文学的进化史。1915年，文学革命尚未开始，陈独秀在《新青年》第1卷第3，4号上发表《现代欧洲文艺史谭》，将欧洲文艺的演变描述为“古典主义——理想主义（浪漫主义）写实主义——自然主义”的进化模式；五四新文学运动开始以后，陈氏的这种描述，在新文学理论家的笔下继续被重述。如《小说月报》第11卷第6号谢六逸《文学上的表象主义是什么》、第12卷第2号茅盾《新文学研究者的责任与努力》等，都对西方文学史作过与陈氏相似的“古典——浪漫写实——新浪漫（表象主义）”的描述，欧洲文学史的“进化”本质得到强调。五四以后的新文学，就在这种西方文学进化图中，确定自己的位置，选择自己的目标——茅盾诸人选择了写实主义，创造社则选择了浪漫主义。根据这种文学进化论观念，有学者合理地解释了郭沫若、鲁迅等人文学观念上让人匪夷所思的迷恋和扬弃[15]。

15 参见杨联芬：《现代性与中国现代文学的反思》，载《西南师范大学学报（人文社会科学版）》2004年第2期。

民主主义思想的导入，也是20世纪初中国历史发展进程中一件翻天覆地的巨大事件。在一个强调“三纲五常”、君臣父子等级森严的民族，民主思想的突然引入有些出人意料。

中国人认识西方民主非常重要的时期被认为集中在 1898 年戊戌变法直到辛亥革命爆发这段时期。尤其是在二十世纪以后的时间里，我国到日本地区留学的人数大幅度增加，此时由梁启超创办的《新民记》也在广泛、系统地传播西方政治教义，此时“新民”成为思想的主流。有众多学者表示，人们对于自由、个人思想、权利、以及想象力的充分解释是非常必要的，并且会以此为契机大力进行宣传。很多留学生所创办的刊物，也不失时机地鼓吹民主，充满澎湃的热情。邹容尽管在《革命军》中主要以“反满的激进言论”为内容，可是在具体的实践环节，他对于人民的自由和自主权利也提出了伸张的重要意义，对此，他提到，今后中华民国的发展将全部按照美国的管理制度进行建设。在此期间，革命党和宪政党之间的争端涉及到许多基本的民主问题。为了迎合本次讨论的实际需求，研究人员必须仔细查阅有关西方民主和国家建设方面的重要文件以及参考文献。有趣的是，对于辩论的片面性一部分人采取无视的态度，双方对西方民主制度有比较深刻的了解，似乎表面上达成了某些共识，并且随着时间的推移已经开始形成自己的理论体系。举例说明，孙中山关于建立民主宪法“三步过渡”和“五权宪法”的想法可以说是民主理论在中国最具特殊性的内容。梁思昭和其他宪政政党关于未来的议会制度和负责任的政府而建立的伟大构想，这意味着他们对中国未来的建设与发展已经有了一个系统性的思想体系。虽然其中存在着一些明显缺陷和不足，但是这种思想的发展前景是光明的。

根据以上内容进行分析，在某种意义上说，讨论、论战双方实际上在“民主”上已凝成了一定的共识。只不过对民主的具体形态和实行方法有着不同的见解、看法罢了。

综上所述，在此期间，我国先进的知识分子对西方民主制度的某些方面如人民权利、国家权力制衡制度、选举制度、地方自治制度等有了更深入、更全面的了解，并且深刻分析了中国应该如何改变西方的民主制度。在后续发展阶段，辛亥革命爆发，有效推翻了政府的封建帝制，结束了中国历史上长达两千多年的封建帝制，建立了中华民国，公众主要依靠这一时期的知识和经验，在不断摸索和实践的过程中建立最初的民主制度。但是，袁世凯窃权伊始，民主制度的实质内容就惨遭肢解，并被日复一日地被掏空。醒悟过来的人们终于发现，用许多仁人志士的鲜血换得的民主共和制度，竟被袁世凯搞成了个空架子。人民并没有翻身得解放，还根本不能获得主人的权力和地位。

于是，觉悟者开始发动以解放人的思想为主要目标的新文化运动。这场运动类似于是 18 世纪下半叶发生于德国思想文化界的“狂飙突进”运动，应属于一场伟大的思想启蒙运动。它使中国人对民主的认识大大向前推进。在这之前，国人所争取的民主，大体都不超过“民权”的范围，就是争取公民参政议政的最基本的公权利。而从这时开始，人们所最关注的已经从“民权”转变为公民个人的“私”权利，即思想、言论、信仰、人身、财产等等自由权，实现了由“外”向“内”的转变。从而，人们对于个人的地位，个人的价值，个人与国家的权利关系等等，有了比以往任何时代、任何时候都更加清楚的认识，“私权利”虽小，虽然属于私人领域，但是个人的权利是国家权利的基础，是国家权利的来源，没有个人权利，没有对个人权利的根本保障，国家对于人民就并无价值，就象俗话说的，皮之不存，毛之焉附？没有足够的私域权利，民主制度也就无从谈起。从这时起，我们可以说，新文化运动时期所倡导的民主思想，开始与欧洲启蒙时期的民主、人权思想相呼应了。

社会民主思潮对文学观念的影响是直接的。因为中国文学自古重视“文以载道”，现在时代赋予了“道”以新的内容，那么文学当义不容辞地承载这一伟大的义务。所以，新文化运动时期，沉闷的中国文坛似乎是撕开了一道裂隙，民主思想的光辉一下子照射到文学上面来。所以，人的觉醒，人性的解放，冲破几千年封建社会的桎梏，迎接人的全面的解放就成了时代的最强音。在这种启蒙思想的启迪下，当时知识精英们的民族国家政治想象中，自然就有了人权、自由等现代性必不可少的内容。

有趣的是，民主意识的发酵和生长，催生了文学形式的革命。白话小说、白话诗的适时而生，其实正是文学民主意识的一种表现形式。我们以晚清新小说运动为例。19 世纪 90 年代末，一向为士大夫学术视野所不齿的小说，突然成为学界青睐的对象。一批倡导新学的知识精英，如康有为、梁启超、严复、夏曾佑、林纾等等，纷纷注意并倡导起曾经被人视为低俗的文学形式—

—小说来，这就是导致中国文学现代转型的“小说界革命”。维新知识分子认为小说不仅受众最广，而且几乎是世俗社会惟一与上层社会及主流意识形态相对接的平台。“仅识字之人，有不读‘经’无有不读小说者”[16]。小说在“娱心”之外对世俗社会道德伦理价值观念的影响，“几出于经史上”，“而天下之人心风俗，遂不免为说部之所持”[17]，“故‘六经’不能教，当以小说教之；正史不能人，当以小说人之；语录不能喻，当以小说喻之；律例不能治，当以小说治之。”[18]小说成了思想启蒙的首选形式。

中国现代文学作为中国现代文化的一个组成部分，和中国现代文化的总体进程一致，也是以西方文学作为参照系而走上现代化道路的。但与政治经济和军事的过程不同，中国文学学习西方的目的不在文学本身，而在于文学之外。五四时期，文学作为文化的一个方面被认为是构成社会的深层基础，中国要在政治经济和军事上强大，摆脱被欺侮的地位，必须从根本上对文化上进行变革。中国文学就是在这种背景和逻辑理路下从传统向现代转型的。有学者准确地指出，中国现代文学具有强烈的社会使命感和功利主义目的。文学的现代化进程和社会的现代化进程在时间上大略一致，但并不是遵循同一逻辑根据，中国并不是因为文学的落后才去向西方学习，而是因为传统的文学于社会的现代化不利才去学习西方的功利主义文学的[19]。

如果说“历史现代性”主要表现在社会形态上面，那么“审美现代性”则主要表现在文学思潮、文学价值取向等文学形态上面。

与中国古代文学总体的古典式和谐与秩序不同，中国现代文学充满了内在的紧张与冲突，变动不居，其稳定与秩序充满张力，因而具有创造的活力和繁荣的契机。因此，中国现代文学的现代性既是一个历史概念，又是一个发展概念，我们可以从中国现代文学迄今的历史发展中总结出某些具体的特点诸如对民族、国家的深切关注，反传统，人道主义，创作方法上的重现实主义和浪漫主义等，但这些都不是中国现代文学“现代性”固定的理论内涵。因此，高玉认为，中国现代文学的“现代性”在某种意义上不如称

16 康有为：《日本书目志》识语，见陈平原、夏晓虹编《20世纪中国小说理论资料》第1卷，北京大学出版社1989年版，第11页。
17 康有为：《日本书目志》识语，第11页。
18 康有为：《日本书目志》识语，第13页。
19 参见高玉：《文化冲突中的文学选择——中国现代文学的现代品格》，载《学习与探索》2000年第5期。

之为“中国文学的现代品格”[20]

第三节　世纪碰撞中的个案及其图景

下面，我们试图通过解析中国近代文明进程中的各个文学（化）个案，来进一步了解 20 世纪初至 20 世纪上半叶现代中国文学发展中的个性品格。

一、梁启超的“文明化合论”

梁启超先生生于 1873 年，逝世于 1929 年。梁启超是广东新会人，号任公，字卓如。另外，他还是著名思想家以及政治家，与其师康有为一道，是历史上著名的戊戌维新运动重要领袖之一。

总体而论，梁启超的思想具有“多变”的特色。一般说来，作为戊戌维新运动重要领袖，梁启超的思想应是十分激进、偏激的。但实际情况却不全是这样。与老师康有为的执拗、迂顽有所不同，梁启超的思想有着因应时代变化而变化的特点。相应地，梁启超对中西文化的认识也因时而变，因世而化。其过程大体经历了“引西入中、初识西学”和“游学国外，反思中土”两个阶段。前一阶段大体又可分为两个时期：一为“初识西学，眼界大开”时期。在这之前，梁启超有为其变法作思想准备而处于比较激进的时期，但见识仍囿于对传统家国意识和以儒家为主的传统主流文化认知上。和其老师康有为一样，他们虽然有着激愤的变革思想，但骨子里仍然是传统仕人勇作君王师的道统情怀。这一阶段的思想嬗变，主要体现在他晋京应试，回广东时经过上海，偶然读到世界地理书籍《瀛环志略》和上海机器局所翻译的介绍西方知识的图书，对他早期的变法思想有着较大的影响。二为“变法”及失败后逃亡日本期间，变法维新，以西伺中，大量介绍西方社会政治学说，为政治改良谋篇布局。

这个时期，梁启超主要精力在于以西方政治制度作为参照系，反观近代中国政治体制的种种积弊，以推行变革与改良。因此，这个时期，他引介、研读西学是带着明显实用主义和功利主义的色彩的，是具有“贪婪”色彩的，其根本和最终目的始终围绕着变法维新展开。

---

20 参见高玉：《文化冲突中的文学选择——中国现代文学的现代品格》，载《学习与探索》2000 年第 5 期。

第二个阶段可称之为梁启超的“游学”时期。这个时期主要有两次海外“游历”过程：第一次是1903年的北美游历，第二次就是1918年开始的欧洲游历。

有意思的是，两次“游历”对梁启超世界观的变化很有些反讽的意味：本意通过考察欧美反切中华文明的梁启超却在游历中加深了对西方文明的反省，重新审视中华文明的价值。

这一时期梁启超接近西方具有一定的主动性。他去西方主要是了解西方，认识真正的西方，以帮助拯救苦难的中华。但是，让人始料末及的是，北美游历后，梁启超敏锐地观察到了，资本主义制度以及美国式共和制出现的腐败现象以及弊端。他认为当时的中国与美式共和并不相符，并且倡导君主立宪制。梁启超倡导的思想具有直接性，强调不对任何暴力革命产生信任，并且认为暴力革命的出现在一定程度上使中国出现内乱，因此梁启超向改良方向迈进。随着时间的消逝，以孙中山为首的革命派中不再有梁启超的参与，并且梁启超和该革命派背道而驰。随后，梁启超创办了《新民丛报》，该报的问世正式拉开他和孙中山之间论战的序幕。

北美是这样，欧洲又怎么样呢？

1918年，梁启超和蒋百里、张君劢、丁文江等一行人访问欧洲，展开了为期一年的游历。这次旅行从上海出发，考察了英国、法国、比利时、荷兰、瑞士、意大利、德国等，对一战后欧洲各国的真实状况有了感同身受的了解，同时对欧洲科学发展的利弊有了切身的感受。1920年，他将这些强烈的欧游观感形诸文字，这就是他的《欧游心影录》。青年学者代兴莉指出：在1919年前期，梁启超将政治以及思想启蒙等相关活动作为核心内容，但是在同年欧游过后，他便不再重视政治以及思想启蒙等活动，从而转向教育以及文化启蒙方面，特别是中国典籍研究，梁启超的这种转变，使得他成为了中国近现代杰出的学术大师和教育家[21]。

这次欧游的经历，颇有点“冏游”的意味。《欧游心影录》篇便描写了这种囧境。或许是由于经费的不足，梁启超他们的考察多从节俭出发，吃住用都比较节省。比如选择郊区而不是市区价格便宜的房子为考察宿营地。像他们在巴黎近郊白鲁威的寓庐，就是便宜而简陋的房子。然而，正是这样的环

21 代兴莉：梁启超《欧游心影录文化价值论》载《湖南师范大学学报（社会科学版）》2009年第3期。

境，使得考察团成员能够沉潜下来，讨论考察过程中的所见所闻，能够凝思结想，形成考察成果，也正是因为如此，梁启超才形成了他的《欧游心影录》。诡异的是，这次考察，与他的北美考察一样颇有意思，本意是考察异国体制的优越性，以推进自身的改革，但考察的结果却几乎全是相反的——梁启超和战乱后的欧洲社会情况予以对战，同时全方位掌握了西方文明遭遇的所有灾难，并且有了新的认识。在《欧游心影录》中详细记载了梁启超体验的西洋文明破产论，同时强调梁启超对西方文明的态度逐渐转为失望，并且也反映出梁启超对中西文明的整体态度。他认为机器的研发以及随意使用是导致该现象产生的主要原因。另外，梁启超认为无论是物质生活还是科学，都无法超越一切事物。

梁启超是基于一种怎样的世界观来看待欧洲文明的这种变化的呢？在《欧游心影录上篇》之《大战前后之欧洲》第二段《人类历史的转折》中，梁启超说过这样一段话：

“我想人类这样东西，真是天地间一种怪物。他时时刻刻拿自己的意志，创造自己的地位，变化自己的境遇，却又时时刻刻被他所创所变的地位境遇支配起自己来。他要造甚么变甚么，非等到造出来变出来，没有人能够事前知道，连那亲手创亲手变的人也不知道。等到创成变成一个新局面，这新局面决非吾人所能料到，大家只好相顾失色，却又从这新局面的基础上，重新又再创再变起来。一部历史，便就是这样的进化。见其进未见其止。”[22]

这段话至少包含这么几层意思：一、人类自身行为促使世界发生变化；二、这种变化具有不可预见性；三、不遂人愿的变化孕育新一轮的变化，四、生生不息，循环变化无穷。其实，从梁启超的总体历史观而言，这段话所包含另外一句潜台词：人类的祸福皆因自己而起。从人类历史发展的总体进程而言，人类行为常常异化为自身的对立物。

所以，梁启超的欧游过程中，看到战后欧洲文明所遭受的涂炭，除深感痛惜外，他更多地感受到的是这种人类自身行为所带来的恶果，从而更巩固了他的这种人类“自作孽”式的世界观和历史观。

怎样规避历史恶性循环的风险？怎样走出人类的这种误区呢？他试图用东方文明的合理内核来化解人类的这种一再上演的历史悲剧，于是，梁启超

22 梁启超：《饮冰室专集之二十三，欧洲心影录》，中华书局，1936年（民国25年）第32页。

思考的目光转向了东方。

这次欧洲游历，消解了此前他对西方文明的全部信仰，使他转而试图用中和的思维方式来调解中西方文明之间的相异属性，通过西方文化为中国传统文化提供保障，并且传扬我国传统文化，同时加快中国文化发展进程，肩负拯救世界的伟大责任。他决心："拿西洋的文明来扩充我的文明，又拿我的文明去补助西洋的文明，叫他化合起来成一种新的文明。"[23]，他进而提出实现这种"化合"四步走的方案："我希望我们可爱的青年，第一步，要人人存一个尊重爱护本国文化的诚意；第二步，要用那西洋人研究学问的方法去研究他，得他的真相；第三步，把自己的文化综合起来，还拿别人的补助他，叫他起一种化合作用，成了一个新文化系统；第四步，把这新系统往外扩充，叫人类全体都得着他好处。"[24]梁启超的这种中西文明化合说可算作是20世纪初"新儒学"的滥觞。

全书分为上下两篇。上篇主要介绍大战前后的欧洲状况，讨论了欧洲战前战后的生产生活状况及各种社会思潮。下篇则以"中国人的自觉"为题，探讨了挽救世界于危难的应对之策，并着重强调了中国传统文化在挽救世界中所应起到的重要作用。

从梁启超的学术思想生涯考察，《欧游心影录》无论从篇幅还是思想的重要性方面来说都不是最重要的一本著作。但是，学界普遍认为，它在梁启超的思想文化发展转变过程中却又具有标志性的作用。仔细考察这本小书，我们发现，梁启超的思想曲线大体经历了这么个过程：

先前，他批评中国传统文化缺乏自由传统，对西方文化的"自由精神"表示认同与赞许。因此，他在著作中讨论，思想解放可能会带来社会道德的动摇、解体，甚至带来社会罪恶。但是，就算把思想完全封闭起来，同样也会有社会罪恶和不道德行为。因此，他反对压制自由思想、扼制批评的行为。

尔后，当梁启超看到了西方文明的沦落，特别是由于科学主义和物质主义凌驾于人们的整个生活所带来的社会动荡和骚动后，他的思想发生了根本变化。如果第一次曲线是向西转的话，那么这次的曲线则反转过来，转而向

---

23 梁启超：《饮冰室专集之二十三，欧洲心影录》，中华书局，1936年（民国25年）第35页。

24 梁启超：《饮冰室专集之二十三，欧洲心影录》，中华书局，1936年（民国25年）第37页。

东，企图用东方文化来弥补西方文明的缺陷，进而“化合”中西方文明。

这个转变本身是有些吊诡之处的，梁启超欧游的原因是想要学习借鉴西方文明，但是万万没想到最后却以失望回归，他认为不应该再对西方文明以及政府产生信任。因此，他在欧游之后，即使对国家政治等相关事宜无法忘却，但是在一般情况下已经不再过问有关政治方面的相关业务，而是毅然决然向大学校园迈进，并且开始文化传播等相关工作，向中国传统文化再次靠拢，对中国典籍予以深入探究分析，并且通过自己最后十年的努力使自己成为民国时期享有多种荣誉的学者。

据记载，梁启超共有两次海外游历经历。第一次是在 1903 年的北美之行。他首先抵达温哥华，然后到达蒙特利尔，最后向纽约出发，梁启超所抵达并且游览的城市共计有十多个。此次游历时间长达 9 个月，在这 9 个月里梁启超对美国的文化、政治等内容有了一定的熟悉，同时使他的思想也发生改变。梁启超这次游历的主要关注点在于美国的政治体制。梁启超摇摆于改良与革命之间，尽管其间接受过孙中山等革命党人一定的影响，但基于根深蒂固的儒家“中庸之道”、“温柔敦厚”观念的改良思想及老师康有为的压力，梁启超反复权衡利弊后得出初步结论：美国的共和制不适合中国国情。中国国情只能实行君主立宪。这种结论所导致的直接后果是他与革命派思想上的巨大对立。延展开来，这也是 1904 年至 1907 年梁启超在其创办的《新民丛报》上与孙中山、汪精卫等革命派在以《民报》为中心的报刊上展开激烈论战的思想逻辑。激烈论战的结果是，梁启超凝练形成了他的三个改良主义的观点：其一，政治革命论。所谓政治革命论是指用君主立宪制替代君主专制。他认为只有统治者按照人民需求予以满足才是政治革命的最佳状态，人民要求统治者作出政治变革，但是最高统治者的利益并不受影响，统治者进行改革的顺序应该遵循从上到下，并且梁启超对利用革命以及暴力进行政治革命的方式并不认同。其二，开明专制论。梁启超认为这种制度和清朝时期的野蛮专制存在差异，是一种更为完善的政治体制。他认为，就目前的现实而言，中国的国民素质，不能采取共和立宪制，同时也不能采取君主立宪制。犹如他将革命的核心内容放到对人民产生的要求上，他将开明专制的实行希望全部放到人民的劝告方面，梁启超希望可以先实施专制，然后实施民主制。其三，反“社会革命“论。所谓社会革命由资产阶级民主派发布，并且主要领导人是孙中山，在社会革命论中，撤销地主土地所有制，从而使我国土地问题能够有效处理。梁启超对此有较深的误解，他认为资本对社会经济而言具有一定意义，不赞同消除封建大地主的想法，担心触及地主土地所有制，梁启超希望资本主义的发展背景不更改当前土地制度。

梁启超的这种思想的形成事实上受到了两种现实的“刺激”：一是一战后的欧洲万物凋零的现实，让梁启超感受到了科学进步的双刃性——即它既给人类带来福祉，同时也在毁灭人类一手缔造起来的文明。二是，欧游时，在与一些著名学者的交流过程中，特别是谈到“四海之内皆兄弟”，“不患寡而患不均”等儒家思想甚至“井田制”时，梁启超表现出了他们振救人类文明的迫切心愿以及对中国古代文明的由衷赞许。如与大哲学家蒲陀罗（T. M Boutten，1845-1921，柏格森之师）交谈时，蒲氏就告诫他：“一个国民，最要紧的是把本国文化，发挥光大。好象子孙承袭了祖父遗产，就要保住他，而且叫他发生功用。就算很浅薄的文明，发挥出来，都是好的。因为他总有他的特质。把他的特质与他人的特质化合，自然会产生第三种更好的特质来。你们中国，着实可爱可敬。我们祖宗裹块鹿皮拿把石刀在野林里打猎的时候，你们不知已出了几多哲人了……我望中国人总不要失掉这分家当才好。”[25]西方学者的赞许和欣羡让梁启超油然生出极高的民族文化自豪感，也使他感到了发展民族文化并使之“化合”成为世界进步力量的责任与重担。他始终认为，中国传统文化中的孔老墨三位大圣，虽然学派各殊，“‘求理想与实用一致’，却是他们共同的归着点”[26]。“经世致用”的传统思想，使得梁启超将以外来科学改造“化合”中国传统文化的愿望更加强烈。欧游的经历让梁启超开始反思科学与人文的关系。正是在这种背景之下，他在新文化运动如火如荼，将“民主”和“科学”喊得沸反盈天之时，敏锐而超前地指出科学并不是万能的，传统儒家里提倡“正心诚意”塑造修齐治平之人的思想在现代依然有用。

二、“昌明国粹”和“融化新知”——“学衡派”

其后出现的，是作为五四新文化运动最主要的反对派——“学衡派”。从1922年出版同人杂志《学衡》至1933年7月宣布解散，其主要代表人物有吴宓、梅光迪、胡先驌等等。该团队的形成时期处于现代文化转型，并且

25 梁启超：《饮冰室专集之二十三，欧洲心影录》，中华书局，1936年（民国25年）第35-36页。

26 梁启超：《饮冰室专集之二十三，欧洲心影录》，中华书局，1936年（民国25年）第36页。

团队中的成员大多属于精英级别[27]。团队中的成员，不仅具有传统文化素养、对中方以及西方的相关文化有所掌握，而且能够在和世界思想文化发生碰撞中吸收并转化新的外来精神力量。在他们与反对派的论争中，彰显了儒家传统文化，深刻反思新文化运动以来过于倚重物质主义和科学主义的文化价值观，构成20世纪初强势主流意识形态下的一道特殊思想文化景观。

沈卫威在其著作《民国大学的文脉》中指出“革命”是认识20世纪中国的一个最为重要的关键词。不论是社会、政治、经济、文化、文学等大的公共领域。还是婚姻、家庭等私人空间的一切变化，都与这一话语关联。而每一位教授、学生的个人命运又与“党派”这个关键词相关联[28]。沈卫威注意到，民国时期地处北京的北京大学和地处南京的东南大学—中央大学，分别代表了激进和保守，实际上就是“新青年派”和“学衡派”的两种态度截然不同的传统。饶有兴趣的是，激进和保守，作为两种不同的文化姿态竟各自在大学校园内表现出来，显示了不同类型的思想观念、学术观念和文学风格。

很显然，《学衡》[29]的发布背景是新文化运动发展阶段，将陈独秀等人当

27 “学衡派”是对围绕在《学衡》周围的作者的称呼，尤其指吴宓、梅光迪、胡先骕等几个批评新文化运动的主力。该称呼并非他们自命，而是新文化一方赋予的。在《学衡》面世之初，还没有这种说法。鲁迅的《估〈学衡〉》只称他们为“诸公”，周作人、胡适等人也没有用“派”来称呼他们。直到《新文学大系·文学论争集》第三编标题“学衡派的反攻”，才最早使用这个名称，而且带着胜利者的居高临下的意味。但郑振铎在导言中仍然把他们称作“胡梅派”，可见这个称呼在1935年还没有普遍使用。但1939年李何林的《近二十年来文艺思潮论》、1953年王瑶的《中国新文学史稿》都使用了这个称呼，尤其是后者长期被用作高校文科教材，影响很广。“学衡派”这个称呼也被以后的文学史和研究论著沿用下来，包括港台司马长风、李辉英等的文学史在内，但其最初的贬低色彩已逐渐淡化。1980年代之前，“学衡派”仅指吴宓、梅光迪、胡先骕等人，后来随着研究的深入，“学衡派”在文化建设、学术研究等方面的成绩也重新得到评估。因此内涵也相应拓展。汤用彤、柳诒徵乃至王国维等纳入到“学衡派”中。详见孙尚扬、谭桂林、张贺敏等学者的相关论文论著。

28 沈卫威著：《民国大学的文脉》人民文学出版社，2014年，第3页。

29 《学衡》杂志创刊于1922年1月，最初几年的作者群踞于南京东南大学。该刊由上海中华书局承印发刊。据版权页上标明的时间和期刊号所示，1922年1月至1926年12月，《学衡》以月刊形式刊行了60期。1927年停刊一年。1928年1月复刊，以双月刊印行，至1929年11月，出版了61-72期（这两年共印行12期）。1930年停刊。1931年以后，时出时断，至1933年7月，又印行了73-79期（这二年半共印行7期）。(学衡）自1922年1月至1933年7月，历时近11年，先后共印行79期。但事实上，由于战乱，刊物出现了标明的日期与实际出版时间不符的情况。第60期标明为1926年12月出版，实际却是1927年下半年才印

成核心人物的反对势力，于二十世纪初期而言，它仅能被当成是影响力较小的逆行迴流，基于时代潮流的严重打击，在现代社会逐渐替代传统社会的阶段中，仍没有能够阻碍历史发展的力量，最大程度上只能将其看成时代风波内的小插曲。然而，它作为文化保守主义思想，却有自己存在的意义。就20世纪世界反现代化保守主义思想而言，我国的“学衡派”（在欧美等国留学之后又回国的学者居然是该学派的成员，详见下表[30]）

姓　名	籍　贯	年　龄	学　历	U：作单位
刘伯明	江苏南京	1887-1923	留学日美	东南大学教授
梅光迪	安徽宣城	1890-1945	清华毕业留美	东南大学教授
吴宓	陕西径阳	1894-1978	清华毕业留美	东南、清华大学教授
胡先骕	江西新建	1894-1984	北京大学预科班留美	东南大学教授
柳诒徵	江苏镇江	1880-1956	游学日本	东南大学教授
汤用彤	湖北黄梅	1893-1964	清华毕业留美	东南大学教授
吴芳吉	四川江津	1896-1932	清华留美预备班	西北大学教授
缪凤林	浙江富阳	1899-1959	东南大学毕业	东北大学教授
景昌极	江苏泰州	1903-1982	东南大学毕业	东北大学教授
刘朴	湖南湘潭	1894-1952	清华毕业留美	东北大学教授
刘永济	湖南新宁	1887-1966	清华留美预备班	东北大学教授
王国维	浙江海宁	1877-1927	留学日本	清华国学研究院导师
张荫麟	广东东莞	1905-1942	清华毕业留美	清华大学教授
李思纯	四川成都	1893-1960	留法	东南大学教授
林損	浙江瑜安	1900-1940	不详	北京大学教授
郑鹤声	浙江诸	1901-1988	东南大学毕业	教育部编审处常任编审 国立中央大学教授
郭斌和	江苏江阴	1897-?	香港大学毕业留美	东北大学教授
孙德谦	江苏吴县	1869-1935	东吴大学毕业	上海大学教授
胡稷咸	安徽芜湖	1899-1968	香港大学毕业	中学教员、武汉大学教授
徐马埒	浙江盅善	1901-1986	留学	松江女中教员、浙江大学教授
王恩洋	四川南充	1897-1964	北京大学学习	成都东方文教学院教授

出，因为王国维1927年6月自杀，这期为王纪念专号。本著所论《学衡》皆据江苏古籍出版社1999年出版《学衡》（16卷）影印本。

30 此表取自郑师渠著《在欧化与国粹之间——学衡派文化思想研究》并依相关文献略作整理，郑著，北京师范大学出版社，2004年。在此深表谢忱。

"学衡派"等学者有时候也被称为"新保守主义"[31]。不同于具有帝制梦想以及实行专制复辟的政治保守主义，"新保守主义"大多体现在文化方面的保守，他们除文化方面的坚守之外，几乎不包含其他政治野心。作为时代风波内的小插曲，它和美国新人文主义思想密不可分，并且在一定程度上受到相关影响。当我国向现代化迈入初期，体现出美国"新保守主义"的部分意愿。它在接纳现代化经济以及政治等内容的过程中，尝试通过文化发展的标准化来约束人生信念以及社会文化观念的现代失范，特别是道理伦理的腐败以及人文精神的恶变。在各方面均体现出一定的忧虑情绪。文化保守主义与文化激进主义以及抱残守缺主义均存在差异。

以今天的眼光看来，代表文化守成主义的"学衡派"的更大价值表现在其思想的独立性和不想被主流声浪所掩盖的博击精神。众所周知，处于文化与社会现代化转型期的20世纪初，复杂思想现象的交相纠缠交织，主要是源于当时复杂的社会状况。它的复杂性首先就在于激进与保守的分界并非泾渭分明，之间的关系时有错综交织，相互纠缠不清。同在声势浩大的五四新文化运动浪潮下，那种摧枯拉朽式的磅礴气势，使得一切声音显得异常微弱，而"学衡派"的同仁们在这种状况下不仅不屈从于时流，而且据理力争，从而表现出传统士人的冷峻和风骨，这是非常让人钦佩的。

几乎与此同时，梁实秋也发表了大量相似观点的文章，声援、支持这股反思现代文化的社会思潮。

在1915年2月16日期间，吴宓曾在日记中提及想要出版杂志，并形成一种学说即"发挥国有文化，沟通东西事理，以熔铸风俗，改进道德，引导社会"[32]。同年冬季期间，正式成立了"天人学会"。吴宓在1916年4月3日给好友吴芳吉的信中说明了"天人学会成立的意义"，其主要内容是不包括共事牺牲以及益国益群在内，则欲融合新旧，形成一种学说，在一定程度上使社会群体以及治安受到影响，并且产生相应价值。[33]

31 哈贝马斯将西方的保守主义分为"老保守主义（*old conservatism*）"、"新保守主义（*new conservatism*）"和"青年（激进）保守主义（*young coservatism*）"——抑或称"后现代主义（*post mordernism*）"。（参见哈贝马斯著，包严明译《哈贝马斯访谈录》上海人民出版社，1997，第4-6页。）

32 吴宓：吴宓日记（第1册）：1910-1915，生活·读书·新知三联书店，第381页，1988年版。

33 吴宓：《空轩诗话》，《吴宓及其诗话》，第210、第211页，（西安）陕西人民出版学衡派在创立之初就曾明确提出：学衡派的宗旨是："论究学术，阐述真理，昌明国粹，融化新知，以中正之眼光，行批评之职事，无偏无党，无激无随。"[34]

学衡派不仅从传统文化的道德精神中汲取新文化建设的养料，而且还把目光投向西方的宗教道德遗产，主张新文化必须融汇中西文化的精华于一炉，"今欲造成中国之新文化，自当兼取中西文明之精华而熔铸，贯通之"[35]。这是学衡派有别于其他文化派别的地方。他们宣称，"欲挽救中国之隳风，必采取批评的态度，将东西文化思想，筛剔提炼，留其精粹，去其秕糠，然后再以博大深远眼光，探究人生意义，而另立真正价值之标准，以为解决政治社会问题之指针"。此精华为何，从论证过程看来，在他们眼中的中西文化之精华显然归诸道德宗教精神。学衡派中尊奉新人文主义的成员又特别地推崇佛教、基督教与孔子、亚里士多德学说："欲窥见历世积储之智慧，撷取普通人类经验之精华，则当求之于我佛与耶稣之宗教教理，及孔子、亚里士多德之人文学说，舍是无由得也。论其本身价值之高，及其后世影响之巨，此四圣者，实可谓全人类精神文化史上最伟大之人物也。"[36]他们力图将这些学说熔铸一炉，建成中国之新文化："孔孟之人本主义，原系吾国道德学术之根本，今取以与柏拉图、亚里士多德以下之学说相比较，融会贯通，撷精取粹，再加以西洋历代名儒巨子之所论述，熔铸一炉，以为吾国新社会群治之基。如是，则国粹不失，欧化亦成，所谓造成新文化，融合东西两大文明之奇功，或可企致。此非旦夕之事，亦非三五人之力，其艰难繁巨，所不待言。今新文化运动，如能补偏趋正，肆力于此途，则吾所凝目伫望，而愿馨香感谢者矣。此吾所拟建设大纲，邦人君子，尚乞有以教之。"[37]

吴宓、梅光迪、胡先骕等人被称之为"学衡派"。有意思的是，他们不仅有着坚实的国学背景，也有着深广的西学知识。对于中西传统文化中的宗

社，1992年版。

34 吴宓：吴宓日记（第1册）：1910-1915，（北京）生活·读书·新知三联书店，第410页，1988年版。

35 吴宓：《论新文化运动》，《学衡》第4期，1922年4月。本著所引《学衡》文字或文章，皆据江苏古籍出版社1999年出版16卷《学衡》影印本

36 胡先骕译：《白璧德中西人文教育谈》，《学衡》第3期，1922年3月。

37 吴宓：《论新文化运动》，《学衡》第4期，1922年4月。另见山东大学博士学位论文《论〈学衡〉摘要》。

教、道德精华，学衡派既不是不加甄别地全部吸收，也不是不分青红皂白地一味排斥，而是主张有所选择、有所批判，在此基础上推陈出新，造成新的文化。

三、“唯美”和“古典”——梁实秋

在梁实秋的文艺思想中，人性是一个最为关键的概念，同时将梁实秋对文学本质以及价值尺度等重要问题的观念予以连接。梁实秋认为稳固的人性是完成伟大文学的基本条件，并且对这一观点曾多次提及[38]，“文学发于人性，基于人性，亦止于人性”[39]，检测文学的唯一要求即人性[40]，从他的文学观来看，“人性论”是其基石。

自二十年代后期——四十年代期间，梁实秋大量参加有关中国现代文学思潮的争辩，并且获得别人的关注（包括1930年前后关于“文学性”与“阶级性”亦即“人性论”的论争；）。其间，特别是梁实秋在哈佛大学学习期间，他的文艺思想出现巨大改变，即利用传统、古典倾向取代唯美、浪漫倾向。而事实上，他在论争中所持的基本上是古典主义的审美文学观。让人深思的是，从小在幽深的大宅院中长大的他，自小就被传统文化熏陶：衣食无忧、体会不到饥寒的生活。家规明确规定不能和仆人有任何关联，这种制度的规定使他形成一种贵族式的优越感，同时和下层级的群众出现情感隔阂。所以，就现存的社会秩序以及经济制度，导致他没有政治改革倾向。然后对于儒家思想而言，梁实秋却能够体会到亲切感。传统文化的熏陶以及门第的影响，在一定程度上迫使他的人生观出现保守、陈旧同时产生矛盾的现象。

前述几世纪初转型时期的著名的知识分子及知识分子群体，他们在当时的社会构架中都处于社会的中上层，基本上处于养尊处优的地位。正如有论者已经注意到，就五四期间的“保守主义者”而言，并没有人能够完全适应在古老的中国生活，以及想要使用传统武器对过去传统予以守卫。从文学层面来说，他们属于古典主义的审美范畴，而他们的思想、知识体系则是传统以“中庸之道”为核心价值的儒家思想文化。因此，他们大多是温和的社会文化缺点的批评者，没有也不想对社会文化提出超乎“温柔敦厚”之上的猛

38 梁实秋：《文学与革命》。
39 梁实秋：《文学的纪律》。
40 梁实秋：《文学与革命》。

烈的抨击，更不想对社会文化进行根本性的改造和变革，但总体而言，他们的思想是包容并蓄的，对优良文化思想处于一种开放状态。这样，当他们与某种外来思想文化不期而遇时，就容易发生某种契合式交融。

第四节　世纪初碰撞之白璧德的新人文主义

20世纪初世界文化急遽转型为当时中国的“新儒教”运动与同期的白璧德“新人文主义”运动提供了同源性文化发生背景，在对待传统文化的态度及方式方法上，两者具有非常一致的同构性。这为我们的研究提供了比较研究的广阔空间。与其他研究者不同的是，我们关注的重点不仅在于探究“新儒学”思潮与白璧德的新人文主义之间的同源同构性精神血缘关系，更在于探究白璧德新人文主义在新儒教思想中，尤其是它与传统儒家思想之间所发生的种种变异，从而更好地精进中华民族传统文化。

一、“身份认同”

这一节，我们要追问的是，为什么这样一种带有些许矛盾甚至诡异的文学或社会思潮会出现在20世纪初的中国社会文化领域等思想舞台上呢?

我们在研究伊始就曾开宗明义地谈到了19世纪末20世纪初世纪转折时期“身份认同”（Identity）问题。“身份认同”（Identity）是近代以还中华民族追求民族独立解放所绕不开的问题。所谓的“身份认同”，按《牛津英语辞典》的解释，有关身份认同的定义总共包括2种：一为“在物质、成分、特质及属性上存有相同的性状，或者绝对或本质的同一”；一为“在任何场所任何时刻一个人或事物的同一性，或者是一个人或物的自身状态或事实”。[41]因此，从其基本含义来看，Identity既有“身份”也有“认同”之意，大概位于2个维度的张力之间：不仅侧重群体统一，而且侧重个体差异。正是因为如此，在一般的行文中，就将这个词的含义整合为“身份认同”。

民族身份认同根植于西方现代性的内在矛盾，是从现代性问题中凸现出来的一个带有普遍倾向的问题。因此，身份认同的基本含义是指个人与特定社会文化的认同，尤其是对传统的固定体认，因为人在某种程度上是一定社会历史的产物，传统在每个人身上都无可避免地打上深刻的烙印。这个术语

41 James A.H. Murray, Herry Bradley, W. A. T. Onions. Eds., The English Dictionary, Vol. Oxford: Clarendon Press, 1989, p.620.

总爱追问的问题可以概括为：我（现代人）是谁？从何而来？到何处去？

“身份认同”问题同样也是19世纪末20世纪初世纪转型时期中华民族一个挥之不去的问题。19世纪末20世纪初，中国正处于内忧外患的严重困扰中。我们只需对这短短几十年的历史稍加梳理，便可看出当时古老中国的深重苦难：发生在1840年的鸦片战争使得中国从一个铁板一块的大一统的封建帝国迅速沦落为一个半殖民地、半封建的社会。从中法战争（1883-1885）、中日甲午战争（1894-1895）到《马关条约》（1895）、《辛丑条约》（1901）的签订；从列强开始强行瓜分中国到八国联军的入侵（1900），其间，一些志士先烈也试图作出百般努力，改变这种苦难的境况，例如，鸦片战争前龚自珍（定庵）、魏源（默深）等的热切呐喊；鸦片战争之后戊戌变法（1898）的探索，血腥暴力式的农民义和团运动（1899-1900），以及过辛亥革命（1911）这样的不懈尝试。

19世纪末，随着西方世界列强和各种帝国主义势力进一步加剧对中国的侵略，中国刚刚兴起的民族资产阶级维新派，为了挽救民族危亡、发展新兴的资本主义，大力地宣传西方世界的民主政治观念，唤起中国人民的觉醒。我们只需简单地回顾一下这个阶段的历史就不难发现，这段历史充满了奇谲诡异、起伏跌宕。那时候，清政府为了扶持凄风苦雨，摇摇欲坠的封建统治，被迫顺应时代潮流，摆出学习西方的迷魂阵架势，“预备立宪”虽属于彻头彻尾的一场骗局，但是，鬼使神差歪打正着地使得责任内阁制得以确立下来。北洋军阀统治的前10年（1912-1919），控制北京政府实权的军阀豪强，经常借助民主政治的名义，进行严苛的专制统治。导致北京政府政体多次反复：封建君主专制→君主立宪制→总统制→民主共和制（总统制）政权更迭不断，军伐混战，民不聊生是当时中华民族所面临的现实状况。如果说19世纪后半叶中华民族所而临的是生死图存的问题，而20世纪初则面临更为波云诡谲迷雾重重的抉择。

“救亡压倒启蒙”是李泽厚先生于1980年代中期提出的著名观点。在一篇题为《启蒙与救亡的双重变奏》的文章中，李泽厚以“启蒙”与“救亡”两大“性质不相同”的思想史主题来勾勒中国现代史。他认为，在中国现代史的发展过程中，“反封建”的文化启蒙任务常常被民族救亡的目标任务所打扰甚至“中断”，革命与救亡运动不仅没有继续推进繁重的文化启蒙工作，而且常常被“传统的旧意识形态”“改头换面地悄悄渗入”，最终造成“封建传统全面复活的绝境”。[42]

1989年，在为自己的文集《走我自己的路》的增订本所作的序言中，李泽厚更是再次明确指出，20世纪中国现代史的走向，是“救亡压倒启蒙，农民革命压倒了现代化”。[43]

确实，近代以来中华民族的“元叙事”（meta-narrative）就是“救亡”与“启蒙”双个主题的不断变奏。19世纪末20世纪初的中华民族精英们在这种宏大的“元叙事”背景下进行了持续不懈的拼力奋争。但是，中华民族自鸦片战争以来的“身份认同”窘境其实处于一种内外夹击的困境中，正像哈姆雷特面对“活着还是死去，这是一个问题”一样，近代以还的中华民族其实同样面临着这样一种抉择的尴尬。毫无疑义，当“救亡”和“启蒙”处于二元对立的境地时，当“亡种”、“亡教”、“亡国”成为我们最大的威胁时，“救亡”理所当然地成了中华民族身份认同中应有的题中之义。

但是，我们认为，“救亡”与“启蒙”并不是两个水火不相容的命题。两者并不天然存在矛盾性。因为“救亡”的同时也需要对民众进行现代性“启蒙”。“启蒙”的目的不仅为了解放自己，也是为了解放他人；而同样，在特殊历史情境中，“启蒙”也有其现实关切性，它的功能目标也可直接用来“救亡”。正如李泽厚先生所言，中华民族近代以降的思想求索过程，其实就是一种“救亡”与“启蒙”过程。而事实上，“救亡”与“启蒙”的“元叙事”所隐含的即是中华民族近代史上“反封建”与“现代化”主题。

民族灾难深重，使得很多的知识精英不得不深深地思考一个民族生存的问题。可以说，在19世纪下半叶到20世纪初的历史进程中，中国人民一直艰苦卓绝与奴役和被奴役的困境进行着博斗。在这场艰苦卓绝的斗争中，救亡始终是近代以来中华民族最重要也是最现实的主题。帝国主义恃强凌弱的巧取豪夺，使得中华民族长期以来形成的积弊暴露无遗，而欧美发达国家的现代化发展，作为一种观照倒逼了中华民族优秀分子的自我考量：为什么具有悠久文明的中华民族到了近代会变得如些脆弱不堪？而欧美文明有具有哪些可以吸取的力量？现代化进程中，中华民族该置于一种怎样的境地？！

当西方的各种现实课题和理论开始进入我们的视野时，恰好处于这样的

---

42 李泽厚：《中国思想史论》，下册，（合肥）安徽文艺出版社，1999年，第852-853页。

43 李泽厚：《李泽厚自选集》，（合肥）安徽文艺出版社，1994年版，第10页。

一种“历史”、这么一种“情境（sitution）”之中——正是中华民族“救亡”和“启蒙”主题突显的时候。

自古以来，以儒家为代表的中国知识分子阶层都非常清醒地知道自己的“治国、齐家、平天下”的历史担当。正因为肩负着这么一种社会责任和历史使命，所以中国知识分子的“身分认同”都自然指向“立法者”角色。正如有学者所指出的那样，自古中国知识分子（士人）“首先为自己设立相应法律，使自己成为自律且满足道德要求的人士；其次为社会设立相应法律，成为具有‘他律’功能的‘道’的承担者以及实现者。”[44]而所谓的“立法者”，用齐格蒙·鲍曼（Zygmunt Bauman，1926-）的定义来说，即是这样一种角色：他们超过了其他帮派利益以及宗派主义，将理性作为核心代表词，为国民说话。[45]

著名的德国社会学家马克斯·韦伯（Max Weber，1864-1920）曾经在两个著名演讲《以政治为志业》和《以学术为志业》中将知识分子分为“以政治为志业”和“以学术为志业”两个类型[46]，阐释了学术与政治之间纠缠错综的关系。现代中国历史上的，中国知识分子事实上不仅自觉扮演了社会的“立法者”角色，同时也有着“革命者”的角色担当。考察中国近现代历史，我们似乎缺少那种终生以“政治”为志业的职业革命家，但却不乏融汇“政治”与“学术”为一体的“革命思想家”。这些身份复杂错综的知识分子，虽有“政治”之渴望和“政治”的隐秘心愿，却总以“学术”做包装，来宣传社会政治理想。这些以“政治”为志业的知识分子，对中国近代以还深重灾难的思考，熔炼种种现实政治主张，汇入整个现代中国的历史改革进程中。而那些以“学术”为志业的知识分子，也往往在对中国社会作出种种判断时，力图开具各种医治药方，试图以此来唤醒和激励国人奋发图强，融入到世界民族文化的大洪流中。

按照这种逻辑进路，我们就不难理解，当“救亡”和“启蒙”遭遇碰撞时，思想精英们自然就会选择“救亡图存，启蒙自强”的现代性进程。以启蒙保救亡，以救亡促启蒙，这种功利现实色彩浓厚的选择就成了中国现代性

44 李春青：《文学理论与言说者的身份认同》，载《文学评论》2006 年第 2 期。

45 齐格蒙·鲍曼：《立法者与阐释者》，洪涛译，上海人民出版社 2000 年版，第 27 页。

46 这两个演讲有多个版本的译文。两个演讲合集请参考马克斯·韦伯：《.学术与政治》，冯克利译，北京三联书店，1998 年。

的必然图景。

现代中国思想（文学界）界对西方社会思潮（文学及其理论）的选择也包含了这样一种图景。

前面我们提到，和传统人文主义进行比较可以看出，白壁德提出的新人文主义其实存在很大差异。就白壁德而言，他认为西方的人文主义发展在一定程度上并没有守住初心，而被形形色色的具有不同意义的人道主义浑水摸鱼偷换了概念。西方整体思想文化受到热情以及观念的影响。换言之，进步以及博爱使西方思想界受到诱惑，同时不能认清事实，太过夸张的人性以及个性解放在一定程度上会逐渐转变为自我放纵、堕落的状态；另外，在大力宣传的友情以及博爱基础上，频繁出现人类互相残杀、互相背叛等现象。所以，白壁德一直都在强调：所谓人文主义实则属于人类本身，而非与其相关的人类以及世界；能够为人类提供帮助的应该是人类自身的控制力以及平衡力，并非科学进步，也并非人类产生的博爱。新人文主义的提倡者白壁德对人类20世纪的发展情况进行预估，他仿佛预见到人类的各种恶行，例如：打着博爱的幌子，在各民族间互相残杀以及不断扩展仇恨；在民主的协助下将帝国主义霸权加以修饰，并且任由霸权肆意实行；在言论自由的谎言下，无政府主义如何肆意实施等。也就是说，犹如美国著名文学家所说，白壁德去世后的50年，就是我们生活的环境，而且白壁德预计的事项在这50年中均被一一实现[47]。针对人类所面临的灾难，白壁德给出相关解决措施以及方案，显而易见的是，此原则属于自我约束，而非扩张侵略他人。只有这样才能够避免因过度同情以及自由而产生的不利现象。这种状态的改变属于西方思想意识由向外扩张改变成向内收敛，是从过度同情和自由改变成适度自我约束以及选择。总而言之，在社会不断发展的背景下，由传统转向现代化社会、经济形式的速度也在不断提升，通过科学物质主义、传统宗教信仰的逐渐沦丧，这一切归根到底是对西方文明产生的较大意见以及叛逆，鼓励人们探寻符合发展需求的替换物。白壁德对人文主义的概念以及认识即：在选择以及同情之间维持合理的平衡，这种思维方向和他的思维正好一致。

人类的理想状态无疑就是保持这种“正确的平衡”。

47 From the “Introduction” of I rving Babbitt i n Our Time), Edited by George A Paniehas and claes G.Ryn, The Caholic University of America Press Washington.D. C. 1986, page 1.

有趣的是，数十年后，一些具有开阔视野的当代思想家都看到了东方文化不可抵挡的魅力。比如著名历史学家汤因比（Arnold Joseph Toynbee，1889-1975）就主张有限度的“西方中心论”。他在 75 岁高龄时在《纽约时报》发表了一篇充满澎湃激情的《我不喜欢现代的西方文明》论文，在这篇文章中，汤因比以饱含深情的语言写道：“西方已经制造了两次世界大战……请将我从现代西方沾沾自喜的罪恶中救出来。”与汤因比异曲同工的是，德国哲学家雅思贝尔斯（Karl Theodor Jaspers，1883-1969）也认为因为那里有广阔的领土、开阔的思想视野，应该把人们的思想从西方转移到东方去。雅思贝尔斯把孔子与释迦牟尼、耶稣相提并论，认为是“思想范式的创造者”，同时，他还把中国的老子列为“形而上学的创造者”。他的这些理念，与中国 20 世纪初寻求救亡道路而千折百回重拾中华传统文化的 20 世纪上半叶“新儒家”们的观念不谋而合，都具有一种“中庸之道”的美学特质。所谓“新儒家们”，与其说他们是文化守成主义者，不如说他们是中国传统文化的矿藏掘金人。同样的，所谓的“新儒家运动”，也是对中国传统文化的丰富矿藏进行发掘而与以自由主义为武器的新文化运动相辩论抗争的过程。他们所要借鉴的只是中国传统文化中的有益成分；例如通过参考儒家爱国精神、仁爱精神以及气节观念，从而使自己重新振奋、明确物质利益、使自己的爱国精神被激发、培养情操以及培育个人自立自强的人格精神等。当然，他们实际上也部分吸纳了其他各家思想，在一定程度上也参考墨家、道家以及法家等相关思想。

这样，白璧德的话语场与中国 20 世纪上半叶思想文化精英们整体的“期待视野”相迭合。这些思想观念，就五四时期，因中西文化冲突的文化保守主义人员而言，类似兴奋剂。因此，二者一拍即合，继而顺其自然的融合到一起。就人文主义者而言，重要的力量取决于他们自身，而非取决于世界，这就是说，对外在的物质世界的把控并不是最重要的，真正重要的是掌控自己的内在世界。要实现关于选择的人文学思想的影响，正如十九世纪初期的欧洲文学具有某种相同背景的影响，这就是当时的拿破仑企图建立一个遍布全球的帝国威胁着欧洲。为了救亡图存，所有遭受威胁的民族都或是本能地或是有意识地从本民族的生活源泉中汲取使自身重新振作起来的活力。“正是这种爱国精神导致了各个民族都热切地研究起它们自己的历史和风俗，他们自己的神话和民间传说，对于一切属于本民族的事物产生强烈兴趣，引起人们去研究并在文学上表现‘人民’——也就是十八世纪文学没有关心过的社会下层阶级”[48]。在规模相对较大的政治基础上，中国文学所体现的观念即：反叛传统的文化观念以及反叛之后再次回归到母体的寻根意识，这样，20世纪上半叶现代中国占有一席地位的文化守成主义各种思潮，如新儒家及新人文主义就粉墨登场了。

二、新儒学后的哈佛面影

1. 白璧德与20世纪初中国知识界

在20世纪初，曾有2位来自美国的教授对当时的中国知识界产生非常大的影响。由这两位教授的学生陶行知等人的大力引荐，加上1919年亲自参与中国巡回演讲，某大学教授在当时中国知识界具体较高声誉，而这位教授在中国知识分子心中的地位堪比中国孔子。而另一位美国学者是白璧德教授，他也是由中国学生吴宓等人介绍说明，才被当时中国知识界所了解。

白璧德是一位温文尔雅，学识渊博的学者，他除了精研欧美各国之古今文学外，还通晓梵文、巴利文等语言，且对东方哲学包括从佛教到孔、孟、老、庄等的思想学说都有较深入的研究。白璧德著述主要有：

(1)《文学与美国大学》(Literature and the American College)(1908年)；

(2)《新拉奥孔》(The New Laokoon)(1910年)；

(3)《卢梭与浪漫主义》(Rousseau and Romanticism)(1919年)；

(4)《民主与领袖》(Democracy and Leadership)(1924年)；

(5)《论创造性》(On Being Creative)(1932年)。

一般而言，文学研究者都易落入一个窠臼。即好大喜空。探讨一些超形而上的问题或试图惠泽天下的话题。但白璧德不是一个大而无当的理论家。相反，他是一个脚踏实地的思想家。他的思想有很强的现实针对性。他的追随者梅光迪就曾直言：

白璧德“不是对某些偏远问题做研究的专家，作出某个结论，在一潭死水的学术界；惊起一点点稍纵即逝的波澜；更不是那种高高在上，与世隔绝的哲学家，建立一个别致的思想体系，但仅供观赏，与实实在在的日常生活毫无关联。相反，他是一位相当实际的学者，极为关注自己的思想理论的直

48 勃兰兑斯：《十九世纪文学主流》第4分册，徐式谷等译，（北京）人民文学出版社，1997年，第1页。

接效应[49]”

正是这种务实的、颇接地气的人文主义思想被他的东方弟子们所接受、推崇，并能行之有效地运用到与新文化运动的抗衡中去，所以，白璧德的新人文主义思想一经孕育出来，便大受其中国弟子的欢迎。

而白璧德也从来没有想过将自己的思想束之高阁，相反总是想着在世纪文明转折的过程中让人文主义重放异彩。并成为世界新世纪文明曙光的一束耀眼光芒。据吴宓女公子吴学昭的研究，白璧德在与吴宓的书信互动中曾经坦露心迹，其志尚不在小，他有意将其新人文主义和中国传统文化中以孔子为代表的儒家思想结合起来，赋予新合力，并直言不讳地指出，“在我看来，任何企图彻底打破（儒家思想）这一传统的做法，都将对中国造成严重的灾难，并且最终将影响到我们所有人的生活。[50]”这在20世纪初，中国新文化运动正轰轰烈烈地展开时，可谓是来自太洋彼岸的对文化断落可能性的一个友善的警示。

2. 相互激荡的白璧德与学衡派

我们知晓，白璧德（Irving Babbitt）等人提倡的人文主义运动也是西方文明发展到危机阶段的产物。有关“新人文主义”的定义，在当前相关领域仍存在异议，而我个人相对赞同此观点：

20世纪初开始兴起的新人文主义是一股这样的社会思潮：九十年代的法国以及英国等国家被它当成核心发源地，将文艺理论作为中心内容，通过批判精神对现代资本主义的物质文明进行评价，同时将探寻人类精神文明作为最终目标。

在1920年前后，通过中国在美国留学的学生引进的新人文主义，通过再次宣传优秀人类文化的方法，对道德思想出现的问题予以处理，从而解决群体以及人心躁乱，使全世界都能够体会到其中的利益了。对“新儒学”和白璧德的新人文主义之关系的研究，呈现出两种样态：一种是有关20世纪初“新儒学”各成员文学文化思想的研究。例如梅光迪、梁实秋等人的新儒学思想的关注。这主要见于各种零星论文和少量论著。例如刘聪的人文主义的关系探究方面。在最近几年中，越来越多的研究成果受到人们关注，例如朱寿桐、旷新年、段怀清、郑师渠、张源等人以不同角度对“学衡派”以及白璧

49 转引自刘聪：《白璧德人文主义与现代新儒学》，载《文学评论》2009年第6期。
50 参见刘聪：《白璧德人文主义与现代新儒学》，刘文载《文学评论》2009年第6期。

德新人文主义的内容予以相关或粗线条或精致化的阐释

在20世纪初期，中国的新文化运动正在酝酿掀起之际，也有一些学子负笈西渡，来到大洋彼岸的哈佛大学，向著名教授白璧德先生求学。寻求知识的革新，也寻求民族的新希望。这一批人中有后来曾经叱咤风云的学衡派及其代表人物，而耐人寻味的是，与此同时，远在大洋彼岸的哈佛大学教授白璧德也在关注并思考着人类的共同命运，并把探询的目光投向了遥远的中国。他看到孔学在中华传统文化建构中所起的巨大力量，并“深以孔学之衰落为可惜，于中国之门人殷殷致其期望”。他结合西方的人文主义传统和孔门之学，用新人文主义思想结晶为时代开出一剂药方。在他的弟子梅光迪揣测中，“儒家思想可能是除了佛教以外，对白璧德品性的形成起了重要作用的一大因素。”而且，梅光迪进一步推测，白璧德的理想就是要成为儒家彬彬有礼的学者，假如白璧德出生在中国，“他会成为儒家理想另一位举足轻重的代言人。”在梅光迪看来，从某种角度上来说，白璧德对儒家人文主义的评价向他的中国学生指明了中国文化在世界上的地位；为他们在当今形形色色的文化价值观和文化主张中指明了正确的道路，旨在重新阐扬包括中国儒家文化在内的优质人类文化，“进而解决道德思想之根本问题，以拯救人心之危与群治之乱，使全世界均蒙其福利焉[51]”。在其影响下，他的学生们在看待本国的文化背景时有了新的视角和方法——这种方法的基础要比以前更具批判性态度和技巧。这种评论方法使年轻的中国知识分子更坚定了他们的信仰。导致梅光迪反复阅读、揣摩白璧德的三本著作，并且充满崇拜的原因是：梅光迪在白璧德这里获得了使儒家传统更具阳刚之气的方法[52]。

3. 波士顿新儒家

东方经验是西方思想家观照世界的重要一维，尤其是在历史现状发生巨大变故的时候，在面临世纪转折的关键时刻。西方文学（批评家）思想家都会不约而同地转向东方，试图从古老东方的思想武库中寻找资源。如18世纪启蒙运动时期的伏尔泰、狄德罗、孟德思鸠等启蒙文学思想家和19世纪后半叶的康德、黑格尔等美学哲学家，以及19世纪末20世纪初的叔本华、尼采等无不在思极而穷的情况下将视野转向东方，从东方，尤其是从中国古代的思想资源中吸取营养，孕育出新的思想成果。事实上，东方经验的意义和价

51 吴宓译：《已故美国批评家薛尔曼评传》，《学衡》1931年1月第73期。

52 参见刘聪：《白璧德人文主义与现代新儒学》，刘文载《文学评论》2009年第6期。

值，就一直处于一些富于洞察力的思想家关注之下。他们都致力于发掘出东方经验对西方乃至世界思想文化的意义和价值。

不同于一般关注东方经验的西方思想家，20 世纪初以白璧德为代表的新人文主义者对于东方经验和古老中国的发现，是在于 19 世纪末、20 世纪初的西方经验普遍化和全球化的历史语境中实现的。因此，它就有了不同于以往历史阶段中出现的那些东方学者和思想家，仅为粗线条的勾勒，而以白璧德为代表的新人文主义者，披沙捡金，对东方经验特别是中国经验进行了粹炼，提取了其中的精华，企图用以来拯救世界于既倾，挽西方社会于危难之局面，以发掘其对西方世界乃至于整个世界的意义。

象白璧德等人这样的西方学者，他们对东方经验或儒家思想的吸收与淬炼，因其带有强烈的挽救西方世界危难的现实迫切性，因此他们对东方思想的学习与吸收，与其说是对东方文化的致敬，不如说是对东方文化的攫取。对东方儒家学者们来说，比如“学衡派”、梁启超、梁实秋等来说，他们更多的是信仰，是执念，而不是“救急”、“救危”的一种方案。

第三章　相互映照——互为镜像的中西方

第一节　新人文主义的乌托邦

追根溯源，白璧德的新人文主义思想可追溯到古希腊哲学家亚里斯多德（Aristotle 公元前 384-前 322）及近代一些先贤圣哲及其思想上。19 世纪英国著名文学批评家马修·阿诺德（Mathtew Amold，1822-1888），他发现因为重利等问题的出现使得物质文明出现了不容乐观的扭曲的情况，导致了 19 世纪西方世界的乱象，因而他对西方世界深为忧虑，进而开展了对近代资本主义工业文明的全面批判。阿诺德和白璧德一样，企图从古典精神中去找寻精神支柱，并且更倾向于对于美好和光明的事物的希腊精神追求，通过宗教和哲学发挥其作用，战胜腐朽与没落的资本主义文化。他希望每一个人都能够将自己变得更加有智慧和教养，并且也可以成为这种文化的崇敬者，从而推动世界向更加和平、均衡、平等的方向进发。

白璧德对马修·阿诺德的学说十分赞赏。长期对西方思想和文学的研习使得他对文艺复兴以来的西方思想加以捡视。他试图通过恢复一种古代人文主义的精神来解救社会危机、精神上的威胁，进而建立“人的法则”，有助于改善现代社会中“物的法则”所导致的各种人欲横流、道德沦丧。他认为，现今一切的混乱现象，都和“物质主义”、“自然主义”的思想恶性增长存在着千丝万缕的关系。19 世纪末 20 世纪初期，欧洲的社会发展十分迅速，其经济等方面的转变也是快速地结束从传统到现代的转型，以科学作为发展基础的物质主义哲学逐渐产生，并且其种类也相对存在很多，并且传统的宗教信仰或者仪式转向没落，所有的种种现象都是因为人们对于古文明的反感，进而推动人们寻找新的替代品。确实，近几百年以来，西方文化产生的弊端颇多，举其大者，如环境污染、大气污染、臭氧层破坏、平衡破坏、物种灭绝、人口爆炸等都与西方文艺复兴以来的科学主义和以人为中心，不知休止地向自然索取的“自然主义”相关。而其所谓“自然主义”，则是源于以培根为代表开始的“科学主义”以及卢梭等代表性的观点，如“感伤主义”等思想。这些人对于内心精神的修炼并没有很重视进而使得其理论结果充满了功利性，并且也是满足自身奢靡的生活。白璧德的观点就是将“人的法则”取代“物的法则”，将“向内做工夫”进而作为自己的行为标准，实现对人们德行的培养，完成人性的自我完善或塑造，这样才能从根本上完成对社会价值混乱的拨乱反正。白璧德将“洞穴里的战争”作为进行人性之中的正反两面矛盾斗争的比喻。他的观点中，只有真正的人才会拥有可以抵制人性中恶的一面，并且可以做到不沉溺于物质的欲望中以及极端的思想当中，用内心的自我抑制、自我平衡来克服各种自我的恶魔冲动。换句话说，就是人正因为有着自我抑制、自我平衡、自我修为，才叫做人。因此，白璧德在其思想的形成过程中，在他对新人文主义精神进行阐述的过程中，常常自然而然地流露出一种东方儒学思想中成为圣成王的憧憬和神往。他的“新人文主义”说穿了具有较为浓厚的道德理想主义色彩。

我们注意过中西方文学中不同的人格类型的存在[1]。在西方文学长廊中，有一种豪侠式的人物类型，他们具有超人的意志与力量，以一种独行侠的风格和气韵，撼天地、泣鬼神，历千沟万壑，终于实现或达到人们仰慕的英雄梦想；或者虽然遭失败，但虽败犹荣，在人们心目中依然是个高山般屹立的偶像。

但是这类人物大多像是不食人间烟火的神灵，具有无边的神通和超人的本领，使人心生敬畏并变得不可亲近，“使人唯有崇敬之，膜拜之。舍崇高膜拜，则我心无交代处”“终不能有自己渺小，甘心为其臣仆之感”[2]。读者

1 参见拙著：《中西文论：比较与批评》，湖南教育出版社，2005年，第189-196页。
2 （香港）唐君毅：《泛论中国文艺精神与西方之不同》，载《文艺报》1996年6月21日。

与作品中的英雄人物始终有深深的隔膜，深深的鸿沟阻断了读者深入英雄人物，人们最终很难走进豪杰的世界。

而中国文艺作品中的英雄人物主要人格类型是“圣贤”。它往往使人倍感亲切自然，平近和蔼。读者和作品中的英雄人物之间少有心灵的阻隔，基本上能够直接切入人物心灵，世俗化、现实化地感知理想中的人物，从而让他成为可以亲近的人，可感可触的人，“使人敬之而亲之”，“可涵育于春风化雨，慈悲为怀之德性之下，使吾人自身之精神得生长而成就。[3]”概而言之，中国文艺作品中的“英雄”是能让人感觉得到，人人皆可成其为圣贤。

在博大精深的思想文化体系中，儒家思想无疑是中国文化的主干。它坚持着力弘扬主体精神，始终着眼于现实世界的人情伦理，推崇现世现实的仁义礼智信，将“圣”和“贤”看作人生最高境界。圣贤风骨更被看作是儒家的理想人格[4]。

很多研究者注意到，在白璧德的新人文主义思想慢慢形成塑造的过程中，大战失败后的欧美经验让白璧德重新捡拾、审视欧洲浪漫主义传统，特别是审慎凝视科学主义和肇始于达尔文的生物进化论以及弗兰西斯科·培根的科学主义。旷日持久的战争之后，物质分配上的严重不公使得世界文明得到重创，留下了太多的断壁残垣，使得欧洲思想界出现了反思的热潮。为什么自认为文化至高无上的欧洲会要那么残暴地自相残杀？战争结束之后不久，当时有本风行一时的书就叫《欧洲的沦亡》。该书并无可圈可点之精彩，其中的观点就是说欧洲要垮台、要灭亡。所以，要仰望东方。据说，中国的《老子》《庄子》等著作在当时也非常流行。光《老子》德文本就有五六十种[5]。这种反思的结果是重新发现了人文主义的要义和价值。当然研究者也注意到了白璧德新人文主义中的中国经验及其与中国弟子之间思想的互相浸润和交互影响，但忽略了在这个形塑过程中的乌托邦化倾向。我们认为，白璧德在其中国经验中，注意到了中国圣贤人格魅力的超强吸引力，显然没意识到了中西方之间价值取向上的文化差异性。为了求得一个紧急的救世药方，他有意无意地将东方、尤其是以儒家思想为代表的中国古代文化作为其新人文主义思想的投射和镜像，加以理理想化、乌托邦化。在他的观点中，人类进行文化

3 （台湾）韦政通：《传统中国理想人格的分析》。

4 李宗桂著：《中国文化概论》，（广州）中山大学出版社，1988年，第13页。

5 参见《季羡林谈东西方文化》，（北京）当代中国出版社，2015版，第19页。

创造的过程中，其意识以及行为是相互对立的，也就是追求物质欲望的放纵意识，也可以说是人类内心中卑劣之处；还有就是追求精神上的欲望的抑制意志。这 2 种意识之间是相互矛盾的，人们通过自己的想象，进而选中适合自己的意识进行文明的创造。拿破仑曾经说过“宰制世界者，想象也”。白璧德觉得他的话是对于自己的观点的一种解释说明，正符合他提出的人类的文化发展的动力观。也可以这样说，想象就是文化史前进发展的动力。而且这种想象的意义中也有幻觉在其中，但也是存在“非内心及外官之感觉而为思想之所及者也”，因而“想象既兼有思想及感觉之义”。在现实的生活中，从事的文化类的活动，想象也是包含“感觉”和“判别”等动能，即人类通过感觉等方式进行文化的创造，其中最为重要的是判别能力。依此而论，白璧德将中国古代文化，特别是合其口味之儒家文化进行了大胆想象，演变而成为他思想之“内动力”。从而将古代中国之异国形象理想化了。

概而言之，白璧德的人文主义本身是一种思想的大杂烩，其中也将基督教等世界上具有相当高权威性的核心思想进行融合，并且也加入了精英、优雅文化，还有反浪漫主义的思想精华。其目的就是为了将人文思想还有道德关怀实现重建，进而将人文精神得到重新的推广，以缓解当代社会中的精神危机。他构建的这种思想城堡，显然是对启蒙思想成果的厌倦，是对启蒙思想追求的物质主义和进步主义思想的扬弃。但是，反过来看，我们又不得不说，这不过是一种新说法替代了旧说法。换句话说，白璧德不过是激励人们抛弃旧传统找寻新的价值体系和世界观的替代物罢了。它虽然看起来强大无比，但事实上比较空洞，仅是一个脆弱的思想乌托邦。

1948 年获得诺贝尔文学奖的著名英国诗人批评家 T.S.艾略特（Thomas Stearns Eliot，1888-1965）曾经在哈佛大学追随白璧德做过他的学生，并且深受白璧德的思想影响[6]。

在 20 世纪初期，由于远在大西洋彼岸，避开了第一次世界大战的战火的美利坚合众国在完成了建国后迅速崛起，成为了在英帝国之外大洋彼岸的世界新势力。电气革命的结束，美国经济、政治等方面的发展进入了非常快速的时期。伴随着生产力的快速发展，新兴产业如雨后春笋一般日新月异，层

6 艾略特 1906 年入哈佛大学，1910 年毕业。在哈佛他主修古典文学、中世纪历史、比较文学和哲学。导师除白璧德外，还有著名学者桑塔亚纳（Georqea Snatyaan，1863-1952）等。

出不穷，科学创新和技术发明以令人难以想象的速度极快地转化为生产力，美国国内的社会各个领域都有很大程度的发展以及转变，因而其思想方面的转变也非常大。

通常出现的表现形式有两个方面：其一，开始帝国主义扩张，并且逐渐强化这种发展模式；其二，从白璧德的观点中就可以看出来，美国的大学教育逐渐开始趋于职业性、功利性。出现这种现象的原因就是因为欧陆新思潮的推动，并且在美国实现了本土化的发展，进而形成了各种类型的学说。

第二节　新儒家的西方想像

与此相映成趣的是，19 世纪末 20 世纪初期，在白璧德等西方知识分子孜孜以求地寻求东方（中国）答案的时候，中国的青年知识分子和思想先锋们也在苦苦追寻中华民族的出路，如前所述，在救亡图存的大背景下，探寻近代中国苦难历史的逃脱办法。鸦片战争以来的近代中国史，可以说是一部可歌可泣的中国人民反殖民压迫、争取民族解放的抗争史。

按照著名学者汤一介先生的说法，自先秦以来，中华民族历史阶段上经历了三次大的文化转型：即先秦、魏晋和 20 世纪之文化烈变。在寻找拯救民族于危难的过程中，有许多有志之士将目光投向了西方，近代以还西方的各种新思想新思潮都不失时机地进入了那一代思想者的视野。拯救中国于危难的思想者是急迫的、狂躁的。来不及细咽慢嚼般地反刍回味，急于救治生死之疾就急忙生吞下去。这样吸纳社会达尔文主义思想并进而形成 20 世纪初以“德先生”和“赛先生”为主的思想观念为一种主流强势的意识形态。在这种强势意识形态之下，对以儒家文化为主脉的中华民族传统文化进行反思，抱有一种恨铁不成钢的心态，从最初的反思到全面否定，进而在反封建反帝制的旗号下提出“打倒孔家店”等种种激进的口号。

在这种强势主流意识形态话语背景下，一些不被时代思潮所裹挟的、具有一定独立思想的知识分子和思想者面对这种汹汹的“新文化运动”抱着一种审慎的乐观态度。所以，在世纪之初新旧时代转折之际，激烈的思想交锋，从文学界席卷到了整个文化界。

1919 年，中国新文化运动开展火热。在美国的陈寅恪等学者也十分关注国内的运动，并且会进行中国文化的相关研讨。虽然他们的观点对于中国的反传统的思想并不赞同，但是对于中国文化的缺陷较多的问题有非常精到独特的见解和看法。陈寅恪曾指出，中国不仅科学不如西方，就算哲学美术等方面也远逊希腊。“至若周秦诸子，实无足称。老、庄思想高尚，然比之西国之哲学士，则浅陋之至。如若管商等政学，尚足研究。外则不见有充足精粹之学说”[7]。他认为，正因为是这样，中国文化对于实用性更加看重，是其关键的因素。重实用虽然有自己的优势所在，但是其具有的缺点也更加的凸显，因为其对于世界有过于客观的判断。这样的状况很容易让人在进行事物的判断的过程中，过于在意个人利益，经常会出现结党营私的现象，但是凝聚性却较低，进而没有深远的考虑。因而中国的考试中考八股文，使得文人士族对于八股文趋之若鹜，寻求功名，很难有大的创新。难有真正精于学德之士。相反，现在的留学生大多攻读工学、不肯致力于基础研究，学风浮躁，恰好应证了中华文化传统的积重难返。

而耐人寻味的是，1921年，梁漱溟在其出版的《东方文化及其哲学》一书中开宗明义地指出：现如今的人们见到的所有东西都是西方产物，欧美这样的国家本身就是属于西方，也就不需要多说什么，但是作为东方的国家，只有将西方的事物进行吸收并且灵活使用，才可以帮助自身的国家、民族屹立在世界之林中。但是没有将西方文化进行吸收的，皆被西方列强势力强势侵略。中国就是作为受压迫的一方，经过了几十年的时间，才将固有的东方文化进行强行的转变。导致现如今中国的各个角落无一不充斥着西方的文明。因此，面对这样的情况，已经不存在两种文化的对抗，而是西方文化的绝对压倒性的胜利，也是世界对于西方文化被迫压服。[8]

所以，梁漱溟所写的“东方化”与“西方化”显然就是指的东方文化和西方文化。在当时的环境下，梁漱溟虽然表面看来有反对全盘西化的思想倾向，但从字里行间，我们仍不难发现他面对西化之风正炽时所表现的无奈之叹。

正如北京大学哲学系著名教授陈来先生所言，梁漱溟的著作《东西文化及其哲学》已经成为20世纪中国思想学术的经典之一，无论是否统一其观点，这个事实确实存在，对于辩论中国在二十世纪现代社会经验，尤其是新

7 吴学昭：《吴宓与陈寅恪》，（北京）清华大学出版社，1992年版，第9-10页。

8 梁漱溟：《东西文化及其哲学》，《梁漱溟全集》，（济南）山东人民出版社，第1卷，2010年版，第332页。

文化运动之后，文人思想方面的转变，这是和陈独秀等革命学者相等同，进而成为一个重要的关键问题[9]。

但是，梁漱溟因其思想包裹在反对西化的外表下，在“五四”运动时期被理所当然地看作“新文化运动”的反对派。

比如有人认为，中国在新文化运动之后，将西方的文化思想等引入中国，并且对于中国腐朽的思想直接摒弃，也就是陈独秀等人进行的思想新潮。但是发展的新思潮中，对于思想以及西洋文化的反动，反而推崇中国传统文化的观点，就是梁漱溟提出的[10]。

这实际上是强势主流意识形态下人们对梁先生的一种学案上的误解[11]。陈来先生对这个问题有很精当的辨析，他明确地说：

在时人对梁的判断和梁漱溟此书的本来意向之间，似乎隔了几重公案，也就是说人们对梁先生的误读较大。

不管当时思想界怎样评判这一学案，梁漱溟没有被时流所裹挟，不是一味地否定中华自身文化，在承认西化是一种世界潮流的前提下还看到了中国传统文化的优越性，这本身就彰显了梁漱溟作为一个思想者和知识分子的独立性。

20 世纪二、三十年代包括梁启超、“学衡派”以及梁实秋等在内的文化精英是当时背景条件下逆历史大潮而动的人文知识分子。如前所述，这些精英大多有留学海外的经历，又有深厚的国学功底。在科学主义和社会达尔文主义的席卷大势面前，他们秉持了一代知识分子的独立精神，不为时代大潮所裹挟，而是思考传统文化之优越性，希望保持传统文化之可继承性。中国的社会各界，对于该运动带给国内中的所有的负面性的影响以及国内的各界对于西方的呼声越来越高，学衡派等留学学者却保持自己的理智，通过批判性的眼光以及将现代的新思想融入中国传统文化之中，进而将该项运动中错误的想法进行整改修正，并且不断强调这种不加选择地将外来文化全盘接受出现的弊端。

9　陈来：《论梁瀨溟早期的东西文化观》，载郝斌、欧阳哲生编：《五四运动与 20 世纪中国——北京大学纪念五四运动 80 周年国际学术研讨会论文集》（下）第 956 页。社会科学文献出版社（中文在线出品）。

10　郭湛波：《近五十年中国思想史》，（济南）山东人民出版社，1997 年版，第 135 页。

11　郭湛波：《近五十年中国思想史》，第 956 页。

而吊诡的是，在新文化运动方兴未艾之时，学衡派和新月派为主的一些知识分子自觉接受与介绍白璧德等的新人文主义，并试图将“新人文主义”和自己的传统文化思想融合，从而构成与时代主流意识形态相反动的思想潮流。这无论怎样都有些执拗和悖离，因而就遭到了当时主流意识形态的疯狂口诛笔伐甚至围剿堵截。

其实，当时的新儒家们何尝不曾把白璧德们的学说看得过于崇高和美好？确实，古典主义是具有独特性以及稳定性，进而在现代的文学的审美思想中渗透，而且还可以将20世纪中中国文学文化史的精神以及思想，通过隐秘的方式进行映射。当“学衡派”和“新月派”的一些同仁及部分自由知识人敏锐地发现了白璧德的“新人文主义”学说与自己追寻的思想暗相契合时，那种他乡遇故知、找到理论支撑般的喜悦之情是可以想见的。所以他们都迫切地推荐这种新理论、新学说，把这种理论的集大成者白璧德当作自己的精神教父。

但是，正是在这种情况下，我们也应注意到一种危险呈现在眼前。那就是，将“新人文主义”理想化、乌托邦化了。事实上这只不过是世纪初以吴宓、梅光迪、梁启超、梁实秋等“学衡派”和“新月派”等“新儒家”同仁心目中的西方想象罢了。

第三节　柏拉图之光

柏拉图（Plato，公元前427年-公元前347年）在他的《理想国》[12]中提出了一个著名的“洞穴隐喻”，以说明他的重要概念——“理念”。《理想国》中的卷七《知识与幻想》，在其开篇就进行下述的景象的描绘：

> 整个世界的存在就是一个洞穴，而身处其中的人类，每一个人身上都有锁链将其进行束缚，并且困在其中，没有观察的自由权，所以看到的只有眼前的方寸之地。但是他们的身后却有火的存在，在火与人们中间有工匠在其中穿梭，有在说话，又在沉默工作。就像是一部无声电影，将影子映衬在墙壁上。苏格拉底曾对于上述的论述进行阐述，洞穴内的景象、人，对于看到的影子就被人们的认为其是事物。

洞中的人们从河岸奔向光明，就是和人类意识的觉醒一般，由最初的无

12 柏拉图著，刘勉、郭永刚译：《理想国》，（北京）华龄出版社1996年版。

拘束向思想拯救的方向前进。

“洞穴之光”的隐喻是具体而隐晦的。它想要告知人们的就是，对于现存的世界和自己对于它的理解，是存在差别的，因为这种差别的存在进而使得问题的出现。这些实物是真实存在的，还是被他者安排好了的，我们所感知的世界是一种幻相还是就是真实世界本身？事实上，洞中的这个世界并非自然，它们所代表的不过是对于实物进行映射，并且通过技巧性的处理，进而其表现得和实物比较相似。实际上，这些映像的出现不过是那些匠人们的兴趣所在罢了。也就是说，洞中的人们看到的不过是被人们进行引导以及修饰过的映像而已，并不是真正的事物。

还有一个隐喻容易被忽略，这就是体制的制约。在洞穴中人们看到的之所以是这样，这是因为有人在摆弄物件和燃烧火焰。如果不是如此摆弄和燃烧，可能看到的是另一种景像，而且观看的方位不同，所看到的也会不一样。更要命的是，长期的洞中观看，习惯了如此，乍然见到自然之光，反倒不习惯了，甚至会怀疑真物之真实性。

同样道理，在20世纪初中国“新儒家”对白璧德“新人文主义”的接受过程中，既有20世纪初世界文明发展过程中我们对新鲜事物的观看，也有在观看过程中的某种遮蔽。

譬如，对白璧德的“折中主义”的看法就是如此。人们通过自己的想象，进而选中适合自己的意识进行文明的创造。拿破仑曾经说过“宰制世界者，想象也”。白璧德觉得拿破仑的话是对于自己的观点的一种解释说明，也就是他提出的人类的文化发展的动力观。也可以这样说，想象就是文化史前进发展的动力。而且这种想象的意义中也有幻觉在其中，但也是存在“非内心及外官之感觉而为思想之所及者也”，因而“想象既兼有思想及感觉之义”。在现实的生活中，进行文化类的活动，想象也是包含“感觉”和“判别”等动能，即人类通过感觉等方式进行文化的创造，并且最为重要的是判别能力。并且“世间事物其数之多无限，且有精粗高下之殊，不可不辨。”一旦出现了判断错误的行为，只追求物质欲望的满足，就会忽略精神上的追求。当代西方之所以战争频仍，其实质就是人们的物欲过度发达，纵欲过度。纵欲的后果是十分明显的，十分恶劣的。满目疮痍是现象，人心零落则是人类社会的重伤。所以，当今时代，人们追求物质财富，只能适可而止，否则物欲泛滥则一发不可收拾。因此，白璧德主张要克制、理性、节欲，以精神之高度来维护人类进步的高度。很显然，在这里，白璧德寻求的东方（中国）经验是他有病乱投医时的无奈之举，并非灵魂深处的自觉升华。而他所看到的炽动在东方（中国）的那束亮光，一如《理想国》里洞穴之光，具有朦胧的、迷惑的特质。也并非事物本身。因为他仰望东方的时候，正是处于西方文明被洞穴火光映照，他的眼睛因为被西方精神世界的沙尘蒙蔽而光影迷朦的时刻，试想，他如何能看得到真实的东方世界及其思想的精髓?

我们这样说，是想指出，在当时特定的情境之下，白璧德对东方世界的神往，对中华传统文化的理解难免有误读的成分。

同样地，白璧德其提出的人文主义思想，被受过国外文化薰陶的中国知识分子所推崇。中国的近代时期经历了多重的压迫，迫使中国的爱国者希望通过西方的经济、政治等多方面的学习，能够拯救身处水深火热中的中国，所以导致了，中国人对于自身的文化等方面都存在和很严重的质疑。但是吴宓等学者对于中国的传统文化的坚持一致，并没有进行过转变。这也并不代表其不接受西方思想，而是他们更喜欢将中西方的文化进行融合，将彼此的文化水准能够保持在世界水平上，具有深远的思想融合，也就是将传统和现代的思想进行融合，并且去除糟粕。因为其拥有自由的文化修养等，和白璧德文学批判思想有很多的相似之处，这使他们对白璧德理论学说大加赞赏、青睐和推崇，不遗余力地作出介绍、诠释和申张。白璧德对于理性的思想很是推崇，并且将这种思想作为西方古典主义思潮以及文学批评的实践经验，而且此种观点被引入到了中国的现代文学领域中，对其具有很重大的影响。白璧德将民主和自由作为基础，进而提出理性和规则，约束和管制，并且想要对物质泛滥严重的社会，进行拯救，实现社会理性的重建，重拾理性主义，从而使社会回归到健康、理性、有序的发展轨道。这种价值取向，与他的东方弟子们不谋而合，因此，吴宓、梅光迪、梁实秋们如获至宝，迫不及待且有几分洋洋自得地张开双手迎接、拥抱这来自大洋彼岸的理论支持——“新人文主义”。在白璧德的理性思想的基础之上，将中国文学进行批判、修整，进而掀起很多的激进社会思想的潮流。

限于当时被以“民主”、“科学”为大旗的主流意识形态围追堵截的具体历史情境，他们的这种追寻态度是急迫的、是囫囵吞枣式的，来不及反刍，也容不得细咽慢嚼。所以最终也难免带有一定的误读。

第四章　新儒学与新人文主义之间的思想同构性

第一节　新儒学运动

19 世纪末，20 世纪初，欧战和俄国社会主义革命，是世界历史从近代转为现代的重要历史关头。从文化史的角度来看，则又是开启了东西方文化的新篇章。就中国而言，因时人对此感悟不同，欧战后的中国社会思想、文化思潮发生了新的变动，并形成了新的思想张力和博击，构成了中国文化思想发展的新契机。

任何一次文学（文化）运动，都不是孤立的。它总是伴随着其它各种社会思想潮流和社会运动。近代中国社会的一大特色，便是社会思潮的跌宕起伏、五光十色。如洋务思潮、维新改良思潮、民主共和思潮、国粹思潮、欧化思潮、进化思潮、自由主义思潮、社会主义思潮、无政府主义思潮、国家主义思潮等等，目不暇接，轮番变幻。这是近代中华民族矛盾日益激烈，社会急剧动荡在思想文化领域的强烈反映。表现出了中国近代历史不同阶段下，人们对于国家与民族前途命运的多样化思考。我们所说的“新儒家”，就是无论在任何一种情况下，始终保持对以儒家文化为正宗、正统的民族文化的高度自信，而且在任何艰难险阻的情境下依然初心不改，坚信这种文化能够解决现时现世的一些矛盾，指引世界走出迷茫、困顿。坚守内心所向并能较好地自律到底，无论是“学衡派”、“新月派”同仁还是梁启超、梁漱溟、梁实秋等新儒家，都有着不为时代潮流而动，在时代大潮下保持清醒头脑，进行独立思考的精神。

众所周知，1919年的“五四”新文化运动是中国现代思想文化洪波涌起的转折点。不过，它不仅是指缘于辛亥革命后对复辟思潮的反省，新文化运动的勃然兴起，对封建旧文化进行了全面、激烈的批判、清算。从而与传统的旧时代划清了界限，同时也包含了欧战后国人对民族前途命运的再思考和重新审视。欧战后西方所悄然兴起的反思理性主义与现代化的思潮。这一思潮自然而然地影响到中国忧国忧民的知识分子。他们的思想与“五四”新文化运动激进的社会思潮相互激荡，相辅相成，进而形成对于中国很重要的思想张力。由是，中国社会思想文化思潮发生新的变动，也就是转变了新文化运动的独秀一枝，进而推进了自由以及保守主义，以及马克思主义各领风骚和多元发展的新态势。

正因为如此，20世纪上半叶，中国思想文化空前活跃。各家学说并举。如前面我们所论述的，“新儒学”就是整合了当时在寻求民族解放和民族身分认同的“元叙述”下反思科学主义和物质主义的各种文化思想流派包括梁启超、“学衡派”以及梁实秋、梁漱溟等等在内的文化精英，他们一方面恪守中国传统文化，拥抱西方现代文明，同时又不忘反思西方现代文明、对新文化运动以来过于倚重物质主义和科学主义的文化价值观进行反拨、评估的文化思潮。

一、对五四反传统的新文化运动的一种反动

梁启超在《清代学术概论》有这么一段话：

> 今之恒言，曰“时代潮流”，此其语最妙于形容。凡文化发展之国，其国民于一时期中，因环境之变迁，与夫心理之感召，不期而思想之进路同一方向。于是相与呼应汹涌，如潮然。始焉其势甚微，几莫之觉，渐假而涨-涨-涨，而达于满度，过时焉则落，以渐至于衰息……凡时代思潮，无不由“继续的群众运动”而成。所谓运动者，非必有意识，有计划，有组织，不能分为谁为主动，谁为被动。其参加运动之人员，各不相谋，各不相知。其从事运动时所任之职役，各各不同，所采之手段亦互异。于同一运动下，往往分无数小支派，且相疾视，相排击。虽然，其中必有一种或数种之共同

观念焉，同根据之为思想之出发点。[1]

我们检视上述所谓“新儒家”尤其是“学衡派”等，就会发现几个鲜明特点：

一是在“五四新文化运动”中都处于被激烈批判、被猛烈抨击的地位。比如说，梁漱溟因其独守持中的立场就为五四新文化运动的鼓吹者和支持者视为不合时宜的人，更有甚者认为是新文化运动的阻碍者。以至，在他的最具影响力的《东方文化及其哲学》出版之后，引起了极大影响后更招来极大批判。承受着来自各方新势力的压迫。

他在之后的自我表述中道：

> 民国六国，我应北京大学校长蔡孑民先生之邀入北大教书。其时校内文科教授有陈独秀、胡适之、李大钊、高一涵、陶孟和诸先生，陈先生任文科学长，此数先生即彼时所谓新青年派，皆是崇尚西洋思想，反对东方文化。我日夕与之相处，无时不感觉压迫之重，非求出一解决的道路不可。[2]

在另一处，他又说：

> 当时的新思潮是既倡导西欧近代思潮（赛恩斯与德谟克拉西），又同时引入各种各样社会主义学说的。我自己虽然于新思潮莫逆于心，而环境却对我讲东方哲学的无形中有很大压力。就在这压力下产生出我《东西文化及其哲学》一书。[3]

其实，从实际看来，梁漱溟与五四新文化运动的激进倡导者们的观念之间并不是完全对立和相反的，而只是在某些阶段某些观点上不能完全赞同、完全一样罢了。梁漱溟在新文化运动的前期时间是对于欧化文化等进行分析，但是对于中国文化的评价相对需要正确的评价。在运动后期，梁漱溟关注的重点就是对于西方文化弊端的阐述，还有对接下来世界文化潮流的发展进行预言，也就是说，西方文化会转变，东方文化也会恢复其原有的生机。总而言之，梁漱溟对中西文化的态度是客观理性温和中立的，不是极端性的非此即彼的武断抉择。

但是，即使是这些温和的思想也为当时主流思潮所不容，在当时的客观

1　梁启超著：《饮冰室合集专集34》，第1页。
2　梁漱溟：《自述》，《梁漱溟全集》，第2卷，第11-12页。
3　梁漱溟：《我的自学小史》，《梁漱溟全集》，第2卷，第698页。

情况下，他们被理所当然地看作不合时宜的学究、保守派甚至是新文化运动的阻碍者，这种主流态度，在现代中国思想史的话语体系中，一直占居主导地位。更有甚者，象有学者注意到的，这些人不仅当时受时流抨击，即算在时势变迁数代之后仍然无法逃脱被攻击的厄运。就是在1960代的“文化大革命”中，他们中间的一些尚存者，也无不遭受简单的贬斥、排挤和批斗。更有甚者，吴宓更是遭受无端的迫害至死[4]。

以弘扬传统的样貌对待新文化或外来文化。第二个特点，上述所叙学人，思想传承上大多相承清末的文化守成主义学派一脉。如“学衡派”就与晚清国粹派有着太多的学术相承。吴宓曾经师从章太炎和黄节。胡先骕列名晚清著名的“南社”以弘扬中国文化自任，在根本文化主张上一脉相承。虽然都被人们目为文化保守主义，但只是各自坚守了各自的文化独特性罢了。与他们的“保守”、“顽固”的“保守主义”标签形成反讽意味的是，这些人物大多是欧美留学生。而且有几个还是南北著名高等学府的知名教授。如吴宓等“学衡派”代表人物就是东南大学的名教授。这个事实本身就非常地耐人寻味。只是因为他们都与主流意识形态扞格不入，所以才被时代所诘难或遮蔽。

饶有兴味的是，与欧战结束不久之后不断反思的欧美潮流遥相呼应，东方思想者则从东方文化自身出发来重新审视欧洲中心文化。印度诗人泰戈尔获得诺贝尔文学奖后斐声世界。他对长期以来居于主流地位的欧洲科学主义和各种社会达尔文主义也进行了敏锐的反思。他到欧洲各地游历，大受欢迎。上海《东方杂志》的记者曾这样报道他在欧洲的游历：“一位宽衣博袖道貌岸然的印度哲人降临于兵劫之后的欧洲瓦砾场，”而事实上，这些文化守成主义者，却对新文化和外来文化更为敏感、理性。他们不仅能够观察时代，更是能敏感区分捕捉到时代的纤微之变。正是因为他们秉承了传统儒家的中庸、守正等正统思想，所以当他们观察到欧洲社会反思人类文明的理性主义思潮时，就有了他乡遇故知般的欣喜，迫不及待地把白璧德等人的新人文主义传播到了中土。

人所共知，1919年的五四新文化运动是中国近代文化思想洪波涌起的转折点。其内涵不仅是缘于对辛亥革命后复辟思潮沉渣泛起的反思，新文化运运动勃然兴起，对封建旧文化进行了全面清算，从而与传统旧时代划清了界

4 见郑师渠著：《在欧化与国粹之间——学衡派文化思想研究·前言》，北京师范大学出版社，2001年版，第6页。

限。同时，五四新文化运动也包含了欧战后国人对中西关系和民族国家命运的重新思考。欧战后，西方出现了重新反思理性主义和科学主义的社会达尔文主义思潮。此思想和新文化思想相碰撞，进而形成当代珍贵的思想。

当吴宓等“学衡派”和其他各界同仁负笈他国求学时，恰遇欧战之后百废待兴之时。20 世纪初的世界，“文明的实际问题已经转移”，资本主义社会的种种危机和社会主义、民族主义运动的蓬勃兴起，已成为人所关注的时代大趋势。“欧洲文化中心论”退潮，世界各民族文化都受到一定关注并开始由对立走向融合、和解和对话。理性主义、科学主义开始受到质疑。人文与科学、物质文明和精神文明，继承与反叛、传承与创新，也成了人们反思的热点。从根本上说，包括“学衡派”和新文化运动骨干成员在内的各方同仁对“新人文主义”的接受与传播，正反映了对业已转移了的文明问题的思考，表现了对既有思想秩序的反拨。正是一种颠覆传统思维模式的新锐思想进路。

综合起来看，20 世纪初期，作为松散文化组织和团体的“新儒家”们，都有参与建设新文化的时代冲动。他们所发议论和参与的行动，无不印证了他们的宏大理想。如果说在这种宏大叙事背后的自说自话各有玄机，但他们的文化建设方案却殊途同归。都指向了道德建设。

仔细想来，学衡派的文化选择中集中地体现出了他们的道德理想主义情怀[5]。在他们建设理想文化的过程中，这同样是一条主要的指导性原则，道德理想的构建在他们的文化建设方案中占据了绝对的优先位置。学衡派坚信，中国文化建设的道路应以道德建设为方向。因为，道德建设应是人类文化中至为高尚的目的。胡稷咸认为：“人类生存最高尚之目的为道德之发展，则余所深信，虽雷霆万钧之力不能变也”。中国文化建设的中心任务亦在于此，“我国学术界宜如何确定其方针始可有独立自主之精神耶。吾敢应之日，在复古不在维新。复古者，非读六经语录，盲从古人之习俗制度也。恪守数千年来圣哲崇尚之精神生活，而以道德为人类文明之指归耳”[6]。白璧德也语重心长地告诫他的中国弟子“中国之人为文艺复兴运动，决不可忽略道德”[7]。

5　关于对学衡派文化观中的唯道德主义倾向的研究，历史学者周云在其作《论学衡派文化观中的道德主义内核》和《论学衡派的文化建设方案》中有较周详的阐释，详见南开大学历史学院编：《近代中国社会、政治与思潮》一书，（天津）天津人民出版社 2000 年版。

6　胡稷咸：《敬告我国学术界》，《学衡》第 23 期。1923 年 11 月。

7　胡先骕译：《白璧德中西人文教育谈》，《学衡》第 3 期，1922 年 3 月。

更有意思的是，我们特别留意到，身为“五四”一代启蒙知识分子的代表人物，鲁迅也多次流露出对“五四”的怀疑和反省，他在《呐喊自序》中提出的那个著名的“铁屋子”的比喻，质疑“现在你大嚷起来，惊起了较为清醒的几个人，使这不幸的少数者来受无可挽救的临终的苦楚，你倒以为对得起他们么？”著名的现代文学研究学者许子东认为，鲁迅的“铁屋子”体现的是对启蒙本身的悖论，其中最尖锐的问题是，你是谁？你怎么知道是你醒着其他人还在酣睡？你有什么资格启蒙别人？！

因此，从这个方面来说，对以理性主义和科学主义为主题的现代性的追求本身也是在人们的不断切问和反思之中

二、对强势意识形态所带来的传统文化断裂的切肤反思

众所周知，1919年的五四新文化运动是中国现代文化思潮波涛汹涌的转折点。尽管其内涵丰富多变，既有对缘于辛亥革命后复辟思潮的反省，还包含着欧战后国人对中西文化关系和民族国家命运的审慎的思考，但不可否认的是，对固有旧文化的彻底批判仍是这场轰轰烈烈文化运动的主旋律。

但是，如前所述，第一次世界大战后，欧洲社会兴起的反思浪潮与我们的新文化思潮相互激荡，相反相成，构成一种促进时代发展的内在张力。这样，“五四新文化运动”中反传统思潮就不再是一枝独秀，而是包孕了更多的内涵和可能性，自由主义、保守主义、马克思主义各领风骚，多元发展，从而构成了20世纪初中华现代文明发展流派林立的新样态。

当代极具影响的德国社会学家马克斯·韦伯（Max Weber，1864-192）曾指出：“社会科学领域里最值得重视的进步毫无疑问与下列情况相关：文明的实际问题已经转移并且有对概念结构进行批判的形式”[8]

欧战和俄国十月革命的爆发，有力地表明了20世纪初世界“文明的实际问题已经转移”，资本主义危机和社会主义、民族主义运动的兴起，已成为人关注的时代大趋势，“欧洲中心主义”理论动摇，“理性主义”、“科学主义”受到质疑，人文与科学、物质文明与精神文明，继承传统与创新发展必须协调发展等诸问题，成了人们反思的焦点问题。

美国著名学者当代最有活力，最具影响力的汉学家，芝加哥大学历史教

8 《科学理论文集》系统第204页，转自雷蒙阿雷著：《社会学主要思潮》，华夏出版社2001年，第387页。

授艾恺（Guy Salvatore Alitto，1942-）曾经感叹：

“一次大战中疯狂的破坏、恐怖，其高效率和理智化的非人道与愚蠢，给西方式的乐观与自信带来了突然却决定性的——从某些方面言也是永远的——结束。”[9]

1914-1918 年的第一次世界大战，绵延 4 年，参战国多达 31 个，包括六大洲的 15 亿人口，占当时世界人口的四分之三。这场大战使欧洲 1000 多万人丧生，2000 万人致残。许多地方化为焦土，满目疮痍。很多历史文化遗迹毁于一旦。大战耗资 4000 亿美元，约占战前各交战国财富总数的一半。战后的欧洲，国疲民穷，处处断垣残壁，一片萧条的景象。战争惨绝人寰，创深痛巨。使得许多的欧洲人陷入深深的绝望、失落和迷茫之中。因此，彷徨无助，哀叹颓唐，迷信复古之风，弥漫整个欧陆。法国著名理性主义作家韦拉里（Paul Valér，1871-1945，现通译为瓦雷理）1919 年初写给友人的信里就不无忧伤地写道“欧人危疑彷徨，莫知所措。杂药乱投，实陷于理性危机之中”[10]。

单从文学的角度看，在 20 世纪初期，以及之后的几十年中，欧洲的部分学者对于古典自由主义思想产生了怀疑的态度、在人类进行斗争的行为中，产生对整个社会的价值影响，洋溢着一种文学爱国主义思潮。在其时的文化氛围中，可见也形成了一种文化意识形态。到 1918 年，大战之前曾对战争和暴力表现得比较狂热的英国著名战争诗人如萨松（Siegfried Sassoon，1886-1967）和欧文（Wilfred Edward Salter Owen，1893-1918），对还无实际意义的战争的口诛笔伐，所带来严重后果，而且对于政府的宣传也是相当的讽刺。此种观点被广大学者所推崇，进而使得各个国家进入到世界大战的热情有所增长，起着推波助澜的作用。的确，一些闻名遐迩的年轻作家，包括法国的夏尔·佩吉（Charles Peguy，1873-1914）和英国的鲁珀特·布鲁克（Rupert Chaucer Brooke，1887-1915），他们在早期的战役中丧生，留下关于为国牺牲精神可贵的文学遗言。但是，随着大战拖延长达四年之久，并且如此残酷血腥，使得早期的文学爱国主义很大程度上迅速转变为犬儒主义、厌世主义乃至悲观失望。

大战的最普遍的文化后果就是各种新样式的文化悲观主义的出现。例如，

9 转引自郑师渠著：《在欧化和国粹之间——学衡派文化思想研究》，（北京）北京师范大学出版社，2001 年，第 1 页。

10 转引自郑师渠著：《在欧化和国粹之间——学衡派文化思想研究》，第 2 页。

西格蒙德·弗洛伊德（Sigmund Freud，1856-1939）的心理学研究，日益强调人类侵略行为的原始力量——弗洛伊德开始将其称为死亡本能——即使在最先进的现代社会里它也永不可能被彻底驯服。他的战后名著《文明及其缺憾》，对人性深处的非理性驱力与教化道德标准之间的无休止斗争，就作了悲观主义的描绘。他认为，在那种斗争中，个人及社会群体的无意识本能看起来总要制服文明所作出的不稳定防御。另一种不同类型的悲观主义出现在了奥斯瓦尔德·斯宾格勒（Oswald Arnold Gottfried Spengler，1880-1936）深具影响的著作中。斯宾格勒是德国哲学家兼历史学家，他的那本名叫《西方的没落》（《The decline of the west》）的畅销书叙述了西方文明是如何陷入危机和衰弱的。借鉴生命轮回理论，斯宾格勒追踪了西方历史所走过的路程，从其充满活力的青年时期（文艺复兴）到富于创造的中年时期（18世纪）再到日趋衰退的暮年时期（20世纪）。斯宾格勒的史学理论，与19世纪对西方进步与扩张的自由信仰是如此格格不入，却引起远远超出德国范围的人们的注意，因为他的理论对那些从别的角度看完全杂乱无章且荒诞不经的事件的人提供了不一样的解释。

正如前面我们讨论的，从总的方面说来，20世纪初的“新儒学运动”之所以形成了一定的气候，其实与一个世界性反思的文化语境密不可分的。正是因为在欧战后形成了一种世界性的反思人类文明发展历程的思潮，促进了20世纪初中国新儒家对汹涌的“五四”新文化运动的种种文化审断。

即算在“启蒙运动”如火如荼的年代，法国启蒙运动四大代表人物之一的康德也曾反复思考何为启蒙？1784年，康德在一篇以“启蒙”为题的文章中做了如下回答：启蒙是指“人类从自己加于自己的不成熟状态中解脱出来”，从因“懒惰和怯懦”而服从于宗教或政治权威的“条规戒律”的状态中解脱出来。他宣称，启蒙运动的口号就是：“勇于运用自己的理智！”它的基本条件是思想与言论的自由。“一个时代绝不能缔结某种条约，以阻碍后来的时代扩展眼界、增进知识、消除错误。这将是一种违反人性的犯罪行为，因为人性的固有使命正在于这种进步。[11]”

另外，20世纪初的“新儒学运动”浪潮在强势意识形态咄咄逼人的情境下之所以能汗漫开来，是因为其内生的属性同样契合了民族复兴的强烈诉求。

11 转引自史蒂芬·平克侯、新智欧、阳明亮、魏薇：《当下的启蒙：为理性、科学、人文主义和进步辩护》第231页，（杭州）浙江人民出版社，2018年版。

它虽然被边缘化了，但从本质上说，同样可以归于新文化运动一族[12]。这一波涌不是返祖而是进化，承载着一系列后本后生、资质化民、与时偕行的历史使命，其目标麾指人类文明的又一巅峰。

第二节　抉择与沉思

前面我们说到过，这一运动的本质是文化守成主义。他们主要从下述几个方面来检讨、反思时代潮流。

1. 对物质主义和发展主义的沉思

众所周知，19 世纪末 20 世纪初，在世界范围内刮起了一股强劲的物质主义风潮。

其实，物质主义风潮从文艺复兴时期就已兴起。自中世纪走出来，新兴的市民阶级人性获得了极大的解放，从中世纪宗教禁欲主义的束缚中解放出来，人类的天性获得了最大的释放。在人的天性中，除了性的追求及释放外，另一个重要的内容就是对物质的贪恋，最大限度地追求物质享受成了从中世纪禁欲主义魔爪下所释放出来的一匹新的魔兽。因此，从这个角度来看，包括整个地理大发现在内的近代资本主义发展史都可以说是物质的掠夺史。是资本家巧取豪夺的物质占有过程。马克思在《共产党宣言》中敏锐地指出：

> 资本产阶级，因为便利的交通，使得将所有的民族都带入文明中，包括野蛮的种族。低廉的商品也是将其摧毁一起的利器，以及将野蛮种族实现征服的重要武器。进而使得所有的民族，不想被其摧毁就需要遵从资本主义的社会形态。也是一种变相的压迫，被迫推行他国的社会制度。总而言之，被人逼迫进行实际的创造[13]。

不可否认的是，近代以还的物质主义的高度发展，也为近世文明创造了人类有史以来最丰富多彩的物质生活。近代的各种技术进步，一方面为资本主义和殖民主义带来更多的物质财富，也为人类提供了更多的物质便利。

不过，德国著名的社会学家马克斯·韦伯则从另一个角度为我们提供了理解资本主义的一种新维度。在他著名的《新教伦理与资本主义精神》一书

12 参见郑师渠：《在欧化和国粹之间》第 8 页，北京师范大学出版社，2001 年版。

13 马克思、恩格斯：《共产党宣言》马克思恩格斯选集，第 1 卷[M]，第 255 页。北京：人民出版社，1972 年版。

中，韦伯想要通过数学的计算方式，将一个事实进行确认，这就是资本主义的发展，和基督教之间存在联系，经过研究发现：

> 在任何一个宗教成分混杂的国家，只要稍稍看一下其职业情况的统计数字，几乎没有什么例外地可以发现这样一种状况：工商界领导人、资本占有者、近代企业中的高级技术工人，尤其受过高等技术培训和商业培训的管理人员，绝大多数都是新教徒。资本主义愈加放手，这一状况亦愈加明显[14]。

韦伯的观察与批判是成功的。的确，近代以来，资本主义取得了飞速的发展，在极大丰富了物质财富和各种商业文明的过程中，也使得世界财富聚集到了极少数资本家和极少数资本主义国家之中。财富的高度集中，使得世界呈现一种少有的财富不均衡现象。这种不均衡造成了各帝国主义国家之间的互相倾轧和斗争。也使得重新分配财富的冲动日渐突显。这实际上也是旷日持久的二次欧洲和世界战争的导火线。

2. 对唯科学主义、理性主义的叩问

众所周知，“五四”时期，“德先生”（Mr.Democrecy）“赛先生”（Mr.Science）是两个响亮的名头。很多人都对它们进行过考量，认定“德先生”为“民主主义”，而“赛先生”即为科学主义。但是，很少有人进一步追问，为什么在“五四”新文化运动中，那些新文化运动的倡导者和实践者要把这两个方面作为反封建主义的大纛，一起批判反动的封建主义？

如果说作为“德先生”的呼唤反映了当时社会对绵延几千年的封建专制制度的切齿痛恨，那么，中华文明传统并不重视更没形成强势的科技文明语境，“赛先生”的入主又是根于么原因呢？

毋庸讳言，“德先生”和“赛先生”都是“五四”时期现代性话语的重要内容。而两相比较，“赛先生”的影响更大。有人统计，在“五四”核心期刊《新青年》上，“科学”一词出现1913次，而“民主”则只出现了305次，加上“德先生”之类的提法，也只有513次。这组统计数字耐有寻味地说明了科学话语在“五四”时的强势。这固然因为中华民族长期处于封建专制下一次规划，少有民主观念，更因人们对民主的追求始终是一种现

14 马克斯·韦伯：《宗教伦理与资本主义精神》，第一章《宗教派别和社会分层》，第25页。

实追求，停留在事实层面；而对科学的追求则由“器”进“道”，形成一种精神追求、信仰追求，上升到价值层面。正因为如此，陈独秀干脆提出“以科学代宗教”说[15]。

按照美国汉学家郭颖頤（D. W. Kwok，1932-）的定义，唯科学主义（scientism）是认为“宇宙万物的所有方面都可通过科学方法来认识”的一种世界观。中国的唯科学论世界观中的辩护学者，并不只有科学家、哲学家这些人，而是对于科学拥有狂热想法的学者，他们通过价值观的假定，进而取代传统观念的学者。这样，唯科学家主义可被看做是一种在与科学本身几乎无关的某些方面利用科学威望一种倾向[16]。物质财富的极度追求的物质主义思想相应的还有另一种社会思潮，即科学主义思潮。

西方马克思主义者，匈牙利著名学者卢卡奇（Georg Lukács，1885-1971）曾指出：“如果把日常生活看做是一条长河，那么由这条长河中分流出了科学和艺术这样两种对现实更高的感受形式和再现形式。”[17]科学这门学科，是通过高度抽象性，且具有世界性的以及规律性的认识，进而将其实施掌控，逐渐形成现实中的知识源头。然而，科学本质的需求是为了对现实生活进行理论指导。王国维撰写的《〈红楼梦〉评论》也表达了相似观点：“人的一切知识和实践，都只在于使人之生活趋利而避害，各种科学的成功都是建立在生活之欲上面，无不与生活之欲相联系。而艺术则是以想象的、审美创造的方式实现对现实世界的超越，它使人超然于现实生活利害之外，忘物我之关系，从而摆脱现实人生痛苦求得心灵的慰藉。”[18]

人类社会中科技发展最为迅速的就是20世纪，整个世纪对于科学的发展做出了重要的成就，推动了实际的物质积累以及科学进步。并且通过科学成就使得人们的生活、生产等方面产生了极大的影响，以及人们的思想也有很大的转变，进而推动整个世纪的转变，在一定程度上促进社会的进步。

15 金观涛、刘青峰：《〈新青年〉民主观念的演变》，载香港《21世纪》1999年12月号。

16 郭颖颐著，雷颐译：《中国现代思想中的唯科学主义》，（南京）江苏人民出版社，1990年，第1页。

17 卢卡奇：《审美特性〈前言〉》，第1卷，（北京）中国社会科学出版社，1986年，第1页。

18 王国维：《〈红楼梦〉评论》，载《中国近代文论选》，下册，人民文学出版社，1981版。

实证主义认为科学实际上就是哲学，所有形而上学的研究都是无用的，只有通过实际的探索和分析才能够将其进行正确的探究[19]。

我们在前面已经讨论过19世纪至20世纪初期中国社会的实际状况。我们知道，当时中华民族处于极度的困境之中。救亡图存的矛盾十分突出。中华民族的实用理性使得我们在民族危亡的关头更加注重功利性的优先选择。既然科学被看作是一种可以拯救即将倾倒的世界良方，因此就义无反顾地选择科学救国也不失为权宜之计。所以，在当时的历史情境下，科学主义思潮作为一种实用主义哲学的表现形式在国家意识形态中一时间占据主流地位也就可以理解为顺理成章的一件事情了。

严格说来，1840年以前的中国不存在西方意义上的科学。因为以儒家学说占主流的中国传统文化，道德教化倾向十分强烈，儒家学说常常自觉不自觉地将种种问题纳入道德思考的范畴。即使是一些涉及自然地理的客观知识也常常被伦理道德化了。比如，“天”、“地”等客观知识对象就常常被伦理道德化为“天子”、“平民”。这种“泛道德主义”重伦理道德而轻客观知识，重人文而轻自然，不求真而求善，重德性之和而轻习见之识，科学知识常被看作是道德的工具和手段。

“新儒家们”则认为：哲学和科学之间是相互区别的，科学只是单纯的追寻真理，但是哲学却并不是局限于此，更是对于善的追求，最终达到天人合一的思想程度。并且哲学也是本体论，没有本体论的形而上学，也就失去了哲学的观念。因此进行哲学辨别的方式就是将直觉和科学进行分辨[20]。

这种文化价值取向一直左右了中国几千年的历史发展进程。但是到鸦片战争之后中国近代以还的内忧外患使得人们开始重新审视这种思维方式的正确性。正是因为没有真正意义上的科学精神，所以科学就可能成为大大拯救民族于水火，拯救民族于既倾的最后一种尝试。在这种背景下，科学主义得到了前所未有的强调。

1923年2月，张君劢到清华学校进行以“人生观”为主题的讲演。对于人生观，他并没有进行阐述，但是却谈到了对科学观的看法。他在演讲中阐述了，

19 陈永杰著：《现代新儒家直觉观考察：以梁漱溟、冯友兰、熊十力、贺麟为中心》，（上海）中国出版集团东方出版中心，2015年，第123页。

20 陈永杰著：《现代新儒家直觉观考察：以梁漱溟、冯友兰、熊十力、贺麟为中心》，第153页。

科学的客观性以及人生观的主观性。科学是有方法论所支配的，但是人生观是来自于人类自身的直觉。通过分析的手段进行科学的研究，但是人生观却是具有主观性的。科学和想象的对象是一致的，但是人生观却只是人自身的观点。综上所述，人生观并不具备客观性，因而其在进行问题解决的过程中，只能通过“决非科学所能为力，惟赖诸人类自身而已。”也就是通过玄学进行人生观的解决。同年 4 月，丁文江发表《科学与玄学》，对张君劢的观点进行反驳。在这之后，梁启超等人也参与其中，在历史上被称之为“科学与玄学”之争。该辩论的时间长达 6 个月，直到同年底亚东图书馆出版讨论集《科学与人生观》，并请陈独秀、胡适作序。论战遂告结束。张君劢等人对于“科学万能论”的抨击，就是将中国对于西方物质文明的绝对推崇所进行的一种反驳，进而想要提醒中国人能够注重人文精神以及中国传统文化及其具有的优秀所在，然而他们的观点中并没有明确提倡“复活新宋学”。丁文江等人确实想要呼吁人们坚持科学，但是却忽视了科学也存在的弊端所在，并且十分顽固地认为“不相信中国有所谓精神文明。”[21]这场论争虽然主要是在东方文化派与西化派中进行，交战双方各有强兵悍将，逐渐出现了以张君劢、梁启超[22]等学者作为代表的“玄学派”，和以丁文江、胡适、吴稚晖等人作为代表的“科学派”。双方进行论战的后期时间，有支持马克思主义的学者也加入其中，就连陈独秀等人也参与其中，主要支持后者反对前者，被称之为“唯物史观派”[23]。综而言之，这场论战使当时中国几乎所有精英都卷入了进去。

从中国 20 世纪初的实际情况来看，科学主义思潮是晚清以来中西文化碰撞或冲突的继续，更是五四新文化运动时期积极引进西方德（democracy）、赛（science）二先生的科学派或革新派与文化保守派或国粹派的思想的又一次交锋[24]。

论战各方虽然无法就具体问题达成相对一致的结论，但正如李泽厚先生

21 胡适：《丁文江这个人》，（台湾）传记文学出版社，1979 年，第 36 页。

22 梁启超在这次论战中的地位颇有些特别。他曾是科学主义的倡导者，但因他曾于 1918 年与张君劢等人作为中国赴欧洲观察组成员参加巴黎和会。战争的后果让梁启超震惊不已，他以为战争的灾难乃由科学的过度泛滥相关，从而撰文提出质疑。在某种程度上引爆了其后的“科玄论战”。其心路历程详见《欧游心影录》等作品。

23 北京师范大学历史系中国现代史教研室编：《中国现代史》上册，北京师范大学出版社。

24 张利民：《科学与人生观・重版引言》，山东人民出版社，1997 年。

在《中国现代思想史论》中所指出的：

> 这次论战涉及的问题颇多，例如科学的社会效果（欧战是否应由科学负责）、物质文明与精神文明（如何定义此二者及二者之关系）、科学与价值（二者有无关系或何种关系）、科学与哲学（二者如何限定、二者的来源、异同、范围）、传统与现代等。其中好些还是今天“文化热”讨论中经常涌现的问题和论点。[25]

因此，20世纪初发生在中国现代思想舞台上的这一场“科玄论战虽然只是其时的科学主义思想大潮中涌现的一朵小浪花，整个科学主义宏大叙事中的一个小片断，小插曲，但对于中国思想文化的发展及深化却都有着非常重要的意义[26]。

其时，马克思主义者和西化派无不将这场论争归结为科学与反科学之争，因之斥张君劢诸人为反动。现代学人的著作大多沿袭这种论调，强调“这是反对科学发展的一种思想，是‘五四’精神的反动”[27]。

公允地说，对科学主义的过度崇拜，恰好是西方理性主义思潮重又风行一时所埋下的伏笔。

总而言之，“五四”新文化运动时期，科学主义的认识不只是一个两个先驱者的认识，而是由先驱者率先提出，然后不断扩张弥漫、浸润到民众中，将民众累积成丰厚的土壤，再经过不断的论战和思想交锋，逐渐培育出科学主义的意识形态。罗曼兹（Gilbert Rozman，？-？）对此有精到的解释。他提出，五四运动期间，民主和科学是当时时代的一种标志，人们对于科学的理解更偏向于是一种社会的进步，以及是一种先进的价值观，其存在是和儒学的无知相互对比产生的，却很少将其与物理学或生物学的深奥理论相联系。”[28]罗兹曼的理解是独特独到的。确实，在当时的历史情境下，“科学”或者说

25 李泽厚：《记中国现代三次学术论战》，《中国思想史论》，下卷，安徽文艺出版社，1999年，第870页。

26 李泽厚的《中国思想史论（下）记中国现代三次学术论战》等著作外，郭颖颐的《中国现代思想中的唯科学主义（1900-1950）》、林毓生的《中国传统的创造性转化》、朱耀根的《科学与人生观论战及其回声》等都对这次论战给予了高度关注，并作出了各自令人信服的阐说。

27 北京师范大学历史系中国现代史教研室编：《中国现代史》上册，北京师范大学出版社，1983年，第112页。

28 罗兹曼：《中国的现代化》，国家社科基金“比较现代化”刘慧深题组译，江苏人民出版社，2005年，第379页。

“科学主义”的意识形态，并没有向下落实到哪一门具体学科门类的研究上来，而只是作为一种“铲除种族根性之偏执，启发科学的精神以真理”[29]的“动的精神”、“进步的精神”。

欧文编写的《唯科学主义，人与宗教》中，就将科学主义当作一种崇拜的对象，被他命名为“科学崇拜”。这将科学的地位提升到相当高的地位之上，他阐述“在某些方面，使科学被认为是全知全能的人类救世主而逐渐受到崇拜。”[30]并且在他的观点中，“科学崇拜”也就是人们认为，世界上的所有难题都可以通过科学进行处理，也包括精神等方面的问题。

J.韦莫斯（John Wellmuth，1967-？）对唯科学主义作了更精致的定义：“‘唯科学主义’一词……其意义可以理解为一种信仰，这种信仰认为只有现代意义上的科学和由现代科学家描述的科学方法，才是获得那种能应用于任何现实的知识的惟一手段。”[31]

西方的理性主义传统，最早发端于古希腊神话的象征文化之中，太阳神阿波罗便是人类最高理性的超自然的本体象征。苏格拉底的名言“知识即美德”最早揭出了西方以人类智慧和理性为道德基础的理性主义的重要命题。柏拉图相信：理性、灵魂和肉体是构成人的三要素，而理性尤居崇高与不朽的地位。其影响深远的“理念”说，实已包含着追求理性的最初自觉。其后，经文艺复兴、启蒙运动，尤其是法国大革命，理性主义得到了空前高扬。恩格斯曾写道：

> 在法国为行将到来的革命启发过人们头脑的那大人物，本身都是非常革命的。他们觉得外界的权威是无效的，并且无论是宗教或者其他都需要接受批判。所有的问题都需要在理性的思想中进行辩论，是否有其存在的必要。也就是说知性是衡量一切的标准[32]。

新兴的资产阶级正是高揭理性主义的大旗，以与封建蒙昧主义抗衡。他

29 李大钊：《东西文明之根本之异点》，《李大钊文集》，上卷，人民出版社，1984年，第564页。

30 R. G. 欧文著：《唯科学主义，人与宗教》，费城，1952年，第20页。转引自郭颖颐著，雷颐译：《中国现代思想中的唯科学主义》，第15页。江苏人民出版社，1990年。

31 J. 韦莫斯：《唯科学主义的本质与起源》，麦韦克，1944年英文版，第1-2页。转引自郭颖颐著，雷颐译：《中国现代思想中的唯科学主义》，第15页。江苏人民出版社，1990年。

32 《马克辄恩格斯选集》第3卷，第719页，（北京）人民出版社，1995年版。

们相信“理性王国”业已出现，理性将支配着世界，因而表现出了乐观主义与进取的精神。

同时，从苏格拉底、柏拉图，经笛卡尔、斯宾诺莎，到康德、黑格尔，西方理性主义的哲学日臻完备。此种哲学相信，“理性乃是宇宙”与世界的本原和内在化的秩序结构，宇宙和世界的生成与发展，说到底，都不过是先验的理性依其内在的逻辑，自我展开的过程。理性也是人的本质。因之，人不仅可以认识和把握客观的自然界，而且其本身也遵循着理性的同一原则. 此种对理性的崇拜，随着近代自然科学的发展和科学主义的兴起，愈趋于极端。

对理性的过度崇拜，恰是构成唯科学主义泛滥的重要原因。因为科学被看作是人类智慧和经验的高度概括和总结，所以，科学是战而不胜的理性。

然而，离开了 20 世纪初期的西方文化还有对于欧战进行反省的情形，也就是将此类的思想进行了失误性的判断。西方科学的发展，在 19 世纪较为迅速，并且科学也风靡一时。所以，丹·皮尔（Sir William Whetham Cecil Dampier, 1867-1952）说，19 世界就被称之为“科学的世纪”。这是人们对于自然知识的探求，也是因为“人们对于自然的宇宙的整个观念改变了，因为我们认识到人类与其周围的世界，一样服从相同的物理定律与过程，不能与世界分开来考虑，而观察、归纳、演绎与实验的科学方法，不但可应用于纯科学原来的题材，而且在人类思想与行为的各种不同领域里差不多都可应用。”[33]

耐人寻味的是，科学主义对于人类精神方面的探求，也是通过物理定律进行的，同样是法国启蒙思想家、哲学家的拉·美特利（Julien Offroy De La Mettrie，1709-1751）在其撰写的《人是机器》一书中就进行了阐述。他以为，西方人对于自然方面的追求相对增长，但是却忽略了精神方面的提升，使得人们的情感世界变单薄。所以在战争之后，人们开始进行反思，并且将责任推给科学。对科学主义的过度狂热，使得人们从理性走向非理性，渐渐地就演变成一种科学拜物教。

前面我们曾讨论了中华民族 19 世纪至 20 世纪初的整体状况，在当时内忧外患严重，“救亡压倒启蒙[34]”的情况下，中国传统文化中的实践理性让我

33 ［英］丹皮尔：《科学史》，第 283 页，商务印书馆，1975 年。

34 “救亡压倒启蒙”是李泽厚先生于 1980 年代中期提出的著名观点。在一篇题为《启蒙与救亡的双重变奏》的文章中，李泽厚以“启蒙与“救亡”两大“性质不

们开始思考民族“身份认同”的问题。就中华民族而言，虽然科学理性并不构成华夏文明的主线，但是，由于19世纪下半叶中华民族的积弱所造成的民族身份认同焦虑，使得当时的很多志士仁人都把思考中华民族命运的注意力外移，企图通过学习西方的先进技术之经验，“师夷之技以制夷”。对此，我曾在拙著中曾多次探讨过中国文学的现代性问题[35]。

诚如著名学者李泽厚先生所言，近代以来，中华民族“救亡”与“启蒙”主题是我国近代民族历史的“元叙事”（meta-narrative）。由于中国的特殊历史性，因此，中国的现代性也呈现出其自身的规律性。对于近代以还的中国历史发展进程而言，中国现代性可概而言之为两个鲜明特征：一是确立了以“进步”为指向的社会文化的线性发展图式；二是确立了以西方文明为方向的坐标。

有研究者将所谓的“现代性”加以进一步的抽丝脱茧，指出：现代性实际包含“历史现代性”与“审美现代性”两种各不相同的内容。前者表现为启蒙精神及其展开，后者则表现为艺术自主性和自律性的确立。

在20世纪中国文学发展初期，“现代性”主要表现为“民主”与“科学”这两大现代思潮。按严复《论巨变之亟》一文所说，西方文化的特质是“于学术则黜伪而崇真，于刑政则屈私以为公”[36]，即学术上求真——科学之真，政治上求公——公正与民主。为与西方抗衡，科学与民主便成为这一时期中国民众对“现代性”追求的核心。事实上，“科学”和“民主”成了20世纪初期中国社会中对“现代性”的基本想象。

如果对这种社会想象作进一步的探究，我们便会发现：中国20世纪初的社会变革之路实际上运行这样一条轨迹：由科学主义打破原有循环论历史观；由民主主义实现对民族国家的想象。

五四文化运动的风云人物傅斯年曾在其著名的论文《时代与曙光与危机》

相同”的思想史主题来勾勒中国现代史。他认为在中国现代史的发展过程中，“反封建”的文化启蒙任务被民族救亡主题中断，革命和救亡运动不仅没有继续推进文化启蒙工作，而且被“传统的旧意识形态”“改头换面地悄悄渗入”，最终造成“封建传统全面复活的绝境。”可参考与李著《中国现代思想史论（下）》，安徽文艺出版社，1999版。

35 参见拙著：《现代中国文论中的马克思主义话语（1919-1949）》湖南人民出版社，2010年版。《理解与误读——百年中国西方文论接受史中的“勃兰兑斯现象”研究》湖南大学出版社，2013年版。

36 严复著：《严复集·论世变之亟》，王栻主编，中华书局1986年版，第2页。

中说：近代中国有一连串的觉悟，“第一层是国力的觉悟；第二层是政治的觉悟；如沙漠中迷路的旅人，发现远处有一黑影，拼命往前赶，以为可以他为向导，走出迷津，那知赶上几程，黑影却不见了，因此无限凄惶失望。“影子是谁，就是这位‘科学先生’。欧洲人做了一场科学万能的大梦，到如今却叫起科学破产来，这便是最近思潮变迁一个大关键。”

对社会达尔文主义的反思是上述精神反思的附属产品。自19世纪达尔文（Charles Robert Darwin，180-1882）提出生物进化论（theory of evolution）以来，“物竞天择”（natural selection）、“适者生存”（survival of the fittest.It is not the strongest of the species that survive, but the one most responsive to change.）的观念成了整个世界甚嚣尘上的一种社会历史认识。而事实上，这又是一种非理性的社会历史文化集体无意识。从生物进化角度出发，人们认为，历史发展也是不断进步的。一代更比一代强。每一个年代都比上一个年代具有不用分辩的进步性。

以图存为目的，中国开始以西方为导师学习技术，探求使西方强大的动力。张之洞的《劝学篇》虽然从儒学教义框架的适应性和生命力为基本信念，但仍希望输入西学。他所谓的“中学为体，西学为用”浓缩了他对儒学为基础的传统文化知识的态度和对西方近代科学技术的向往。

在17世纪，中国和西方之间的科学交流已经开始，科学由耶酥会士介绍过来。耶酥会士有关上天的更多知识，使其能渗入到中国天文学。对天体现象的预测，诸如日食、月食等，是皇朝官员一项重要职能。在小部分传统科学知识匮乏的官僚学者的协助下，传教士在中国逐渐确立起自身的权威。这是第一次对科学的接触，总体来说是成功的。但是却不是中国人真正发现西方思想的根本所在。仅是西方的单个观点和中国的传统思想相符，所以中国的世家大族并没有对科学的存在产生担忧。在18世纪的大部分时间中，中国开始实行闭关锁国的政策，并且将现代可持续的发展推后至 19 世纪。1865年，中国为了推进造船等先进的近代科技工业技术，清政府开始陆续创办江南机器制造总局、福州船政局等现代工厂。并且相应的为了满足人才方面的需求，创办了技术型的学校。从1865年到1905年结束，中国将外国的相关著作进行了大量的翻译。按照郭颖頣进行的数据统计显示，这段时间内总共翻译出版了著作178部，包含66本自然科学类、38部军事科学著作，35部工程制造著作、11部医学著作、7部农学著作、另有21部有关历史和制度的著作[37]。从这些事实便可看出中国人在介绍现代科学技术方面的辛勤努力。

严复对于西方科学、思想等方面的引进，起到了很大的推动作用。他把赫胥黎（Thomas Henry Huxley，1894-1963）的《进化与伦理》、斯宾塞（Herbert Spencer，1820-1903）的《综合哲学》、孟德斯鸠（Charles de Secondat，Baron de Montesquieu，1689-1755）的《论法的精神》、斯密（Adam Oliver Smith，1723-1790）的《国富论》、耶芳斯撰写的《逻辑基础课程》等著作都翻译成中文。在 19 世纪 90 年代中期，严复发表了一篇文章，将东西方的文明进行区分，找到不同的地方。他阐述了中西方最大的区别就是西方文化“于学术则黜伪而崇诚，于邢政则屈私以为公而已。[38]”

殊不知，历史发展并非一概坦途，并非永远都是发展主义式的，而有可能是停滞不前甚至原地踏步的，总是存在波浪式或者回旋式前进的可能性。因此，社会达尔文主义其实给人类也留下了巨大的思考空间。

众所周知，在“五四”新文化运动时期，“德先生”（Mr.Democracy）和“赛先生”（Mr.Science）是两个响亮的名字。很多人都对“德先生”和“赛先生”进行过考量，认定“德先生”为“民主主义”，而“赛先生”即为科学主义。但是很少有人进一步追究，为什么在“五四”新文化运动中，那些倡导者和实践者要把两个方面作为反封建主义的大纛，直指反动的封建主义？如果说作为“德先生”的呼唤反映了当时社会对绵延了几千年的封建专制制度的切齿痛恨，那么，在中华文明传统并不特别重视，更没形成强势的科技文明语境下，“赛先生”的强力进入又是根于什么原因呢？

毋庸讳言，“德先生”“赛先生”都是“五四”时期现代性话语的最重要内容。而两相比较，“赛先生”的影响更大。有着较大的影响范围和强大的影响力。这样的结果就是，“赛先生”在时代潮流推涌下，不知不觉间演化而成大多数国民间一种占居主流的意识形态。

第三节　儒家理性的回归

考察 20 世纪上半叶的世界文化思潮的潮涨潮落，是一件饶有兴味，而又

37 郭颖颐著，雷颐译：《中国现代思想中的唯科学主义》，第 4 页。江苏人民出版社，1990 年。

38 严复：《论世变之亟》，见《严复诗文选》，人民文学出版社 1959 年版，第 5 页。

工程颇巨的事情。

1919年8月26日，傅斯年给袁同礼的信中触及了当时一些重大的认识问题，其中就包括对五四运动的认识和看法。傅斯年说，“自从五四运动以后，中国的新动机大见发露，顿使人勇气十倍。”这时离五四运动过去仅几个月，距五四新文化运动——多以文学革命为外在标志，也仅两年多，傅斯年在这所言“五四运动”，是由学生发动的具有爱国主义特征的运动。他的观点中，这种运动的出现就是因为新文化运动中新思想的演变产生的必然结果，同时又是许多新思潮继续砥砺激荡的新起点。他在此信中还总结归纳出了五四运动的重要内涵和意义。

作为运动中的学生领袖和亲历者，傅斯年的这些感知和概括是有温度，也是有力量的，具有不可替代的骄傲和自豪。但是傅斯年却没有注意到事物的另一面，即新文化运动与中华民族传统文化之间也存在着血脉断续、割裂的一面。

前面我们提到，人所共知，1919年的五四新文化运动是中国现代文化思潮洪波涌起的转折点。不过，其内涵不仅是指缘于对辛亥革命后复辟思潮的反省，新文化运动更是对此时欧陆反思中的文化浪潮的欢迎与拥抱。因此，伴随着欧陆的反思风潮而来的，后五四时期的文化精英们，也开启了相应的反思模式，对各种在新文化运动中风行的观念和意识形态本身也进行了审慎的反思。这显然是当时文化中一种理性逻辑的体现。有意思的是，这种反思，恰好也包含了对理性主义的自省。

首先，从世界范围来看，自19世纪中叶以降，理性主义开始迅速褪色，出现了所谓的“理性危机”。究其原因，主要有三：其一，资本主义内在矛盾的日益显露。正如李远行先生所言，现代理性自启蒙以来即建立于主客体二元对立的基础上，把人与世界的关系变成一种认识关系：那就是预先作出世界具有永恒意义和恒定结构的形而上学承诺，然后再由主体不断剥离自身的主观性，通过表层现象对对象的本源不断趋近，最终达至深层本质[39]。现代理性通过对中心性和同一性营造，构筑了一幅普遍联系的世界图景：人格神虽已没落，但人作为主体（自我）承袭了全部神性，成为世界的中心，从而导致了以人性（理性、主体性原则）统摄世界、改造世界的现代理性主义精神

39 李远行：《渎神与悼亡——西方后现代主义思潮探析》，载《安徽大学学报（哲学社会科学版）》1999年3月版。

的极大张扬。而事实上，18 世纪人们所欢呼的所谓理性的王国，说到底，无非是资产阶级的理想化的王国。然而，进入 19 世纪后情况不同了。受生产的社会化与生产资料私人占有这一资本主义固有矛盾的制约，西方资本主义社会在发展的过程中，其矛盾与日俱增。经济危机的爆发，贫富差异大，社会矛盾尖锐等问题逐渐显现。而且，物质生产能力的深入发展，传统道德观念逐渐被资本的利益所吞噬，进而使得社会的动荡加剧。于是，所谓的理性王国，在人们的心中破灭了。尤其是第一次世界大战的爆发使欧洲化为一片焦土，惨绝人寰，创深痛巨。“上帝死了”（尼采）、“西方没落”（斯宾格勒），种种悲观的论调渐起，理性自然陷入了危机。其二，现代性的发展与人的主体性的异化造成了人的孤独。众所周知，现代启蒙的结果造成了人与自然的分离，这具有双重的意义。一方面，世界的神性消失了，变成一个遵循科学理性原则的宇宙大机器。如果说，理性、主体、启蒙是西方世界现代性的三重主题，三者合力促成了欧美现代文明的诞生和繁荣，那么，理性、主体、启蒙的意义被不断地解构和消解，则使现代主义精神遭受重大的挫折。从哲学意义上来说，对理性、主体、启蒙的消解，实际上是个去神化或曰“渎神”的过程。所以，从现代启蒙理性过渡到后现代的标志的时候，人们更愿相信，上帝死了。人不仅可以通过科学理性认识和把握现代这部大机器，而且可以依人的意志改造和利用它。继而，人们更进一步发现，上帝死了之后，被重新赋格的“人”（主体性）也到了死亡边缘。后现代的理论家们力图去揭示一种无主体的话语陈述方式，在一定意义上是在为打破资本主义关于人的神话，解决问题的虚假性而做的努力，表现了他们对现代资本主义社会意识形态的否定和拒绝。而大战之后，欧美知识分子的反思，恰好迎合了这样一股社会思潮。

如前所述，第一次欧战后，欧美思想界对大战的反思浪潮席卷欧洲。“欧洲文化中心”论动摇了，世界文化开始由东西方对立走向对话；理性主义、科学主义受到质疑，人文与科学，物质文明与精神文明，继承传统与创新进取必须协调发展等诸多问题，也愈益成了人们反省的热点。我们有理由相信，第一次世界大战之后思想家们对时代主流价值观的重新审视，总体而言也是后现代思想浪潮的一次浪波。或者说是汹涌的后现代运动的预热和演练。而当时以白璧德等为代表的新人文主义者，重新看到了理性的力量和作用，从运思逻辑来说，已然具备了后现代思想的某些特色，即是躲避主流，另辟蹊径，寻觅多元，从东方儒家思想中去寻觅能取代欧洲现代主义思潮的主体，以东方儒家思想为暂时替代物，以突破当时欧美文化颓丧的情势，这样就有了一种错把它乡当故乡的意愿。

在结束欧洲战争之后，欧洲文化中心的地位被转移，世界文化出现了新的变动，从对立实现对话的转变。以白璧德为代表的新人文主义的文化思想崛起，反映了对业已转移了的文明的实际问题的思考，表现了对既有概念结构的深刻批判。它不仅开拓了西方人的思维空间，同时也丰富和推进了中国社会文化思潮的发展。

20世纪初，盛行于中国和东亚的儒家文化，本来被时代主流推到了尴尬的岸边。激进的新文化运动的践行者，偏激地把中华民族落后的帐目算到了中华民族的主流意识形态儒家文化头上。此时开始崛起并在各自的位置上发声的“新儒家”们，从启蒙的滔天大浪中猛然惊醒过来，发现世界图景此时悄悄发生了些微改变，因此难捺内心的激动，几乎是不约而同地拥抱那来自他乡的故知。在一定程度上反应了社会历史的演进，人类对于自身的关注已然增加，并且希望通过西方文化的优势将自身的问题进行解决。服膺新人文主义的20世纪初中国新儒家，也就是将文化的历史以及世界相统一作为前提基础，进而将文化实现展开，也是对传统文化的继承还有新文化的构建。除此之外，也将中西文化相互结合。这对于其发展更具有重大的意义，也将世界文化的转变进行反馈。并且也表达了人们对于单纯追逐中华文化的虚荣心，或者单纯追求西方文化的虚无主义，这二者的错误意识已经得到了摆脱，进而将中国的文化内涵更健全化了。

宋儒张载所谓“为天地立心，为生民立命，为往圣继绝学，为万女世开太平。”表现了一种博大的学术胸襟和志业。20世纪新儒家们虽然选择了坚定的儒家信念，属于本质上的文化守成主义者，但是，与宋儒们相比，尤其是与张载这样的巨擘大儒相比，他们的理想信念还是有很大不同的。在当时宏大的背景之下的西方大学理念以及精神都被代替。并且传统的儒学中的知识和思想等方面的文化趋向，通过新产生的学术体系，进行了重新的划分。1905年，科举废，学堂兴。意味着新的欧化教育体系开始确立。《易经·系辞·下传》中所说的智者能“仰观象于天，俯观法于地，观鸟曾之文与地之宜，近取诸身，远取诸物”的“以通神明之德，以类万物之情”的境界，现如今科学的发展更加迅速，与其相邻的就是玄学。胡适提出，科学之所以是科学，是因为其依据证据说话。需要被证实，但是也需要实施证伪。也就是为了实事求是的思想。1922 年，胡适和今关寿磨进行学术上交流的过程中提出，“我们的使命，是打倒一切成见，为中国学术谋解放。我们只认方法，不认家法。[40]”

这样，中西文学、文化界的两股思潮相互吸引、相互激荡、相互砥砺，相向结合在一起。诚如我们前面所分析的，总体而言，这两股潮流内核有着共同性，具有一定的同构性。

40 胡适：《日记 1922 年》，《胡适全集》，安徽教育出版社，2003 年，第 29 卷第 725 页。

第五章　新儒学与新人文主义之间的思想差异性

本章，我们关注的重点在于，白璧德的新人文主义与20世纪初新儒家们思想之差异性。

白璧德1893年在哈佛大学获得硕士学位，从1894年开始，他在哈佛执教文学批评课程。1908年，白璧德撰写并出版除了他的第一部学术著作《文学与美国的大学》。在这部著作里，他考察了美国建国以来的大学教育制度，根据美国大学重实用科学轻人文精神的现状，提出健全的大学教育应该是科学与人文并肩发展，注重学生健全人格和精神气质培养协调发展的。正是在这部著作里，白璧德提出了“新人文主义”的概念和主张。顺着这种思路，白璧德不久又相继出版了《新拉奥孔》、《卢梭与浪漫主义》以及《法国现代批评大师》等一系列著作，进一步深入地、系统地阐述“新人文主义”的文化观念和精神。

我们知道，人文主义者欧文·白璧德与中国现代文化有着不解之缘。著名学者朱寿桐先生认为，在20世纪，白璧德通过自己拥有的号召力，将中国当代的文化青年汤用彤等人吸引过来，不远万里来到美国，进入哈佛求学，向白璧德大师学习。白璧德则以富有魅力的学识和能言善辩的姿态和极富感染力的人格深深地吸引和影响了一大批现代中国文化的积极而迫切的参与者和建构者，梁秋实是一个唯美和浪漫主义者，对于白璧德的观点很是不服，但是通过白璧德的思想熏染，进而转变了自己的想法，并且成为了其忠实的拥护者。

朱寿桐提出了，学衡派的学者在新文化运动的过程中，将白璧德作为传统文言形式的代言人，但是却造成了中国人对于白璧德的远离，而且还让中国人给其扣上了“守旧、复古”等帽子。主张“唯美”、“古典”审美倾向的梁实秋其实非常清楚地看到了“学衡派”对于白璧德新人文主义在中国传播的消极影响，他甚至认为这在一定程度上是对其传播产生了“拖累”。因为，文化传播是以大众的文化认知为基础的，用文言复古的形式来绍介这种新的文艺批评思想，实际上是把它的大众性基础提高了门槛，看起来博大精深，使它实际上被变成了高深莫测的东西。所以从传播效果上来说是不理想的，容易给大众造成难懂、艰深的印象，并造成不应有的误读。

但遗憾的是，梁实秋以自身的倨傲来看待这件事情，他将白璧德的学术用于，以极其不屑的方式作为抨击对手的工具，但是没想到最后却弄巧成拙，使得白璧德的思想被对手鲁迅所利用。如果说“学衡派”还仅是将白璧德置于不易被懂，难于理解的境地，而梁实秋则将白璧德的新人文主义，完全地拖到了被敌对化的位置。此处我们可以适当注意一下鲁迅当时关注并进行介绍或者批判的国外文学批评家，如厨川白村、勃兰兑斯等人。这些人的影响其实与白璧德相差不大，但经过鲁迅的大力推介，却在中国起到了非同凡响的传播。这样，白璧德在中国现代文化史上的影响不仅传播范围有限了，甚至被进行了妖魔化的修饰。

在白璧德的学说中，也有和鲁迅的主张相符合的地方，但是因为国人对其加以定性以及学派的影响，促使其学说中积极的部分没有得到推广，并且中国人在利用其学说的过程中也没有实力将其进行吸收，或者关注，就连最基本的介绍也没有。无论是“学衡派”同仁还是梁实秋等人，在引介白璧德的“新人文主义”时都有些情绪化的因素在，不是操之过急就是持之过重，总而言之是不合时宜，不太适合于当时的“历史”和“情境”。这或许是中国现代文化史给予白璧德带来的一种宿命[1]。

与朱先生相呼应，学界还有一个大体趋同的看法，即认为白璧德的新人文主义进入中国的思想文化领域，主要是因为学衡派及其同仁们的大力推介。

1 参见朱寿桐：《欧文白璧德在中国现代文化构建中的宿命角色》，载《外国文学评论》2003年第2期。

这当然是一个不争的事实。也有人揣摸推测另一个原因，即鲁迅和白璧德的弟子梁实秋之间的一场论战，使得白璧德和梁实秋一样被鲁迅批评、矮化的同时，实际上反过来也为白璧德及其思想的传播打开了另一扇门。

无论哪一种说法，一个不争的事实是，白璧德及其人文主义在20世纪上半叶曾经在中国的特殊语境中确定地流行过。或大或小，或深或浅地影响过中国文坛乃至整个思想界，它对形塑20世纪上半叶中国“新儒家”的思想形状构筑“新儒家”的思想内核形成了非常重要的作用。

然而，审慎地还原白璧德的“人文主义”思想之后，我们还是会发现，他对中国儒家思想的了解是带有其自身独特的审美趣味的，是“有意味的审美”，既有他的缜密“过滤”，更有他粗心的“误读”。

新孔教运动和现代新儒学运动在前线的差距就是在字面上的区别，但是其具有的内涵确实相符合。白璧德的英语原著中，他阐述了“Neo-Confucian movement”这个词汇的含义。目前西方学术界对 20 世纪以来的现代新儒家的描述是“New-Confucianism”。其定义的主体并没有根本性的差距，但从构词的角度看，两者之间的差距还是存在的，其最大的差距就是前缀的区分“new”、“neo-”，虽然在汉语中都是新的意思，但是“neo-”的解释更具有复杂性，例如，它和“new”相比，就多出了复制之前事物的含义。换种说法就是“neo-”和“new”相比，前者的含义更注重继承的重要性，并且在“继承”基础上实现创新。因而白璧德在书中运用的“Neo-Confucian movement”，和现代新儒学的解释更相符合。

白璧德在 1921 年，在中国留美同学会上进行了一次演讲，他阐述了对于人文主义的关注，并且，更加看重这种思想在中国国内的发展程度，同时，他还提出了，中国儒家学派创始人孔子，其本身就是一个人文主义者，并且他提倡，“我所希望者，此运动若能发轫于西方，则在中国必将有一新孔教之运动，摆脱昔日一切学究虚文之积习而为精神之建设。要之，今日人文主义与功利及感情主义正将决最后之胜负，中国及欧西之教育界固有一休戚也[2]”。也可以窥见，白璧德将自己的新人文主义的观点和中国的新孔教之运动之间出现的相似之处，作为推崇国际性的人文主义运动的一个重要组成部分。

实际上，在 20 世纪之初，现代化的儒学在人们的心目中就是新孔教之运

2　胡先骕译：《白璧德中西人文教育谈》，《学衡》1922 年第 3 期。

动，并且这种想法的呼声很高，但这并不是中国自发的，是由于崇拜孔子学说的白璧德所提出来的。

比较文学专家乐黛云先生在讨论中西文化融合与交流中处理“异文化”现象时发现：人几乎不可能脱离自身的处境和文化框架。他们对“异文化”的研究和吸收也就往往决定于其自身的处境和条件。乐先生进一步指出，当他们自身感到比较强大时，会更多地表现为自满自足，这时候，他们往往在异文化中寻求的往往是与自身相似的东西，来证实自身所认同的事物或原则的正确性和普适性，也就不免将“异文化”纳入本身文化的意识形态而忽略“异文化”的真正特色；反之，当他们感到本文化暴露出诸多毛病，而对现状不满时，又往往将自己的理想寄托于 " 异文化”，将“异文化”构建为自己的乌托邦[3]。应该说，乐先生这一认识是极为深刻的。在西方历史上曾经也流行过对中华文化的乌托邦想象，如法国启蒙运动时期的伏尔泰、孟德斯鸠就是如此，那是因为当时的西方文化出现了问题。然而，当西方文化取得了强势地位之后，风水轮流转了，这就轮到了中国的知识分子将自己的理想寄托于西方文化，这是因为当时的中国文化出了问题。白璧德对中国儒家思想的借鉴也是如此。如前所述，在第一次欧战结束后，欧洲大地悲观主义像是温疫一样流行。人们对物质主义、科学主义、理性主义的过度迷信，造成了沉重的教训。因此，社会上对这些缺失的沉痛反思风行一时、理性反思的反转结果是，非理性主义思潮甚嚣尘上。所有这些，在白璧德看来都是当时的西方文化出了问题，将世界思想资源一遍遍梳理后的结果是，儒家思想正是医治欧洲之病的良方之一。白璧德将它作为西方世界所迫切需要的东西。[4]”而在他所担当的这个社会批评家的角色中，他自觉不自觉地将中国的儒家思想理想化了。

因此有人说，白璧德与中国现代化进程中的民主、自由、进步的启蒙诉求存在着本质的错位，而实际上，他与中国儒家传统思想之间，同样存在着较大的差异。选择、平衡、谐调、纪律是白璧德新人文主义的基本信念。表面上看，这些信念与传统儒家的自抑、中庸、守正等观念是相契的，而事实上，仔细分辨，两者之间其实是有些细微的差异的。

3 段怀清著：《白璧德与中国文化》，首都师范大学出版社，2006年，第5页。

4 参见谢晶：《白璧德人文主义的中国儒家思想资源研究》，载《湘潭大学学报（哲学社会科学版）》2012年第3期。

第一节　思想之变异

新人文主义领袖白璧德将现代批评精神与人文传统相融合而倡导人文主义。他将传统信仰和当代道德观念的丧失看作是当前危机的根源，企图回到历史和传统中去寻找救世良方，希望通过复活一种古代的人文主义精神来解救当下的社会危机和精神危机，重新以一种“人的法则”来克服现代社会“物的法则”而导致的人欲横流、道德沦丧。

正如有研究者们所注意到的，白璧德的人文主义以“选择”“理性”为其关键词。

确实，白璧德赋予他的人文主义以苏格拉底式的定义，即内在化的、普遍性的原理与规训，这就是节制与判断。白璧德认为人生是有规训与原则的，是有纪律的自由、有节制的欲求，并且这种规训与法则、选择与判断，不是在上或外来的，而是“不藉外缘博放之德性，而藉内心精约之工夫”，是内在的普遍的信条与训练[5]。这种普遍的人的法则信条，实际上是指明了人的本质应该是有限的自由。

白璧德的这些具有古典主义色彩的人文主义主张，大部分可以探究到中西传统文化自身所隐含着的较明显审美理想等相关问题。白璧德主张的思想即恢复儒家、基督教以及佛教等相关文化以及精神，重新拟定人文法则，并通过该法则的拟定填补当代文明中出现的漏洞。白璧德所持态度，和儒家的部分精神巧妙相连，进而在一定程度上将民族文化凝聚力以及持久性得以彰显。因此，充满着时代的生命力。

确实，白璧德“人文主义”思想之关键词，表面看确实与儒家思想仁德、慎独等观念有颇为相似的地方，但是，“人文主义”与以“中庸、仁、义、礼、智、信”为核心信仰的中国儒家思想还是有着诸多的不同。

首先，白璧德所主张的“人文主义”所主张的“选择”、“理性”更多是伴随着对“自私”“欲望”等的批判而提出的，是在批判资本主义利益至上的社会风气的基础上提出来的。因此它的理论张力在于对赤裸裸的资本主义腐败社会风气的批判，是对欧洲文艺复兴运动以来，特别是启蒙运动以来过于强调个人性而忽略整体意识而导致的野心膨胀、私欲难以遏制的情形的

5　欧文·白璧德著，徐震译《白璧德释人文主义》。载王钟陵主编《二十世纪中国文学史文论精华·东渐之西潮卷》，河北教育出版社，2001 年，第 73 页。

批判。这种批判又是建立在自我克制和批判基础上的。因此本身带有一种温和的自我改良色彩。白璧德的人文主义在某种角度看来主要是一种实践伦理、是一种关乎个人修养和作为的人生哲学。当然，从另外一个角度看，它也可以是一种文化精神。而儒家的“克制”、“选择”带有人格圣贤化的理想色彩，但它更是带有一定的礼制等级观念，是有等级、门地等观念在内的，其目的也是为了维护“礼”的制度和等级，因此，更具有伦理规范、道德自我完善的色彩。

白璧德就人文主义而言，他认为人文主义的相关概念和人道主义之间存在一定关联。在西方社会的不断发展中，始终存在相应误解，即人文主义和人道主义，人们对二者概念并不明确。白璧德认为，以词源学角度对人文主义进行分析“这个词意味着信条和纪律，它并不适合芸芸大众，而只适合于经挑选出的一小部分人——简单地说，它的含义是贵族式的而非平民式的。”而人道主义是 humanitarianism，即“一个对人类充满同情，对将来的进步充满信心的人，不应该被称作人文主义者，而应该是一个人道主义者，他的信念可以称作是人道主义。当前的趋势是把人文主义当作是人道主义的一种简化和便利的形式，这必然引起各种混淆。人道主义者几乎只强调知识和同情的广度。”，“人文主义者，恰好与人道主义者相反，他对个体的完善感兴趣，而不是对人类整体提高的空想感兴趣；尽管他在大多数情况下允许同情，但坚持同情必须通过判断力加以约束和调和”，“真正的人文主义者，在同情与选择两者之间保持着一种正确的平衡”[6]。不仅选择和人文主义之间有关联，而且纪律、信条以及训练等均和人文主义之间存在一定联系，其最后的目标都是为了完善个体人物，与人道主义有关的词语包含博爱、进步以及同情。

为什么白璧德的“新人文主义”在 20 世纪上半叶会在中国成为风行一时的思潮，并在一定的范围内成为显学呢?

我们认同青年学者谢晶的看法，在她看来，之所以“新人文主义”与“五四”新文化运动会发生激烈的碰撞，就在于恰逢其时。用谢晶的话说就是多彩的五四和多彩的西方相互辉映。五四时期，是我国现代兴起的一次思想大解放时期，也是现代中国西方思潮汹涌进入思想意识形态领域的第一次浪潮。

6 Irving Babbitt《Literature and The American College》, National Humanities Institute Washington, D.C., P74-75.

每一种力量都很活跃，都有生存和生长的空间，都能得到很好的展现。这样的机遇使得五四时期国内思想庞博而且复杂，不仅仅有革命与复辟、激进与保守、进步与倒退、国故与西学等等的对立，还有高尚、光明的东西和卑鄙、黑暗的东西等等杂语相伴，共生共长。与多彩的五四相对应的是多彩的西方。对于那个时代的问题，不同立场和阵营的人提出了不同的见解，开出了不同的药方，不过这些药方几乎都直接或间接的来自于西方[7]。

在 1917 年期间，梅光迪就在《中国学生月刊》中曾出版一篇文章，在这篇文章中曾提到："我们今天所要的是世界性的观念能够不仅与任一时代的精神相合，而且与一切时代的精神相合。我们必须理解，拥有通过时间考验的一切真善美的东西，然后才能应付当前与未来的生活。这样一来，历史便成为活的力量。"[8]就梅光迪而言，他认为过去、现在以及未来都不属于独立存在，在社会发展的历程中，上述三者早已结合成一体。人类所制造的所有具有生命力的事物，均可以超越时代，并且对未来发展具有一定帮助。基于此意义，梅光迪多次表明历史并非遗存物，而是具有真实性的动力能源。所以在这种现实语境中，中西双方相互激荡，促进生长。

在这么一种现实语境中，白璧德的新人文主义思想通过他的学生这些活生生的传播渠道进入现代中国，与中土文化中的相应思潮不谋而合，进而凝聚成为一股时代思潮就可以看作是来自遥远大大洋彼岸的浪花与自身文化潮汐的机缘式的合流。

但是，这两股扭合在一起的潮流也有着一些并不很一致的地方。

一、白璧德的二手理解通道

白璧德虽然在他的学术生涯中表现出对东方文化，尤其是对中国文化的极大兴趣和不遗余力的刻苦钻研精神，但是，他对东方文化，尤其是中国文化的理解是有些许偏差的，有些甚至是有硬伤的。比如他不懂中文，他对儒家的理解主要来自二手渠道。他通过法国汉学家和《论语》、《孟子》的英译本，来理解儒家学说。

吴宓曾在向人们介绍他的导师过程中，提到这样一种观点：

7　参见谢晶：《白璧德人文主义的中国儒家思想资源研究'》载《湘潭大学学报（哲学社会科学版)》2012 年第 3 期。

8　《中国学生月刊》1917 年 1 月第 12 卷第 3 期。

“西洋古今各国文学而外，兼通政术哲理，又娴梵文及巴利文，于佛学深造有得。虽未通汉文，然于吾国古籍之译成西文者靡不读。特留心吾国事，凡各国人所著书，涉及吾国者，亦莫不寓目。”[9]尽管对儒教及其精神，白璧德有隆厚兴趣和亲近感，并且给予了很高评价，但是，不知具体出于什么原因，或许纯粹就是由于条件的限制，他终生“未通汉文”，也从来没能好好地学习中文。他真正学习并深有研习的是梵文、希腊文、拉丁文和巴利文，法语也很有造诣，但在他看来，法语是拉丁文廉价而蹩脚的变种[10]。

白璧德大学毕业后，从没有放弃学习语言。据资料记载，他曾在巴黎学习过梵文和巴利文。在学习即将结束时写信给哈佛任教的好朋友和同仁蓝曼说，“我对梵文的兴趣，是想通过它来研究比较文学和比较宗教。而不是比较语言学（训诂学）……为了阅读巴利文的佛教经典。[11]”

因此他对儒家的了解，主要通过法国汉学家的著作和《论语》、《孟子》的英文译本。他曾对弟子梅光迪谈到，如果他年轻三十岁，他就会学习中文。但是此说我们认为未必可以当真。

正是因为人们能够认清中国传统文化中的核心部分，才能够使白璧德将希望寄托在吴宓等人身上，同时将我国古代圣贤哲理输送给西方国家。如果把儒家学说以及白璧德提出的相关内容放到一起，则会发现二者之间虽然名称不一样，但是倡导的内容其实大致相同。白璧德对儒家人文主义的评定就某种角度而言，是向他的中国学生表明在世界文化中，我国文化所处的价值以及意义；同时正确引导这些学生在当前文化价值观以及文化主张方面的方向。基于此背景，白璧德的学生对中国的文化产生了新的认识和理解，此方法的出现相比前期而言，更包含批判性技巧以及态度。

但是，无论是白璧德的“新人文主义”也好，还是20世纪上半叶的新儒学运动也好，他们所言“人文主义”名称相同而实质却有一些相异之处。

我们认为，白璧德的思想更接近西方人文思辨传统。前面我们已经指出白璧德的新人文主义思想远宗古希腊哲学家柏拉图和亚里斯多德，分析了他

9 吴宓：《论白璧德、穆尔》，徐葆耕编《会通派如是说》，上海文艺出版社，1998年，第24页。

10 参见王晴佳：《白璧德与学衡派，一个文化学术史的比较研究》，载台湾中央研究院《近代史研究集刊》（民国91年）第33期。

11 转引自王晴佳：《白璧德与学衡派，一个文化学术史的比较研究》，载台湾中央研究院《近代史研究集刊》（民国91年）第33期。

的所谓“人文主义”与古典理性主义、“理念”之间的关系，同时也指出了他的“人文主义”与近代资本主义崛起之间的相反相成的关系。其实，白璧德与其同时代的一些思想巨擘有着直接间接的承继关系。例如白璧德在欧洲战乱后，对帝国主义现状的批判和英国文学批评家马修·阿诺德总结的内容几乎相同。自十九世纪中期后，西方世界因为物质文明的高速发展，使社会发展出现贫富差距以及重利等情况，并且英国文学批评家对此种现象的出现产生担忧的情绪。但是他认为，只有通过文化的力量，才能够有效缓解这种现象的出现，而他所谓的文化并非僵化的精英文化传统，而是最好思想的最佳展现，它属于任何阶级的任何个体自我修养的必需品。就价值失衡的时代而言，英国文学家对文化替代宗教、哲学充满期望，同时追求希腊精神中实行的光明以及美好的两种事物，这正属于该文学家心中的文化价值。另外，这位英国文学家用一生的时间去完成他的追求，他希望每个人都能成为文化的信仰者，并且每个人都渴求自己成为更有素养、更聪明的个体，同时为世界和平贡献一份力量。

对于新儒家来说，则更倾向于中国价值观。

中国的价值观是什么呢?

如前所述，中国价值观从人的塑造层面来说，有士的精神、侠的精神、君子的精神；从道德修养方面来说，有仁爱、忠孝、己所不欲勿施于人；从看待世界的角度来说，有和而不同、各美其美、美美与共，有天下大同；从天命与人命的关系说，有天人合一，也有精卫填海、愚公移山；从探索国家发展之路说，既有摸石过河的灵活审慎，也有从民为邦本到为人民服务的一脉相承；对家园，既有以胸怀天下为己任，也有叶落归根的情结。

因此，从总体而说，白璧德人文主义思想与中国儒家思想并不能划等号。而与中国新儒学运动之间也是存在巨大差异的。

二、“创造性叛逆”——基于欧洲中心主义的东方思维转向

如前所述，我们认为，白璧德的“新人文主义”有自觉地将自身文化及知识系统进行调整，以自适应于当时欧洲混乱的思想现状，并引导思想界重归于健康样态的一种挽狂澜于既倒，拯救世界于既倾之危的高傲心态。不过仔细分辨其思维路线图，我们仍然不难看到这样一个事实，那就是：欧洲（西方）乃世界文明文化的核心。欧洲不能倒，欧洲（西方）不能乱。因此要拯救

欧洲（西方）。所以，从根本说来，其思想实质依然是欧洲（西方）中心主义。

因此从这个方面来考察白璧德人文主义思想我们就不难理解，为什么他将博大精深的儒家思想去粗取精，简而化之为他所需的内容？

1920年底，新儒家代表人物之一梁漱溟推出了自己的成名作《东西文化及其哲学》。梁漱溟从哲学的思辨的角度提出了关于世界文化发展著名的“三种路向”的学说，那就是：西方文化意欲向前要求，这属于首个路向；中国文化意欲自为调和持中，走的是第二路向；印度文化却反身向后，走的是第三条路向。我们不去纠缠梁漱溟整体哲学思想是否精当，但他对各种文化路向的归纳这个概括是有一定确当性的。

白璧德的新人文主义思想实际上是 20 世纪一战后欧洲思想界东方转向的一次较为集中的体现。但是，从这种东方转向中，我们不能能仅仅看到来自东方的喜悦和骄傲，而应该循其脉落，找到新人文主义的发力点。我们不难发现，他的思维惯性仍是西方式的，即是建立在以西方为中心的轴心上的。它的发力点是拯救西方世界于既倾。

因此，白璧德的新人文主义与其说是东方思想浸润而成的原创思想资源，不如说是披挂着东方外饰的柏拉图、亚里斯多德思想的现代还魂。

第二节　双向式的“误读”

一、“误读”

在当下的解构主义文学批评思潮中，作者中心、读者中心和文本中心被全面消解。一部作品的意义不是作者意图、读者经验所能穷尽的，也不会限制在封闭的文本系统之中。文本意义具有不确定性，对文本的解读是无限延展的。于是“误读”作为一个引人注目的话题应运而生。1973-1976年，哈洛德·布鲁姆（Harold Bloom，1930-）“诗论四部曲”的面世，揭开了误读研究的序幕。激进的“一切阅读即误读”成为著名的解构宣言。

我们不同意“一切阅读即误读”的极端化的观点。但是，我们认为，在各个时期对白璧德的人文主义的种种解读中，存在一定的误读是必然的，不可避免的。我们揭示对白璧德“人文主义”文学批评理论的“误读”，不是为了证明布鲁姆误读理论片面的深刻，而是为了还原白璧德的“新人文主义”在“理论旅行”过程中，由于“旅行”的“历史”和“情境”之不同，而发生的种种

“变异”。需要指出的是，在这种种“变异”中，有些确乎其然是一种纯粹的“误读”，有些则可能含有“创造性叛逆（creative treason）”[12]的“误读”。

在白璧德“人文主义”文学批评理论的“理论旅行”过程中，我们认为，主要存在有这么一些“误读”：

一、由于一段特定时期内“新文化运动”的社会文化观念的霸权地位，使得我们对白璧德的新人文主义文化观进行了一定程度的曲解。前面我们曾详细分析了白璧德的文化观及其由来。我们认为，总体而言，白璧德的新人文主义对中国传统文化情有独钟。这不仅从他的批评对象“美国大学教育及其人文精神及有关文学批评”上可以看出，也从其贯穿在字里行间的种种激情可以析出，更可从他对有关欧洲经典作家的具体讨论中的毁誉臧否中可以看出。但是，由于我们长期以来对五四新文化运动的作用和意义都由教科书指定，且定于一尊，因此在我们的无意识中，将新文化运动及其精神和相应的文学观念常常置于一个较高位置，因此，我们在接受白璧德的新人文主义的文化（文学）批评理论时，实际上更多地把他的思想作为保守主义的图解，而忽视了其中浓郁的人文主义文化观念。

二、由于我们对“科学的比较研究”的倚重，在世纪转折时期的“新儒家”们容易忽略了白璧德的新人文主义对文化整体性的评价，尤其是忽略了他主要是作为文学批评家应有的对作品“细读”、精究的严重缺失。他们在分析白璧德的新人文主义的文学批评时，看到的是在世纪转折时期他们所需的来自友军的火力支援，并非进行文学精细研究的细读功夫。由于批评家的个人气质，白璧德在具体的文学批评中，较少精细的文本解读，个人性的、主观性的评价却比比皆是，比如他对卢梭的批评中，就少有从文本本身的阅读出发，因此，给人造成主观批评随意性较大的偏颇。但是，“新儒家”们却对这些明显的缺点缺少必要的警觉，理论放言之滔滔宏论，遮蔽了他作为一个文学批评家的精准性不足的缺陷。“他乡故知”的外衣，掩盖了“新儒家”们审美批评中的粗糙。

三、白璧德的新人文主义与20世纪初“新儒学运动”相遇时恰好处于中

12　“创造性叛逆”是法国文学社会学家埃斯卡皮特（Robert Escarpit）所提出的一个概念，指翻译实践中对原有语词创意化的拓展。上海外国语大学教授谢天振先生将这一概念引入比较文学理论中，主要指创造性翻译。目前学术界对这一概念尚存一定争议。本作借用“创造性叛逆”这一概念，特指在阅读传播过程中有意地进行某些有其特定目的的“误读”。

国现代史上的历史重大转折时期，强调这种时代的特殊性，是说明两种思想的碰撞，也有适逢其时的机缘巧合。而前面我们不揣浅陋地探讨过的一些左翼作家和激进文化主张者对白璧德的批评，如我们提到的鲁迅的态度，诸如此类。就使白璧德文学批评理论难以获得更多更大的理论合法性。在这种特殊历史“情境”之下，对白璧德新人文主义文学批评理论的接受就难说有多么完整。

总而言之，对白璧德及其理论的误读，既有特定历史条件下“影响的焦虑”下的“创造性”、“对抗性”，也有“新儒家”们按照自身的文化传统，思维方式，自身“视阈”甚或某种意识形态去加以解读的“无奈性”。

二、“双向式误读”

以下，我们试图对白璧德的“新人文主义”与20世纪新儒学运动的思想碰撞过程中所发生的一些相互“误读”之处作一点梳理，以期更精当地了解世纪转型时期的文化变化过程。

我们认为，总体上同属于文化守成主义的 20 世纪上半叶的中国新儒家们，基于当时的思想现实需要，或许根本未曾看到，或许已然看到这样的思想现实，但基于现实思想斗争的迫切而有意地避开这一现实矛盾，只是快意地将“新人文主义”作为一种强大的思想资源来加以利用，正像白璧德在他所倡导的新人文主义对儒家思想有所误读一样，当时中国新儒家的践行者们也对白璧德的新人文主义存在一定的误读，甚至有不少“创造性叛逆”式误读。其目的就在于把白璧德的新人文主义用作批判的武器，从而找到合法的理论支持。

因此，我们所进行的工作，实际是寻找20世纪东西文学（文化）中中西文学（思想）先人们的思想轨迹，爬梳在20世纪上半叶中西文学（文化）思想交流史上一次激烈碰撞中所发生的裂变。

而在这场思想的裂变中，无论是作为20世纪初中国思想守成主义的“新儒家”们还是美国以白璧德为代表的“新人文主义”者们，他们都看到了问题的实质所在，但都规避了思想交融的风险性，在相互理解的过程中，存在着一定的误读可能。而在这些误读中，有些误读是无从避免的，另外一些则有可能是有意识的，或许我们也可称之为创造性误读。

譬如，新文化运动中有一个惊世骇俗的口号，这就是——“打倒孔家店！”当然，它引起振聋发聩的同时，也引起了激烈的争论。学衡派曾经以“辩护士”自居自傲，与其说他们维护的是孔子，不如说他们是本能地坚决反对批判孔子。当然，他们辩护的理由不会赤裸裸地强辞夺理，而更多地是从学理上找寻适当理由：他们强调研究历史人物，“首重了解与同情”。目的就在于考证事实精确与否以及批评的义理是否允当。但是，新文化运动时激进的人们批孔，则事实与批评义理两者都存在严重偏失。柳诒徵曾经委婉地指出，自有史以来，孔子（儒家）之道其实并没有能够完全在中国贯彻施行，相反，人们的行为大多不能完全符合孔教，甚至有时更是违背了孔教，“盖孔教之变迁失真，亦已久矣。从前尚有执孔子之语为护符，现在并此虚伪的言论也没有了，人们仍热衷于诛引无拳无勇已死不灵的孔子，不是很可笑吗？这就是说，时人未能将先秦的孔子与后人假托的孔子加以区别，是为疏于考证。柳诒徵还指出，人谓孔子尊君，成独夫专制之弊，但是，无论孔子不独尊君，且不主专制，就时代说，桀纣、幽厉皆先于孔子，“是由何人学说演变而成，在西方各个国家没有实施共和之前，也实施君主政体，专制尤甚，例如路易十四、尼古拉一世等，难道他们也都信奉孔教？“君主专制同也，而孔教之有无不同，则孔教非君主专制之主因必矣。讲科学方法者，当知因果律，不可如是之武断也”[13]在这里，柳诒徵批评从义理出发，批评新文化运动批孔义理存在问题，事实上就是逻辑不通。从柳诒徵对孔子的辨论中我们可以知道，学衡派他们对儒家思想及孔子地位的维护不是毫无理性可言的顽固说辞，而是有着较强学理性的理性论说。他们强调孔子不仅是中国古代智慧的体现者，也是中国古代文化的集大成者，他的文化地位和文化成就完全可以与西方的苏格拉底、亚里士多德等比肩，都是世界文化的伟人。景昌极认为，“孔子实是中华民族的代表人物，孔子仍然值得全中华民族的崇敬，并且值得全世界受过科学洗礼的人去崇拜”。同时，他们并不赞同无条件地尊从孔教以及将孔子进行神化，他们觉得孔子属于没有神学概念以及玄学概念的人，“孔子在中华民族的心目中，却始终是个人”[14]。这里，他们试图说明，孔子是个没有神学观念的“神人”。即使被后人神化后仍然不失为人。不仅如此，孔子也存在缺陷，例如孔子学说缺少系统性，而且科学思想也存在不足等。因此，有个叫张鑫海的同仁，他就很鲜明并且很中肯地指出：如

13 《论中国近世之病源》，《学衡》第 3 期，1922 年。
14 《孔子之真面目》，《国风》第一卷第 3 期。1932。

今应该以批评的眼光对孔子提出的学说进行分析，不可以对其进行盲目敬仰，但是，如果只通过谩骂诋毁等方式处理事情，也不属于批评的正确方法。因此，学衡派提出的总体态度是：就孔子一事而将所有概念全部遏制，是一种非常悲哀的事情。他们的这种观点在一定程度上能够获取一定范围的人们认可或赞同，即使从激进的角度看来，也会觉得这种观点并非完全没有道理。但是，他们不足的地方是没有认清新文化运动所以对孔子产生极大不满，而不是真正的想要对孔子个人及其思想进行全盘否定，它的主要目的是要推翻多年封建专制统治护身符的孔子形象，从而使国民的思想被彻底释放出来。李石岑的以下对梁漱溟的批评见解就不无灼见。他说：

在陈独秀创办《新青年》杂志的过程中，在一定程度上非常反对孔子，并且怒斥孔子，陈独秀也有属于他的苦心。他冒社会上之大不韪，从而捍卫“非孔”生活，他心健微处，认为我此时虽然冒犯了孔子，但是我能够推翻你们的靠山，铲除迷惑老百姓的根基。所以陈独秀的杂志就文化开展、社会改造而言，均产生功不可没的战绩。梁君对孔家哲学予以论述，我认为在一定程度上肯定能够找到属于孔子的真正面目，这虽然属于孔子个人的荣幸，但却是中国全体百姓的不幸。这里所谓的不幸，是指大部分“伪孔”趁机而入[15]。

就以上观点而言，学衡派只能满足当前纯学术的立场，在政治上却显得较为简单幼稚。他们并没有真正地了解和认识新文化运动。但是，我们不得不说，学衡派是真正真诚的学者，他们始终相信孔子值得被人尊重和敬仰，同时也是文化进步的成果，通过历史进程最终能够证明证实这些观点。事实上也说明如此，如今，孔子以世界文化伟人的形象被众多群众尊敬和敬仰，在孔子学说中，涵盖的人文智慧都为当前社会发展提供了帮助，并且获得各国学者的认可。

根据上述内容可知，新文化运动以及学衡派的提倡者其实都主张开展新文化运动，只不过每个学派主张的方法以及具体措施各有不同，甚至说是大不相同。学衡派以及新文化运动倡导者在学术理论方面出现异议，学衡派主张发扬和传承传统文化，不止不行；而新文化派则主张推翻陈旧思想，突破传统，正是因为二者侧重点不同，从而使其能够互补。新文化运动的提倡者对封建文化予以强烈批判，同时也描绘展示了新文化运动发展趋势，但是对中国原有文化的态度多为虚无主义，因此，本质上更加趋向于西方化；学衡

15 《孔子之真面目》，《国风》第一卷第3期。1932。

派与这种主张正好相反，对批判封建文化缺少紧迫感，但是对中国文化的重新兴起却充满信心。在《学衡》杂志第一期的《简章》中，他们明确表明：我国文化具有能够和日月争光的价值，说明我国文化的价值非常高，并且具有较深的意义[16]，而陈寅恪对这种观点的解释更清晰，他说：

各民族的文化，记载着数千年历史进程，造极于赵宋之世。虽然在后期发展中略显衰败，但是最终肯定能够重新振作。犹如冬天中的树木，即使已经凋零，但是这些树木的根依然存活，等到春暖花开时，该树木依然会继续生长，并且枝繁叶茂。

所以，他们矢志不渝，将传承中国文化作为自己的任务以及责任，并且提出 2 种主张，即：

第一种主张，让全国群众都熟知并且热爱中国文化，学衡派认为中国文化博大精深，如果只依据短暂的时期就对其价值进行判定，稍显草率。就中国历史而言，需要对其进行全方位考核以及研究，只有这样才能够真正探寻其价值。柳诒徵这样认为：

学者必先大其心量以治吾史，进而求圣哲立人极，参天地的人在哪里，才属于认识中国文化的正确方向[17]

“必先大其心，量以治吾史”主要思路是，首先要突显对中国文化的热爱和遵从的初心，其次才能够真正认识、掌握其博大精深以及相关价值，提出国人文化的修养以及训练的相关定义。陈寅恪觉得，现在口口声声说要推翻中国文化的人，经常利用各种各样的借口，对它施加恶名。所以，想要保留以及发扬中国文化时，同样也需要提出各种正面的理由，向中国国人介绍中国文化的精华到底指的是什么，中国文化为什么可以对现代国家发展提供帮助。

但是，陈寅恪也认为，想要使国人了解以及认可这些理由，就需要让他们对中国文化在一定程度上有了解和掌握，这才是文化的修养以及训练的主要意义。学衡派以为要复兴中国文化，关键的内容在于宣传和发扬中国历史文化知识，使国人对中国历史文化具有一定的了解和认识，并且产生热爱的情感。这和梁启超提出的“人人存一个尊重爱护本国文化的诚意”的观点何其相似！但是细察之下，我们又觉得，他在一定程度上又高于梁启超提出的

16 见《学术杂志简章》，载《学衡》杂志第 1 期，1922 年，3 月。

17 柳诒征：《中国文化史 · 弁言》，第 3 页，蔡尚思导读，（上海）上海古籍出版社 2001 年版。

看法。这是因为他们明确而详细地提出了探究、发扬以及普及中国历史文化知识，将提升民族自信心作为历史任务。柳诒徵撰写《中国文化史》以及学衡派对此书格外重视的原因大体也是如此。国人应有中国文化的“修养”与“训练”，这是个很值得今人借鉴的重要思想。

第二种主张，物质文明建设与精神文明建设并重。学衡派既视人伦道德、理想人格为中国文化的精神和重建民族自尊的基石，弘扬中国文化的此种精神自然成为他们共同的思路。但是，他们个人的具体主张又不尽相同。柳诒徵认为进化与退化是历史上并存的现象，不是绝对的，当叩其两端，“一面要看进化的，一要知道退化的，那就可以找出民族复兴的一条路出来了”。在他看来，汉以前国小，人民有亡国之思，人人为国出力国家对内行统制主义，对外则务求发展，民族精神振奋，故国家强胜；汉以后，国家日大，内失统制力，人心为私，故国日弱。他还说，唐宋以来的思想不可用，如果我们要探寻民族复兴的相关路径以及措施，可以通过汉朝予以探寻分析，就不得不依据汉朝人行事，因为周秦两汉“一切精神粗矿，皆与今日中国处于列强环峙之形势相合。故非用其法不可。唐宋以来苟且之制度，不足以应付今日之环境也”[18]柳诒徵的论说事实上不可避免地犯有迂阔的毛病。陈寅恪与刘弘度与柳诒徵他们不一样，他们则主张发展宋学。陈寅恪说：“吾国近年之学术，如考古、历史、文艺及思想史等，以世局激荡及外缘董习之故，咸有显著之变迁将来所止之境今固未敢断论，惟可一言蔽之曰，宋代学术之复兴，或新宋学之建立是已”[19]。由此，我们可以探知，无论是“学衡派”还是“国风派”抑或其他各个派别的文化守成主义者们，他们的出发点无非就是从中华民族传统文化中找寻到一条民族复兴的道路。在世纪转型时期，在“救亡”与“启蒙”的复杂语境中，文化守成主义与新文化运动主张者殊途同归都指向了民族复兴之路。

反而观之，白璧德的新人文主义，强调“平衡”、“自律”与“克制”，提倡用微妙而繁复的人性中更自然更高尚的部分来遏制、抵消原始低级的本能和冲动；白璧德的这些思想，乍一看来与儒家思想确有几分相似。难怪世纪初的“新儒家”们如获至宝，仿佛有种他乡遇故知的激动，所以大力引介了进来，因为它迎合了满足中华文化自信，抵制人类社会发展中温疫一般流

18 《从历史上求民族复兴之路》，《国风》第5卷第1期。1934年。

19 陈寅恪：《邓广铭宋史职官表考证序》，载1943年3月号《读书通讯》。

传开来的社会达尔文主义这么一种历史“情境”。前面我们讨论过，社会达尔文主义主要表现在唯科学主义和唯发展主义，这种思潮曾经一度占据社会意识形态的主流。

前面，对于白璧德“新人文主义”的传播过程中的意义遗漏之失，我们曾进行过一些粗浅的讨论。我们认为，对白璧德的接受有其特定“情景”。在与自由派的新文化运动干将们的论战（在某些特定情境下，“新儒家们还常常被边缘化、被污名化，”）中，处于被动、焦灼状态的“新儒家”们看到来自西方的思想资源，就如同失散于敌方的士兵重又找到了自己的队伍，所以，就义无返顾地投身进去。因此，接受者们就难免囫囵吞枣，吃相粗糙地一并吞咽了下来。

尽管如此，我们仍坚持认为，新儒家们作为一种新文化建设的参与者，他们的态度是真诚的，信念是坚定的。他们笃信中华传统文化自有其不朽之精髓，传世之价值，在当时时代沉沦、道德沦丧的背景下，若能与来自西方的思想清流——白璧德的“新人文主义”有机地结合起来，或许能成就一番新事业，不失为挽救世界于既倾的最后一根稻草。因此，从一定的意义上说，就动机和出发点而言，“新儒家”们与白璧德们是一致的。

而对于20世纪初整个新文化运动来说，虽然各类人等心态不一，但不可否认的是，“新儒家”们也是积极的文化建设参与者。只是参与的方式不像当时的新文化激进主义者们那样热血沸腾，激情澎湃。他们相对温和一些，理性一些。但是，无庸讳言，在文化建设上，也有着殊途同归之处。

前面，我们虽然花了一定篇幅对20世纪初白璧德的新人文主义与中国新儒学运动作了一些琐碎而细制的爬梳工作，试图对20世纪上半叶中西文学思想碰撞的情势进行一些艰难的理解，但是，我们知道，这种整理、爬梳仍是成效有限的。今后，我们在上述讨论的基础上，仍将进一步阐发新儒家思潮和新人文主义之间的思想上的变异性，以让人信服的学理逻辑，总结出百年中国西方文艺思潮接受史中的经验和教训，以期更好地为西方文艺思潮的中国转换提供理论支持。

完稿于2019年3月1日

附　录

跨越性与文学性：比较文学学科话语的基石

一、比较文学的学科话语

“比较文学的学科话语”，实际上就是比较文学这门学科的范围和边界、内涵和外延以及相关学术规范等等问题，换句话来说，也就是比较文学研究应该遵循的一些基本路径和准则。

比较文学虽然长期被当作一门正式学科，但其学科的正当性却不断受到学界的质疑。自比较文学诞生以来的长达百多年的历史当中，这种强烈的质疑未曾间歇，从意大利著名美学家克罗齐（Benedetto Croce，1866-1952）到美国知名学者华威大学（the University of Warwick, U.S.A）教授苏珊·巴丝尼特（Susan Bassnett，1945-），学界不断有人指责比较文学的“不合法性”。以至形成了一波又一波的世界范围内的比较文学“危机”。可以说，比较文学发展到今天，是不断从“危机”中找到“转机”的。这是各学科门类中绝无仅有的现象。美国著名学者韦勒克（Rene Wellek，1903-1992）曾经一针见血地指出：“我们学科的处境岌岌可危，其严重的标志是，未能确定明确的研究内容和专门的方法论。”[1]韦勒克的这个警告，其实说的正是比较文学学科话语的问题，也就是比较文学作为一门学科必须要有明确的研究内容、研究范围及独特的研究范式。与此相应的是，比较文学的学科危机，主要在于两

1 [美]韦勒克：比较文学的危机[A]，干永昌、廖鸿钧、倪蕊琴，比较文学研究译文集[C]，上海：上海译文出版社，1985。

方面：比较文学作为研究方法还是一种文学鉴赏、辨析、比较、研究的视野？大多数研究者将法国学派的“影响研究”与美国学派的“平行研究”与“跨学科研究”三大块综合起来构建比较文学学科理论基本内容和理论模式。早期研究基本上是前两个板块为主。在法国学派“影响研究”的框架下，下设“流传学”、“媒介学”、“渊源学”等法国学派常用并激赏的具体研究方法；在美国学派“平行研究”理论框架下，又细分为“主题学”、“题材史”、“类型学”、“文体学”、“比较诗学”等学科范围之内的研究方法，以及“文学与自然科学”、“文学与社会科学”、“文学与其他艺术”、“文学与宗教”等跨学科的研究范围。随着比较文学学科理论的发展，晚近的一些比较文学研究又加入了第三板块，即所谓的“跨文化研究”（曹顺庆先生则在其《比较文学论》等著作中将它称之为比较文学中国学派的“跨文明研究”）[2]。这三大板块构筑起来的。

比较文学学科理论体系也是时下中国比较文学研究的基本模式。比较文学的理论体系建构，无论是两个板块还是三个板块，其最根本的缺陷是历时性理论描述带来的一系列困惑：

第一个问题是在几个理论发展阶段中，或者说是几个理论模块中，各自理论言说规则不一，难免形成自说自话，分类混乱的现象。比如同样是对主题的探究，在法国学派的所谓“影响研究”中，着重关注的是作品主题如何从A国流传、转变为B国作品中的同类主题。换句话说，就是A国作品的主题如何影响到B国作品中的同类主题。而在以美国为代表的“平行研究”中，关注的重心则是对不同民族、不同国家、不同文化中不同作品的同类主题的研究，即所谓跨民族、跨文化、跨语言的“主题”研究。这样，同为对“主题”的研究，但实质内容却大不一样。另外的问题就是理论重叠，相互叠合的问题。同样是关于“主题学”，究竟是归诸于影响研究还是平行研究中，或者既放在影响研究中，又放在平行研究中，花开数枝，各表一点，面面俱到却又浅尝辄止？这样一来，理论凌乱，容易使人莫衷一是。如前所述，在法国学派的“影响研究”中，“主题学”关注是的“材料”的寻根溯源，但在以美国学派为代表的“平行研究”中，则是强调没有事实影响关系的不同文学体系间的主题研究。正因为各有偏重，又都属于法国学派和美国学派的关注范畴，因此，给“主题学”准确定位——它是属于影响研究呢，还是平

2 曹顺庆：比较文学论[M]，（成都）：四川教育出版社，2002。

行研究，竟成了不少研究者难以解决的问题。最终造成的结果是，每位研究者都试图说清比较文学理论体系，结果却始终没有真正地说清楚它的理论体系。怎么样才能梳理清楚比较文学的学科理论体系，整合、建构完整的比较文学学科话语？我们认为，唯有从比较文学的最根本的学理——“跨越性”和“文学性”这两个基点来进行融通，才能真正把握住比较文学的理论内核。

二、比较文学是一种跨越性的研究

无论在比较文学发展的哪一个阶段，比较文学都有一个突出的特征，这就是它所具有的开放性的眼光——也就是我们所说的“跨越性”。对于“跨越性”的学科特征，应该说在比较文学界已经形成了基本共识。但是，在“跨越性”这个问题上，各家阐释又众说纷纭。其中传播最广的要数“四跨说”，即指比较文学是“跨民族、跨语言、跨文化、跨学科”的文学研究[3]。可以说，在比较文学发展的过程中，具有开放性眼光的“跨越性”成就了比较文学学科，也造成比较文学学科一次又一次的危机。

“四跨说”虽然都在法美学派的定义中的有所超越，但仍存在一些需要澄清或者说需要特别说明的地方。这是因为：有关“跨民族”的问题。法国学派认为比较文学是一种跨国文学研究的观念给出了比较文学最初的学科界限，但在具体的文学研究实践中这个界定并不精准。比较文学是为了突破民族文学的界限而兴起的，它的着眼点是对不同民族的文学进行比较研究。“国家”是政治地缘概念。一个国家的人民，可以是一个民族的，也可以是由多民族组成的。因此，比较文学的界限，应该是跨越民族的，而不是国家的界限。其实，在法国学派兴起的时候，在欧洲各国，民族和国家总体而言是重合的，只有极少数国家和民族不相吻合。而且，比较文学兴盛之时，欧洲民族国家尚未大量崛起。因此，更加强调国家的重要性。这样“跨国”与“跨民族”并无实质上的二致。但是，当比较文学兴起之后，尤其是二次世界大战之后，问题就显得复杂了。一是大量民族国家的崛起，另一个是比较文学开始越过法国边界，拓展到西欧以外的地方。现代国家大多是多民族的，比如中国，就有 56 个民族组成，美国作为一个移民国家，其民族多样性更加丰富。如果每个国家内部的几十上百种民族之间都是比较文学研究的范围，那么难免造成文学研究领域的混乱。而且跟比较文学的创始者们提出的

3 陈惇、孙景尧、谢天振：比较文学[M]，北京：高等教育出版社，1997。

比较文学要具有国际眼光的学科初始宗旨也不相符合。所以，尊重比较文学学科实践，把一国内部的民族文学比较研究仅仅当作一种大的民族范畴文学来研究应该是比较切合实际的。从这个角度来说，虽然中国有56个民族，美利坚合众国差不多集中了世界各种民族在一起，但在我们进行比较文学研究时，我们仍然将中国、美国等这样的民族国家的文学当作一个国别文学来进行。在这种情况下，中华民族、美利坚民族是一个大的民族集合概念。有关“跨语言”的问题。以语言界限来限定比较文学的学科同样存在一些问题。语言和国家的界限是难相吻合的，英国和美国、澳大利亚及世界很多说英语的国家之间，虽然语言发音、表述习惯等方面略有区别，但总体而言是没有语言界限的。那它们之间的比较是否就不能算是比较文学了呢？反过来说，同一国家内部也有不同的语言，比如南美的些国家，同一国家内部可能既说西班牙语又说法语，甚至还可以说英语，这些国家的文学研究就不能算是比较文学的范畴吗？还有一种现象更让人迷惑，如一些跨语际写作的作家，可以用不同的语言来进行写作，这让“跨语言”问题更加扑朔迷离。那么究竟怎样才能充分展示比较文学”跨越性”的效果呢？比较文学从一开始就着眼于“世界性”的学科情怀。虽然各个发展阶段的理论表述各有偏重，但“世界性”始终是比较文学学科理论的终极关怀。法国学派强调文学关系的重要性，强调“比较文学是文学史的一支”，研究“曾存在过的跨国度的精神交往与实际联系”[4]。基亚（Marius Francois Guyard，1921-）更是明确地说比较文学是一种“国际文学的关系史”[5]。这些学科开创者的理论表述，其实都有一种国际眼光，即强调将跨国文学史的关系研究触角伸到国别文学史的研究之外。美国学派的学科理论更加务实，将比较文学开疆拓土的视界投得更深更远，提出超越文学史的限制，可以将文学性（美学价值）纳入比较文学的法眼中来，格外重视没有实际事实联系的文学比较研究。这样，比较文学研究的“跨越性”就不再仅限于文学关系史的比较研究中，视野更加广阔得多。

在此基础上，美国学派更进一步提出了跨学科研究，从而将比较文学的跨越性更向前推进了一步。雷马克（Henry H. H. Renmak）在其著名的《比较

4 [法]伽列：比较文学，初版序言[A]，北京师范大学中文系，比较文学研究资料[C]，北京：北京师范大学出版社，1986。
5 [法]基亚：比较文学[M]，北京：北京大学出版社，1983。

文学的定义和功能》一文中，认为，比较文学可以“把文学和人类所表达的其他领域相比较”[6]。雷马克实际上说的就是指跨学科的比较研究。为规避跨学科比较研究在可比性上“大而无当”的风险，雷马克提出了可比性的“系统性”原则，即只有当文学和其他学科的知识体系进行“系统性”比较时，比较文学的学理性才能确立。但是，雷马克虽然注意到了比较研究可比性“系统性”法则，但并没有作出非常严格的逻辑界定，因此，这个“系统性”仍然显得比较空泛无定。即使这样，跨学科研究仍将比较文学学科理论大大向前推进了一步，开拓了文学研究的视野，比如诗与画、文学与心理学、社会学研究等等。近些年，中国比较文学界更进一步提出了比较文学话语的“跨异质文化”论。当西方背景的比较文学研究进入非西方背景的异质文化的时候，跨国研究已经不能解释文学内部的很多东西。曹顺庆先生在其《比较文学中国学派基本理论及其方法论体系初探》一文中指出，比较文学中国学派的基本学科特征是“跨异质文化”。“如果说法国学派跨越了国家界线，沟通了各国之间的影响关系；美国学派则进一步跨越了学科界线，并沟通了互相没有影响关系的各国文学，那么，正在崛起的中国学派必将跨越东西方异质文化这堵巨大的墙，必将穿透这数千年文化凝成的厚厚屏障，沟通东西方文学，重构世界文学观念”。近些年来，曹顺庆先生对其跨异质文化”略有修正，进一步升级“跨文明研究”。在他看来，“文化”一词涵义过于混乱，难免有理解上的误区。实际上“跨异质文化”和有些学者提出的“跨文化”研究是不太相同的。“跨异质文化”更加注重中西文化系统之间的差异性，从某种意义上说，“文明是文化差异的最大包容点”，所以以“跨文明”取代“跨异质文化”表述更为妥当。从比较文学学科创立之初法国影响研究学派的“跨国”至美国平行研究学派的“跨学科”再到当下的比较文学界的“跨文化”，万变不离其宗，比较文学始终具有“跨越性”，这是比较文学学科的一个最根本的基石，是比较文学学科开放性的、世界性的学科特征最根本的保证。

三、比较文学是一种“文学关系”的研究

比较文学的兴起是从法国学派有关国际文学系史的实证性研究开始的。

---

6 [美]亨利·雷马克：比较文学的定义和功能[A]，干永昌、廖鸿钧、倪蕊琴，比较文学研究译文集[C]，北京：北京大学出版社，1983。

前面我们提到，比较文学刚刚创立的时候，就遭到了来自著名美学家克罗齐等人的非难。为了应对这种理论质疑，法国学派必须考虑到比较文学作为一门学科所应具备的科学基础。所以基亚明确指出："比较文学并不是比较，比较只不过是一门名字没取好的学科所运用的一种方法。"法国学派认为比较文学是一种实证性的文学关系史的研究。公允地说，这种实证性的文学关系研究，奠定了比较文学学科的严谨的科学性研究基础。但是，由于在实际操过过程中，法国学派的比较文学研究者过于强调实证的影响研究，束缚了研究的有效展开，逐渐使后人对这种研究范式产生怀疑和反思：首先是美国学派对法国学派作出激烈批评。在著名的教堂山会议上，美国学者认为，法国学派的影响研究是僵硬的外部研究和文学史研究，在当时文学研究由社会学的外部研究向关于文学性的内部研究转向的历史语境下，韦勒克提出比较文学研究要"正视'文学性'这个问题"[7]，应该把美学价值重新引进比较文学学科领域中来。因为"文学性"问题是美学的中心问题，是文学作品得以存在的内部规律性。相应地，比较文学应该从简单的国际文学关系史的定位中重新回到文学本身。比较文学不应该只属于文学史研究的范畴，同时它也应该包括文学批评和美学批评的内容。

美国学派韦勒克等人的质疑和责难当然自有它的道理。作为一个开放性的具有世界性眼光的学科，比较文学学科话语不应有自我束缚和限制。而且，作为文学研究的一种范式，对文学内部规律的重视也是应有的题中之义。但是，美国学派对法国学派影响研究的责难也有它的一些片面性。作为学科发展第一阶段的重要理论，"影响研究"有其充分的学科理论价值。比较文学学科理论中的"影响研究"，首先是一种文学关系学研究。就其最初的学科定位来说，主要有两个方面：一方面它强调文学关系史的研究；另一方面它继续追求一种实证性的文学关系研究。就第一个方面而言，比较文学学科理论中的文学关系研究实际上属于文学史研究的范畴。波斯奈特（H. M. Posnett, 1855-1927）在1886年出版的世界上第一部比较文学的专著《比较文学》，实际上就是一部关于文学的进化史著作。波斯奈特用进化论的观点来检讨文学的发展演变过程，探讨比较文学的学科定位。她提出："我们采用社会逐步进展的方法，从氏族到城市，从城市到国家，从以上两种到世界大同，作为

7 [美]韦勒克，比较文学的危机，干永昌、廖鸿钧、倪蕊琴，比较文学研究译文集，（上海）上海译文出版社，1985。

我们研究比较文学的适当顺序。”[8]氏族——城市——国家——世界的文学进化图式实质上使比较文学在其最初发展阶段着重关注和研究的对象就是文学的进化史。法国学派在波斯奈特的定义之下有所拓展。梵·第根（Paul Van Teighem，1891-1958）提出，比较文学研究可以在各个方面延长一个国家文学史所获得的结果，能够“补充那些本国的文学史并把它们联合在一起。同时，它在它们之上，纺织一个更为普遍的文学史的网”[9]。其意在于，比较文学的研究在于不同国家的文学史之间，是国别文学史的一种补充和完善，是一种弥补国别文学史视野片面性的文学史研究方法。这样，比较文学的这种国际文学关系史就共同编织出国际文学发展的总体网络，从而形成一种总体国际视野。不同国家文学之间的互相交流、对话、融合是形成文学发展的重要途径。比较文学的兴起，从国际文学关系的研究中发现了文学横向发展的新动力，促进了文学和文学研究的进步。就第二个方面而言，比较文学学科理论中的文学关系研究特别强调实证研究。法国学派的研究方法之一就是文学的实证研究。它力图用实证的方法来研究法国文学对其他国家的文学的影响力量，从而证明法国文学的重要性。应该说，法国学派的这种理论起源，深层意识中含有一定的文学沙文主义，但是在比较文学学科理论的发展演进过程中，它逐渐摒弃了这种观念，而向着比较文学的“世界性”开放。在学科发展的过程中形成的影响研究的实证性方法，为比较文学的学科理论奠定了坚实的科学研究基础，形成了一整套的行之有效的研究方法。包括：渊源学、流传学和媒介学等实证性的文学研究范畴。渊源学主要通过溯本求源的方式来探讨一种或多种文学现象的横向来源；流传学主要研究一个文学现象在另外的文学体系中获得的影响和传播的情态；媒介学研究不同国家文学之间文学影响得以形成的中介方式。

值得注意的是，比较文学法国学派的影响研究及其它所提供的种种研究方法，在用实证性的科学研究方法来求证法国文学在国际文学关系中的地位和影响的时候，虽然注意到了文学在传播和影响的过程中的种种变异现象，但是并没有引起足够的重视。就是比较文学发展的第二个阶段美国“平行研究”为主

8　[英]波斯奈特，比较法和文学，干永昌、廖鸿钧、倪蕊琴，比较文学研究译文集，（上海）上海译文出版社，1985。

9　梵·第根，比较文学论，干永昌、廖鸿钧、倪蕊琴，比较文学研究译文集，（上海）上海译文出版社，1985。

流的阶段，文学现象之间的变异现象也没有受到足够的关注。美国学派的平行研究是从“文学性”出发，来研究不同体系内文学现象的共同点。它注重强调没有实际影响关系的文学现象之间的“某种关系性”。这种关联性在韦斯坦因那里就是所谓的类同或者平行研究中存在的“亲和性”[10]。无论是“关联性”也好，“亲和性”也罢，其实都是求同思维范式的体现。这在单一的西方文学体系中是很有效的一种研究方法，但是，在世界文学的范围看来，这种理论并不一定放之四海而皆准。除一些基本的文学原理大致相同外，在不同文化体系内，文学现象表现为更多的是不同状况，更多的是面对同一个文学对象而形成的不同的文学表达形式或观念的变异。除了不同文化体系中文学的变异性之外，我们还应看到异质文化中文学的差异性。也就是除一些基本的文学原理外，在文学表现形式、表现习惯，审美观念等具体的文学形态上，不同文化体系内的文学都会存在不同的样态。我们将这种样态称之为文学的差异性。这种文学差异性在各个不同的历史发展阶段都是存在的，在强调多元文化相互尊重的今天，更是色彩斑斓。这种状况的出现，给比较文学带来了新的机遇和挑战。比较文学作为研究文学关系的一门学科，必须面对这种新的状态。

怎样处理这种不同文学变异甚至差异？比较文学的世界性眼光要求比较文学学科理论必须具有博大的胸怀。因为，正如意大利著名思想家和作家恩贝托·艾柯（Umberto Eco，1932-）所说的，在文论多元化的语境下，“人们发现有差别越多，能够承认和尊重的差别越多，就越能更好地相聚在一种互相理解的氛围之中”[11]。这就告诉我们，比较文学研究不仅要关注一种文学现象的影响形式，更要关注它的变异形式，同时还要关注它的差异之所在。只在在尊重差异的基础上，才有真正进入“世界文学”的可能性。埃柯的这种认识是难能可贵的，作为居于欧洲文明中心的他，不仅意识到了不同文化之间巨大的差异，并且对这种差异的重要性有足够的认识，这不能不说是一种睿智的洞见。因此，我们认为，比较文学要以各民族异质文化的相互尊重和理解为前提，比较文学要从“异”出发。因为，只有容得下各种不同文化的“变异性”、“差异性”的胸怀，才真正会有文学“世界性”的天空。

但是，我们强调比较文学“文学关系”研究中的“变异”、“差异”问题，

10 [美]韦斯坦因，比较文学与文学理论，（沈阳）辽宁人民出版社，1987。

11 [意]恩贝托·埃柯，寻求沟通的语言，跨文化对话（第1辑）（上海）上海译文出版社，2000。

又必须警惕两种极端的倾向：一是极端化的文化相对主义；一是将文化“他者”乌托邦化。文化相对主义固然超越了对“化者”文化高低优劣的划分，超越了以某种中心为价值判断标准的偏见，但它如发展到极端，极易走入另一个“自我中心”，从而缺少宽容性，与“世界文学”理想背道而驰；而将“他者”文化或文学乌托邦化的结果是陷入到种对“差异”或者“变异”的梦幻迷恋之中，将“他者”镜像化为一种理想模式，从而缺少一种识别与批判的勇气。

四、比较文学是一种文学（总体）性的研究

比较文学从它创立学科起就致力于文学的总体性研究。但是在比较文学草创时期，比较文学和总体文学之间却有着纠缠不休的关系。

法国学派主将基亚就曾指出：“人们曾想，现在也还在想把比较文学发展成为一种‘总体文学’来研究，找出‘多种文学的共同点’（梵·第根），来看看它们之间存在的是主从关系抑或只是一种偶合。为了纪念‘世界文学’这个词的发明者——歌德，人们还想撰写一部‘世界文学’，目的是要说明‘人们共同喜爱的作品的主体’。1951 年时，无论是前一种还是后一种打算，对大部分法国比较文学工作者来说，都是些形而上学的或无益的工作。”[12]基亚的这种批评，是针对梵·第根的“总体文学”观，力图维护以他的老师伽列等人的比较文学学科观念的纯洁性的。因为，在伽列等人看来，比较文学什么地方的“联系”消失了，那么那里的比较工作也就不存在了。事实上，梵·第根与基亚的争歧，仅仅在于梵·第根在强调比较文学“关系”的同时，还设想过“总体文学”：“比较文学最通常研究着那些只在两个因子之间的‘二元的’关系……所谓‘文学之总体的历史’，或更简单些‘总体文学’，就是一种对于许多国文学所共有的那些事实的探讨。[13]”

比基亚学科眼界稍微开阔一些，在梵第根看来，“总体文学是比较文学的一种自然的展开和一种必要的补充。[14]”他提出的“总体文学”实际上是在歌德的“世界文学”概念的启迪下对文学整体性的一种最初把握。事实上，它冲击了法国学派其他代表人物如基亚等人刻板固守的一国对一国的关系，

12 [法]基亚，比较文学，（北京）北京大学出版社，1983。
13 [法]梵·第根，比较文学论，干永昌、廖鸿钧、倪蕊琴，比较文学研究译文集，（上海）上海译文出版社，1985。
14 [法]梵·第根，比较文学论，干永昌、廖鸿钧、倪蕊琴，比较文学研究译文集，（上海）上海译文出版社，1985。

冲击了法国学派的根本立场，即比较文学非“比较”而是“关系”、“贸易”。因此，他所提出的“总体文学”，启发了后人在比较文学研究领域的进一步拓展。之后美国学者韦勒克、雷马克等人进一步修正了梵·第根的比较文学学科观念。韦勒克说：

> 我怀疑梵·第根区分比较文学和总体文学的意图是否行得通。他认为比较文学局限于研究两个文学之间的互相关系，而总体文学则着眼于席卷几国文学的运动和风尚。这一区分当然是站不住脚的，也是不切实际的……把“比较文学”局限于研究文学之间的“贸易交往”，无疑是不恰当的。[15]

这样，在韦勒克看来，“比较文学已经成为一个确认的术语，指的是超越国别文学局限的文学研究。”雷马克对“比较文学”下的定义更加直截了当：“比较文学研究超越一国范围的文学，并研究文学跟其他知识和信仰领域的关系。”“简而言之，它把一国文学同另国或多国文学进行比较，把文学和人类所表达的其他领域相比较”。

雷马克的“比较文学”定义几乎成了金科玉律。但依然遭到来自韦勒克等人的质疑。韦勒克认为：“内容和方法之间的人为界线、渊源和影响的机械主义概念，以及尽管是十分慷慨的但极属文化民族主义的动机，是比较文学研究中持久危机的症状。所有这三个方面都需要彻底加以调整。比较文学和总体文学之间的人为界线应当废除。(比较文学）就我个人来说，我希望干脆就称文学研究或文学学术研究。”

雷马克和韦勒克等人对比较文学的重新定义，值得肯定的地方是拓宽了比较文学的研究视野，纠正了法国学派的文学沙文主义倾向，将比较文学的研究范围从狭隘的文学“贸易”关系转而为文学性之间的研究，无疑挽救了比较文学局促的颓势。但是，雷马克、韦勒克等人却又为比较文学危机打开了另一个口子，即比较文学疆界的无限化，使比较文学限于到“无边的比较文学”新危机中。特别是近些年来，文学研究界“文化研究”热潮的崛起，“文化研究”渗入到比较文学学科中来，使得比较文学研究更加拓宽了视野，也使得比较文学陷入到空前的危机中来，即当一个学科没有一定的学术界限时，这个学科存在价值等问题也就应运而生了。我们认为，比较文学学科话

15 韦勒克，比较文学的危机，干永昌、廖鸿钧、倪蕊琴，比较文学研究译文集，(上海）上海译文出版社，1985。

语，有其自身产生的历史渊源、发展现状所决定的。完全否认学科发展历史和拒斥发展现状一样，都是对学科本身不负责任的一种偏颇做法。因此，比较文学的学科话语，既应尊重学科发展历史过程，又要吸纳发展过程中的各种研究新成就。比较文学在其发展过程中就是有别于一般的文学研究方式而出现的，“比较”是其基本的法则，那么我们始终要将“比较”作为比较文学学科的不二法门。但是“比较”的内容和形式不是一承不变的，从“法国学派”到“美国学派”，不仅是学科发展阶段的变更，更是比较文学之“比较”在内涵和形式上的更新、换代。但无论比较文学如何发展，“文学”始终应是这门学科的核心部分，应是其关键词。因此，无论研究方法如何，我们始终应坚守“文学”这条边界和底线。不然，“比较文学”这门学科或就真的可以寿终正寝了。综上所述，我们认为，比较文学的学科话语简而言之有两个基本点：跨越性和文学性。跨越性是决定比较文学成其为比较文学的学科特征性要点，是其作为开放性学科的一个重要标志。而文学性是保持比较文学成其为文学研究的基本价值观念。如果说，“可比性”是“文学关系”或“文学和其他知识信仰”之间可供比较研究之处，而“文学性”则是比较对象之间与文学之间的本质联系，那么，“跨越性”则是则是比较文学学科“世界性”的学科属性表现。应该指出的是，无论“可比性”或“文学性”还是“跨越性”都会随历史时代的具体情境的变化而变化，并不是一承不变的。

比较文学：从“异”"出发

一

一般认为，比较文学自其发展成熟以来，已经走过了以法国学派为代表的影响研究和以美国学派为核心的平行研究两个阶段。近些年来，有比较文学家断言，现在已进入到了以中国学派为主的跨文化研究阶段，跨文化是21世纪中国比较文学研究的主流[1]。与之相应，长期以来，在比较文学界，“阐发研究”被认为是与“影响研究”、“平行研究”并列的一种研究模式。有的学者甚至认为这是“比较文学中国学派”的一个最根本特征。但是，最初的“阐发研究”往往仅用西方的一些新理论来“阐释”中国的文学现象。但它难免切割、分解了自己的文学，因而有削足适履之嫌。同时由于其单向度阐发，以西方理论来圈定适合比较的文学内容，以至使一些弥足珍贵的、最具有代表性的中国文学现象未能得以彰显。更重要的是，它在丰富了我们文学研究方法的同时，也容易造成我们传统文学批评方式的退场，甚至造成文论话语的扭曲或断裂。

显然许多比较学者注意到这个事实，从而对这种单向度的“阐发研究”进行了理论的修正。在此基础上提出“双向阐发”的理论设想：主张用西方文学理论阐释中国文学的同时，也用中国文学理论阐释西方文学。由于学者

1 一般认为“中国学派”的最初理想由台湾学者陈鹏翔、古添洪等提出“阐发研究”方法始。也有人认为明确提出“中国学派”的是编写了中国大陆第一本比较文学概论的卢康华教授。乐黛云、曹顺庆先生对有关“中国学派”的问题也多有论述。

们的共同努力，在“双向阐发”的研究领域中，比较文学已取得了令人瞩目的成绩。但是，不能回避的是，“阐发研究”的基本缺陷并未从根本上得以根除。

我们认为，“阐发研究”之所以存在一定弊端，就在于长期以来在我们的比较文学研究过程中形成的一种僵化的思维态势——求“同”过程中忽视甚至抹杀了“异”的存在。在这种思维模式的影响下，“异”或被看作是“另类”，或是被看作“非常态”，甚至被看作是比较文学研究过程中的“旁门左道”而加以侮谩和蔑视。这样，在求同思维的影响下，跨文化的比较研究与其说是阐发不同文化和文学之间的各自特色，不如说是在不同的文化文明圈子中寻找某些似有还无的共同文化质素。因此，一些最能体现民族文化特色的文学因子，比如说中国文论话语的某些特殊基因，如感性和诗性思维等就被遮蔽了，甚至被有意抹杀了。长此以往，一种最能代表民族文学基质的东西便被消解殆尽。

也许有人会说，比较文学最初的理想不就是从歌德的“世界文学”发展而来的吗？比较文学的最终目标不就在于建设一种全人类都向往和接受的“总体文学”吗？“世界文学”也好，“总体文学”也好，其能为世界所共同拥有，一定是言称其共同性，为世人所能理解和接受的东西，即有所谓的共同“文心”和“诗心”。

诚然，共同性的文学基质确实是各民族文学互相理解的基本前提，但是，我们认为，对歌德的“世界精神”和梵第根（Paul Van Tieghem）的“总体文学”概念，也包括我们所谓共同的“文心”和“诗心”，我们不能加以绝对的、固化的、本质主义的理解，而应作出符合文学发展历史进程的辩证的诠释。在比较文学发展的历史过程中，要想有所超越，除了对不同国家、不同民族和不同文化之间的文学性作共同性的追寻外，我们更应关注、比较、鉴别不同民族文化之间文学的差异性。因为，只有在充分理解、尊重各民族文学文化差异性的基础上，才能真正达到互证、互补、互认的根本目的，才能真正将我们的比较文学研究推向一个新的发展阶段。

二

一般说来，差异的存在是决定事物类属的重要标志。不同文化之间的差异性是我们思考和认识问题的出发点，同时也是我们对待来自它者的思想资源，包括对各民族文学、文化进行比较研究的最基本的学术据点和学理依据。勿庸讳言，不同文化思想资源之间不乏共通之处。不然，各种文化的交融整合就缺乏基本的立足点。正因为有了世界精神的通约性，才有了各民族不同思维交流和融合的可能性，才有了思考一切问题的基本平台。

但是，我们在强调各种文化思想资源交流整合的共通性或者通约性时，更应注意其间的差异性和特殊性。特别是在我们进行跨文化比较研究时，我们更应注意两种或多种文化思想资源之间的这种差异性和多样性。比如说，比较中西方哲学的人思方式就是个饶有意味的事情。显然，中西方哲学有着巨大的差异性：西方哲学讲"主客二分"，而中国哲学讲求"天人合一"[2]具体说来，西方哲学注重自然，偏重科学主义。而中国哲学注重人情，偏重伦理。西方哲学自然性思维特点，表现为一开始就把注意力集中在探讨构成世界的存在的本原上。如把世界的本原视为"水"、"气"、"人"等等。亚里斯多德更是明确地提出探讨世界本质的哲学是"一门神圣的学术"，因此是"世间第一原理"。[3]这一思想几乎支配了近两千年的西方哲学界，使得西方哲学家无不立足于自然"理念"来思考哲学根本问题。虽然在近代西方哲学史上，也不乏哲学家把人本身作为思考的出发点，但他们即使谈到人时也大多从自然的角度开始，把人当成自然的部分，甚至有的哲学家是在生物学的基础上建构他们关于人的哲学理论。

更加重要的是，由于西方哲学的主客二分是建立在主观唯心的"理念"世界观基础上的，这就决定了他们的思维从一开始就具有"逻各斯中心主义"的特点。所以，他们的思想和哲学，包括后来的文学理论都不可避免地打上了"逻各斯中心主义"的烙印。正如宇文所安（Stephen Owen）所说："寻求定义始终是西方文学思想的一个最深层、最持久的工程"，"西方文学思想传统也汇入到整个西方文化对'定义'的热望之中，它们希望把词语的意义固定下来，以便控制词语。[4]"而这种对定义的追寻在中国文学思想（以及在中国思想史其他领域中）往往是缺席的。其原因，正如乐黛云先生所指出的："西方哲学体系强调的是存在于一切现象之上的绝对精神，确实不变

2　王元骧：《论中西文论的对话与融合》，《浙江学刊）2000年第4期。

3　亚里斯多德著，吴寿彭译：《形而上学》，（北京）商务印书馆1983版，第5-6页。

4　宇文所安著，王柏华、陶庆梅译：《中国文论：英译与评论》，（上海）上海社会科学院出版社2003年版，第3页。

的理性；而中国哲学传统强调的是‘有物混成’，认为世界万物都在千变万化的互动关系中，在不确定的无穷可能性中，因种种机缘而凝聚成一种现实，这就是所谓‘不存在而有’[5]。

既然不同文化之间从哲学基础到思维方式都存在着巨大的差异，存在着“差异”和“身份认同”问题，那么，对不同文化思想资源，包括文学资源进行比较研究时，我们就得格外小心。因为，“异”的存在是客观事实，对其任何不适当的淡漠和忽视，不仅可能造成理解的歧义，甚至可能导致巨大的文化冲突产生。而在新的历史时期，比较文学的最重要任务之一就是消除不同文明和文化之间的歧见和误解，用互释互证的方法来打通不同文化之间的相互阻碍，以期得到真正的理解和尊重，从而在“世界文学”的整体观照下，走向共同的文化繁荣。

另外，我们还应看到，21世纪以来，人类的知识经验正经历着认识论和方法论上的重大转型——即从过去的概括式、逻辑抽象式的“大叙事”认知模式向互动式的认知模式（Reciprocal Cognition Mode1）的转变。无疑，这种认识论上的重大转型给以跨文化为标志的新的比较文学研究带来新的机遇和挑战。过去的逻辑学认知方式，是一种内容分析，通过将具体内容不断的抽象，概括为最为简约的共同形式，从而归结为一种形而上的所在。这种形而上学在不同的时代有不同的命名，在赫拉克利特那里即是所谓的“逻各斯”，在柏拉图那里是所谓的“理念”，而在黑格尔那里，则演变成为一种“绝对精神”。从这种范式出发，每一个概念都可以被简约为一个没有实质、没有时间的纯粹的东西，一切叙述都可以简化为一个封闭的形式。这种认知模式，实际上取消了事物之间的差异性，用“同”化“异”，用宏大叙事取代各种局部的、具体的叙述，以概括许多现象、许多偶然性的一定规律、本质和必然性。而互动认知模式是一种不追求确定性为目标的新的认知模式，它是在当下所谓的后现代社会，伴随着后现代主义思潮悄然盛行起来的全新的认知模式。它以一个个活生生地存在，行动，感受着痛苦和愉悦的具体事物为感知对象，尊重每个个体的差异，并认为一切事物的变化都有着不确定的因素。它随时因主体的激情、欲望、意志的变动而变动，因此，偶然性背后不一定存在一个必然性，现象的背后也不一定存在一个变动不居的本质。同样道理，

5 宇文所安著，王柏华、陶庆梅译：《中国文论：英译与评论》，上海社会科学院出版社2003年版，第3页。

一切能指的背后不一定存在一个必然的所指，相反，能指却孕含着无限可能性，即有所谓的“漂浮的能指”（Floating signifier）。

这种具有明显的后现代消解意味的认知理论为比较文学带来的机遇和挑战是巨大的。一方面，它对我们习以为常的甚至僵化了的具有本质主义的求同思维模式提出了质疑，我们的“世界文学”理想究竟应该是个什么样子？真的存在一种大一统的文学模式吗？理想中的“总体文学”在哪里？另一方面，它又为我们跨文化的对话找到了一种有力的理论支撑。既然世界不存在一种“绝对精神”，那么何以寻求各民族文化之间本质性的统一能指（Signifier）在不断地漂浮，所指（Signified）的故乡？以此观之，不同文化之间的差异性，何尝不象是那意义海洋里漂浮着的变动不居的“能指”？

三

21 世纪是一个多元文化并行发展的新的世纪。多元文化的发展与各种文化之间差别的存在，使得“承认差别”成了新的世纪非常重要的跨文化研究原则。这除了前殖民体系的瓦解、西方中心论逐渐消亡等原因外，更重要的是上述人类思维方式发生了根本性变革。值得注意的是，这种变革是以主体性原则的消解为基本特征的：与主体原则相对，“他者（Other）”原则重被提高到一个相当重要的地位。与之相应的是，原先被看作神圣不可侵犯的所谓“普适性原则”，在今天已被看作是一种大可怀疑的东西，从而被强调不确定的“互动认知原则”（Reciprocal Cognition Principle）所取代。对主体的深入认识必须依靠“他者”视角的切入，一切事物的意义并非一成不变，而是在生生不灭的互动变化之中，这已成为学界的基本共识。

正因为如此，许多有识之士都注意到了不同文化之间的差异性，并且努力寻求相互理解和打通的“跨文化之桥”。意大利著名思想家和作家恩贝托·埃柯（Umberto Eco）就曾经在 1999 年纪念波洛尼亚大学建校 900 周年大会的主题演讲中明确指出：欧洲大陆第三个千年的目标应是“差别共存与相互尊重”。他认为“人们发现的差别越多，能够承认和尊重的差别越多，就越能更好地相聚在一种互相理解的氛围之中”。[6]埃柯的这种认识是难能可贵

6　贝托·埃柯：《寻求沟通的语言》，《跨文化对话〉第 1 辑，（上海）上海文化出版社 2000 年。

的，作为居于欧洲文明中心的他，不仅意识到了不同文化之间巨大差异，并且对这种差异的重要性有着足够的认识，这不能不说是一种睿智的洞见。饶有趣味的是，法国思想家、哲学家弗朗索瓦·于连（Francois Jullien）特别提到西方文化要注意吸收其他不同源的文化因素，以起到取长补短的作用，他甚至提出要用“他者”来重构欧洲自身的文化资源的设想。他认为，中国就是西方哲学一个绕不开的“他者”。由于中国“行走在西方的存在概念、上帝观念、自由理想等这些伟大的哲学元之外”，“它按照它的轨迹思考：过程逻辑、作为机器的世界、调和的理想等”，“所以中国吸引我们把思想从自己的轨迹中解脱出来……”[7]

让我们觉得更加可喜的是，就连一些曾经习惯于用文化优越论俯视东方的西方知识分子也觉察到了这些重要变化，从而提出了他们目的虽异，但看法却大致相同的见解。1993年，著名的政治学家和历史学家塞缪尔·亨廷顿（Samuel Huntington）发表《文明的冲突》（The Clash of Civilizations）一文，引起世界各地的知识分子的强烈反响。亨廷顿早年对民主和专制的社会起源的研究认为，现代化带来的不是民主而是混乱；现在，他又试图论证，全球化导致的不是统一而是分裂和冲突。他认为：“不同文明的人们之间的互动作用提高了人们的文明意识，这一意识反过来又强化了正在扩展或有可能深深地延伸到历史上的各种分歧和仇恨。[8]”他所理解的文明之间的冲突就是全球化的产物，全球化并未创造统一，反而导致沿着历史 / 文化遗产而产生的新的断裂。亨廷顿的推论出乎通常的观点，在他看来，全球化趋势下构造的世界新秩序并未使西方的影响处于强势，相反，文明之间的均势正在发生变化，亚洲文明正在扩张，伊斯兰世界自行其是，全球化或现代性并未使非西方文明转化为与西方共有的文明。相反，欧洲的傲慢、伊斯兰文明的不宽容等等都构成了世界新的危机。总之，非西方世界正在重新肯定自己的文化价值。民族 / 国家围绕着它们文明的主导国家来划分自己的归属。其最终结果是，西方国家的普世主义愈益把它引向同其他文明的冲突。

亨廷顿的出发点显然是为了维护美国的“长治久安”，但难能可贵的是，他的论著注意到了一个最基本的事实，即如果一味以自我为中心，而侮谩其

7 弗朗索瓦·于连著，邹琰译：《为什么西方人研究哲学绕不过中国》，《跨文化对话》第5辑，上海文化出版社2001年版。

8 see The Clash of Civilizations by Samuel Huntington.Foreign Affairs. 1993(Spring).

他不同民族的文化，导致的后果则可能是灾难性的。因此，亨廷顿实际上从反面论证了尊重差异的重要性。

埃柯、于连、亨廷顿们的思想无疑是一种非常深刻的洞见！他们表述的方式虽各自不尽一样，但他们都表达了各种文化之间尊重各自差异性的共同心声，他们都看到了主体和客体的深入认识必须依靠从“他者”视阈来观察和反思。因为，观察者所处的地位和立场不同，他的主观世界和他所认识的客观世界也就发生了变化。因此，要真正认识世界各种文化，就得超出于固有的文化之域，从参照他人和他种文化得到一种远景式的思维，为认识的拓展提供更加广阔的可能性。他们都认识到了，既然一切都随空间、时间、地位和视角的变化而有所不同，那么，一切事物的意义也就并非一成不变，千篇一律了。所以，从这个角度看来，寻求所谓的“本质性”、“同一性”也许只不过是一种美丽的幻影罢了。事实上，世界上万事万物都居于千变万化之中，在不确定的无穷可性能中，因种种机缘（漂浮的能指）而凝成一种现实存在。因此，对一种文化的理解，无论东方文化还是西方文化都不可能是一成不变的，它必然根据各自的“个体”而呈现不同样态。同样道理，被理解的方面也是千差万别的，因此，各种文化的比较研究，与其说是寻找共同性，不如说是发现差异性。理解的过程远不是单向度的，而只可能是多边的，互动的。就一种文化而言，尊重他者文化的差异性，其实也是一个重新整合建构自身的过程。

四

我们认为，“理解和沟通”应是比较文学最初也是最后的理想。寻找不同文化圈子里共同的文学文化因子是比较文学的目的之一，但不是唯一目的。比较文学更应该全面了解处于不同文化圈子中文学和文化的独特性，在差异性的基础上尊重、理解对方，以求达到文化的互识、互证、互照、互补，从而共同促进人类文化精神的健康发展。因此，我们主张，比较文学，在当今世界文化多元化、本质主义遭到不断诟病、各种中心论受到深重质疑的背景下，应当重新从“差异性”出发，把“差异性”当作自己研究的“第一推动力”和“目的因”，在充分、全面了解不同文化之“异”后，找出各种文化和文学的“文本间性”，从而拓展自身的发展空间，为人类精神发展作出新的贡献。

在宾夕法尼亚州立大学出版的《比较文学研究》2004年第一期用了整整一期的篇幅刊发了一组探讨比较文学与“全球化和世界文学”关系的论文。在全球化的浪潮下，在后现代的境况中，比较文学该往何处去，该作何选择？这成了摆在所有的比较学者面前的一种艰难选择。该期刊物的特邀编辑杰拉尔·凯德（Djelal Kadir）在指出“面向世界，面向全球化是比较文学必须面对的十字路口”的同时，又指出“比较文学是一种实践”，强调了它对世界文学进程的参与性[9]。而来自法国蒙坦因大学的狄杰·卡斯特罗（Didier Costo）则强调需要一种“差异性、多样化的和平世界”，这个世界“应象一个公共空间、一个开放的论坛，一个操场……”“它不应被一般行为和表现的共同准则（象一种普适的宏大历史叙事那样）居高临下地所左右”[10]。其意思是说比较文学应该是一种不同文化共同参与的一个平台，而不是只为某一个声音所笼罩的讲台。总而言之，所有敏感的学者都意识到了比较文学研究中对当下的参与性和比较研究中“差异性”之重要性问题。

事实上，中国古代文化历来就非常重视“异”的作用，很早就发现了“差异”的内驱力。并在此基础上，提出了调和“差异性”的基本原则——和而不同。许多比较学者认识到，这种具有浓厚中华民族伦理文化特征的原则，在今天世界的多元文化的碰撞中，依然有着其重要的现实意义。

西周末年，伯阳父（史伯）同郑桓公谈论西周末年政局时，最早提出了“和实生物，同则不继”的主张。伯阳父还说：“以他平他谓之和，故能丰长而物归之。若以同裨同，尽乃弃矣。”（《国语·郑语》）这里的“以他平他”是指以相异或相关为前提的，相异的事物相互协调并进，就能向前发展，而“以同裨同”，则是指以相同的事物相叠加，其结果只能是扼杀勃勃生机。那么，什么是“和”，什么又是“同”？为此晏婴有一段精彩分辩。齐景公曰：“和与同异乎？”晏子对曰：“异！和如羹焉，水火醯醢盐梅，以烹鱼肉，固之以薪，宰夫和之，齐之以味，济其不及，以猎其过。……若以水济水，谁能食之？若琴瑟之专壹，谁能听之？同之不可也如是！”（《左传·昭公二十年》）意思是说，就象做菜一样，油盐酱醋各不相同，才能成其为菜肴，各种事物只有“不同”，才能“相济相成”。而后孔子从伦理学的角度也提

9 see To world,To Globalize-Comparative Literature'S Cross.roads,by Djelal Kadir,Comparative Literature Studies,Vo1.4I,No I,2004,Pennsylvania State Univer

10 ibid · 1s A Non-global Universe Possible? at Universals in the Theory of Comparative Literature Have to Say about It，by Dider Cost

出类似主张：“君子和而不同，小人同而不和。”（《伦语·子路》）从此，“和而不同”成为中国传统文化的核心观念之一，成了中国古代的先贤圣哲们贡献给世界的一份宝贵精神财富。

正如乐黛云先生所指出的，“和而不同”的本义是要“探讨诸多不同因素在不同的关系网络中如何相处”，‘和’的主要精神就是要协调‘不同’，达到新的和谐统一，使各个不同事物都能得到新的发展，形成不同的新事物”[11]。诚然，对比较文学研究而言，自然与晏婴的“和羹论”是有不同的。比较文学研究强调和探讨不同文化之“异”，主要不是为了烹煮不同“文化之羹”，更不是盲目“和稀泥”，而在于找寻一种“差异性并存”的可能性以真正地做到“求同存异”。我们认为，在这里，理解和尊重是第一性的，而具有根本性冲突的“差异性”则可暂时“悬置”起来，以求更持久、更深刻的理解。只有这样，才能真正地做到不同文化的和谐相处。事实上，也只有让各种差异性合法存在，世界文化才能真正丰富多彩。

我们强调比较文学研究从“异”出发的理由是以各民族跨异质文化的相互尊重和理解为前提的。对“异质性”、“差异性”的强调不是比较文学开放性的些许闭合，相反，应是比较文学开放性的更加扩大。因为，只有容得下各种不同文化“差异性”的胸怀，才真正会有文学“世界性”的天空。因此，我们强调比较文学研究中各民族文化的“差异性”，必须同时警惕两种极端的倾向：一是极度的文化相对主义；一是将文化“他者”乌托邦化。文化相对主义固然超越了对“他者”文化高低优劣的划分，超越了以某种中心为价值判断标准的偏见，但它如发展到极端，极易走入另一个“自我中心”，缺少宽容性，以至发展成为某种极端的原教旨主义。而将“他者”文化乌托邦化的结果则是陷入到一种对“差异性”的梦幻迷恋之中。将“他者”镜像化为一种理想模式，从而缺少一种识别与批判的勇气，这同样不利于今天多元文化的真正发展。

11 乐黛云：《“和实生物，同则不继”与文学研究》，见《比较文学与比较文化十讲》，复旦大学出版社 2004 版。

比较文学研究中“非此即彼”模式的批判

一

比较文学学科的发展是与“危机”相伴随的。其发展的第一时期——法国学派兴起时，正是19世纪欧洲民族民主革命运动兴起之时，学术思想上，实证主义思潮影响巨大。因此，“民族性”、“实证性”成为比较文学发展初级阶段追求的目标，成为这一时期比较文学发展的基本路径。“民族性”、“实证性”既是这一时期比较文学发展的巨大动力，也是掣制其进一步发展的牵制力量。由于人为设限，法国学派将比较文学的研究范围局限在追寻法国文学与欧洲其他国家、民族的文学关系，尤其是法国文学对其他国家、民族文学的渊源性影响上。因此，法国学派将具有歌德“世界文学”理想的“比较文学”研究逼上了一条狭窄的道路。有鉴于此，美国著名学者韦勒克在《比较文学的危机》一文中，对局限于研究两种文学之间“外贸关系”的“法国学派”比较文学研究方法提出了质疑，对这种忽视文学内在性和审美本质的实证主义倾向提出了严厉批评，从而使比较文学发展进入了一个新的阶段——所谓的以平行研究为主的“美国学派”阶段。美国学派崛起的时候正是20世纪中叶，“新批评”横扫整个欧美批评界，形成重要影响。“新批评派”批评家不满于那种漫无边际的社会批评模式，而追求一种具有“科学精神”的“客观批评”方法，企图回到文学本身的分析批判上来。因此，“细读”、“内部研究”、“文学性”成了具有形式主义渊源背景的“新批评”的最高范例。在这种背景下崛起的以“平行研究”为特征的“美国学派”自然高高扬起“文学性”的大旗，其中很多学者，如韦勒克等本身就是不折不扣的“新批评”派批评家。“美国学派”提出的比较文学学科理论的核心观念是“文学性”。韦勒克曾明确地说：“文学研究如果不决心把文学作为不同于人类其它活动和产物的一个学科来研究，从方法论的角度说不会取得任何进步。因此我们必须面对‘文学性’这个问题，即文学艺术本质这个美学中心问题。”[1]如何才能获得这种“文学艺术本质”——文学性呢？美国另一著名学者雷马克说：“我们必须综合，只要我们有雄心加入人类的精神生活和情感生活，我们就必须随时把文学研究中得出的见解和成果集中起来，把意义的结论贡献给别的学科，贡献给全民族和全世界。”[2]很显然，美国学派探讨的“文学性”是一个高度抽象、概括的问题，探讨“文学性”意味着研究者将人类所有的文学和文化现象都集中起来加以研究。

法国学派重视比较文学的“民族性”，强调某个民族文学，尤其是法国民族对其他民族文学的影响和交流，而美国学派则强调各民族文学“文学性”的比较研究。表面看来，一个强调“异”，一个强调“同”，侧重点各有偏重，思维路径也各不相同。但实质上，无论是强调文学的“外贸关系”也好，还是强调“文学性”也好，两者都“认定在千差万别的作家作品背后有一种文学本质、本原”，他们都以某种本质或本原为具体的作家作品植根、定位。而这种所谓的本质或本原并不存在，在更大程度上说来是理论家们的理论预设或假定，是一种同一性的、本真性的幻觉。[3]他们所追求的“文学性”或者“总体性”在某种程度上来说并不是一种实际的理想，而是流于空泛和飘渺的过于宏大的叙事方式。这种思维方式是一种本质主义的思维方式，是一种典型的西方逻各斯中心主义思维方式。

因此，比较文学发展的一次次“危机”，在某种程度上，与其说是学科本身研究范围“收缩据点”或“攻城掠地”所造成的危机，不如说是沿袭欧洲传统的逻各斯中心主义思维方式所造成的。当全球化的时代悄然而临，后现代状况遍及全球每个角落，伴随着后现代主义的兴起和日益深入人心，尤其是解构主义消解中心思潮风靡泛滥，人们对各种传统的宏大叙事越来越深

1 张隆溪：比较文学译文集，（北京）北京大学出版社，1982年版，第30页。
2 张隆溪：比较文学译文集，（北京）北京大学出版社，1982年版，第1-3页。
3 肖锦龙：当前比较文学的危机与出路[J]，外国文学评论，2002，（3）。

地怀疑和厌倦，就不是一件让人感到特别震惊和诧异的事情。同样道理，以营造“总体性”为目标的传统比较文学日益暴露出自身的空洞性的弱点，其合法性受到严重质疑也就是意料之中的事情。

二

在笔者看来，当今比较文学发展虽然重心有所调整，但欧陆传统的逻各斯中心主义思维方式仍是制约比较文学健康发展的重要因素。逻各斯中心主义思维方式不仅没有消失，相反以其变种形式不断蔓延，伸展到问题的方方面面。非此即彼的武断式思维模式即是西方逻各斯中心主义在新的历史条件下的一个变体，它正日益危害着今天比较文学学科的发展。

所谓的非此即彼思维模式，就是指人们在思考各种问题的过程中将复杂事物作简单化、平面化、机械化处理。用某一标准、模子套住不同的标准和模子。或者说，用预先设定的标准模子来规约、框限灵动活跃、复杂多样的标准和模子。这种预先设限的标准或模子实际上并不具有本真的通约性，而是一种野蛮践踏、粗暴评判他者的先验暴力。这种思维模式表现在比较文学研究中即是以一种文化中的文学标准和价值观粗暴地评判异质文化中丰富多彩、各具差异的文学作品及其审美价值。其具体表现形态有二：一是将“非我族类”者视为异类，也就是说将用预设的规则无法规约的东西视作“旁门左道”而将其“妖魔化”，或“视而不见”，或“格杀勿论”；一是是此非彼（以西格中是其变态形式），即以一种文学评判标准为标准，对他者作出整齐划一的判断。在比较文学学科的发展过程中，上述思维模式表现出来的常态形式是西方中心主义，而追本溯源，我们总能找到“逻各斯中心主义”的影子。

所谓“格扼异类”思维方式是将西方“范畴”、“概念”无法规约的他种文化精神、文化现象视作诡异、怪谲，甚至全盘否定。比如说，有关东方尤其是中国人缺乏逻辑性、系统性的看法从古至今一直大行其道。17世纪著名的德国哲学家莱布尼茨曾经用轻蔑的口吻谈到中国人的怪异和不可理解：“他们的语言文字、生活方式、机械制作和手工操作，甚至连游戏都与我们不同，仿佛是来自另一个星球的人。即使他们惯常使用的准确而不加修饰的描述也不可能带给我们非常重要的知识，在我看来，也不可能比那么多哲人执着的古希腊人和古罗马人的仪式和图章更有用。[4]”稍早于莱布尼茨的曾久

4　乐黛云、李比雄：跨文化对话：第5辑[C]，（上海）上海文化出版社，2001，147。

居中国的意大利传教士利玛窦更是这样评价中国文化的思维特点："中国所熟悉的唯一较高深的哲理科学就是道德哲学。但在这方面，他们由于引入了错误，似乎非但没有把事情弄明白，反倒弄糊涂了。他们没有逻辑规则的概念，因而处理伦理学的某些教诫时毫不考虑这一课题各个分支相互内在的联系。在他们那里，伦理学这门科学只是他们在理性之光的指引下所达到的一系列混乱的格言和推论。[5]"很显然，在利玛窦的眼中，中国哲学就是伦理学，因为它没有西方的那一套逻辑规则，所以中国哲学的逻辑思维不发达甚至混乱。利玛窦的这种看法，正如青年学者李清良先生所指出的，是"用西方的眼光来看待中国文化"。其中暗含两种预设的价值标准：从表面层次来看是西方文化讲逻辑、讲理性，而东方（中国）则逻辑混乱或者至少欠发达；从内在层次来看则是讲逻辑、讲理性的西方思维是上等的思维，而东方（中国）伦理思维是等而下之的。在这里，西方人那种是己非人，是此非彼的思维方式一览无遗地表现出来[6]。

在利玛窦之后近一个世纪，以《新科学》闻名于世的历史学家维科在其著作中大谈中国人的"诗性思维"。在维科看来，诗性思维是理性思维的低级阶段，是"异教世界的最初的智能"，因此"所用为出发点的那种形而上学必然不是理智的、抽象的"。一句话，中国文化的思维是原始的，低级的[7]。维科之后，黑格尔在其系列思辨性论著《美学》、《哲学史讲演录》等中将整个东方哲学视为哲学发展的最低阶段，认为以孔子为代表的中国哲学不存在思辨特性，因而是散漫的、零星的、不成系统的。如果中国哲学稍有思辨特色，也仅道家而已[8]。奇怪的是，西方学者长期以来形成的"西方中心"的"一般常识"，竟然在东方（中国）大有市场，而且遥相呼应，互为印证。久而久之，在学界竟然成了"共识"。就连一些学贯中西的大学者亦不自觉地陷入这样一一种惯性思维之中。如王国维就认为"西洋人""长于抽象而精于分类"，而"吾国人""于理论之方面则以具体的知识为满足"，因此，"理论之一面不免索莫"[9]。李大钊先生作为中国新世纪新文化运动的先驱，在其《东西文明根本之异点》一文中，也在将东西方文明作出比较之后，一

5 利玛窦：利玛窦中国札记[M]，何高济等译，（北京）中华书局，1983，31。
6 李清良：中国文论思辨思维[M]，（长沙）岳麓书社，2001，11。
7 维科：新科学[M]，朱光潜译，人民文学出版社，1986，161。
8 黑格尔：哲学史讲演录：卷一[M]，贺麟译，商务印书馆，1959，119、125。
9 李清良：中国文论思辨思维[M]，（长沙）岳麓书社，2001，P11-13。

连用了 28 个“一为……，一为……”将中西文明加以显然褒西贬中的截然区分[10]。

另一个相类似的例子就是对有关《文心雕龙》体系性的疑问。由于中国文论比较注重感悟写作，所以中国文学批评史上的诗话、词话以及评点式文字特别发达，而像《文心雕龙》式的“体大虑周”的有精密体系性的作品确实不多。

于是，很多人便不理解何以中国也会有这样一种完美的文论著作，认为《文心雕龙》只不过是种空穴来风而已，不是神赐便是“星外来客”所为。这种论调，沿袭着一种似曾相识的思路，那就是中国人没有逻辑思维，甚至思维混乱。而在这么一种思维定势下，怎么能够想象得出体系精深的这样一部煌煌大著呢？上述种种议论，无论是出于盲视或者偏见，无论论者用心如何，有一点是共同的：即认为西方长于逻辑思维，其理论深邃渺远，体系高妙。

东方尤其是中国缺少逻辑思维，因此任何一种理论都只是零碎的、分散的、感悟式的“野性思维”。其间隐藏着一种“潜台词”，即是以西方的标准为标准，以西方的价值为价值。第二种表现形态是是此非彼，或者“以西格中”。中国古代文论中的一些概念、范畴即处于这么一种尴尬状态。如用西方的“内容”、“形式”等概念来比照中国古代文论中的“风骨”概念即是典型一例。有人认为“风”是内容，“骨”是形式；有的反过来，说“骨”是内容，“风”是形式；还有人说“风”既是内容又是形式；另外还有人用西方的“风格”、“崇高”来诠释“风骨”等等。但讨论来讨论去，什么正确的结论也不能得出，反倒是弄出满腹的自卑与不自信。

与此相类似的还有中西史诗、戏剧优劣之分的例子。有关中西史诗、戏剧之优劣的宏论滔滔，高议迭出。入论角度虽异，但结论却有惊人相似：西方有悲剧，中国则没有；西方有史诗，东方中国则没有。悲剧是高尚的、优雅的，相反则是低劣的、粗俗的。如果一般人限于学识而有此陈见倒也不足为怪。在这个问题上，就连学贯中西的学界泰斗、令人高山仰止的朱光潜、钱钟书先生也持相同看法，这就不能不说是件让人倍感讶异的事情了。在《悲剧心理学》和《中西诗在情趣上之比较》等文论著作中，朱先生在指出“长篇诗的不发达对于中国文学不能不是一个大缺陷”后，分析其中最大的原因，

10 李大钊：东西文明根本之异点[J]，言治季刊，1918，（7 月号）。

即是“哲学思想的平易”和“宗教情感的浅薄”。而悲剧，朱先生依据亚里斯多德的悲剧理论和古希腊的悲剧实践，认为“西方悲剧不外两种，一种描写人与命运的挣扎，一种描写个人内心的挣扎。”而中国人既缺少与命运挣扎的精神，也没有个人内心的剧烈冲突，因为“上不怨天，下不尤人”是他们处世的方法。“这种妥协的态度与悲剧精神不合”，因此，中国缺少悲剧是再正常不过的事了[11]。有趣的是，在关于悲剧的认识上，钱钟书先生与朱光潜先生观点虽略存差异，但结论却有一致性。在关于悲剧的基本看法上，钱钟书先生显然不同意王国维先生盛赞关汉卿《窦娥冤》“列之于世界大悲剧中，亦无愧色也”[12]的结论。在其早年用英文撰写的发表于上海《天下》月刊（1935）的一篇论述中国古典戏曲中的悲剧的论文中，钱先生沿用亚里斯多德、高乃依等人的古典悲剧理论和I·A·瑞恰兹、L·A·里德等对悲剧所下的定义，在肯定“悲剧自然是最高形式的戏剧艺术”之后，论证了我国古代剧作家的悲剧创作“无一成功”。因为我国一般的正剧都属于传奇剧，这种戏剧除表现“一连串松散连缀的激情”外，没有表现出一种“主导激情”，因而“无法上升到更高层次的悲剧体验”，因此是“一层层肥瘦相间的五花肉”[13]。

我们无意评判两位大师的结论正确与否，我们感兴趣的是他们的思维轨迹。以朱先生关于“长篇诗”的分析为个案，我们来分析其思维过程。依朱先生的看法，我们将其思维路径概括如下：（A）西方的长篇诗（史诗、悲剧）发达；（B）西方的长篇诗富于深邃的哲理和深厚的宗教情感；（C）西方长篇诗有人与命运、个人内心情绪或理想的冲突；（D）东方（中国）没有（B）+（C）；（E）所以东方（中国）长篇诗不发达。很显然，在这种运思逻辑中，（B）和（C）的标准是在（A）的基础上总结出来的。因此，这个标准或者价值尺度，无论其正确与否都是以西方为中心的，用这种标准或尺度再来量度其他文化或文学的问题在于：首先，这种标准或尺度合不合理？其次，可不可以以一种标准或尺度量裁他种文化的文学状况？因此，“西方标准”从学理上来说其合法性条件并不充足。但事实上是，合法性尚存疑问的价值成了

11 从行文看，朱先生所言“长篇诗”包含悲剧和其他长篇诗。参见朱光潜《长篇诗在中国何以不发达》，北大比较文学研究所编《中国比较文学研究资料（1919-1949）)），北京大学出版社 1989 年。

12 王国维：宋元戏曲史·元曲之文章[M]，（上海）上海古籍出版社，2000，99。

13 李达三、罗钢：中外比较文学的里程碑[C]，（北京）人民文学出版社，1997，359。

唯一标准。这样，结果如何就可想而知了。

上述案例的更大启示在于：朱、钱先生都是学贯中西的比较文学研究泰斗，他们的思想意识中有着明确的中西价值平等的观念，但也在不经意中留下“以西格中”的印迹。这说明“以西格中”的价值观念已潜移默化地成为了人们的潜意识、下意识，并进而形成了人们的集体无意识。这是比较文学研究中最为常见的“非此即彼式”思维模式的一种表现形态——是此非彼。具体于中西文明的比较中，这种思维模式更多地表现为“以西格中”。这种以西格中思维模式所忽视的与其说是不同文化的一般共性，不如说是忽视了不同文化之间思维的差异性。它试图以西方文化的个性作为人类文化的共性，以西方的标准来衡量东方文化，将东方文化尤其是中国文化降低为西方文化的一种特殊的反例。正是这种巧妙预设，一正一反，简单的二元对立的价值定位，西方中心的话语霸权得以确立。

其实，上述所谓“言路”，所谓的“话语标准”依然有着本质主义的嫌疑，有着“逻各斯中心主义”的痕迹。也就是说，上述“价值二分”的“以西格中”思维模式，沿袭的依然是西方传统的“逻各斯主义”思维路径，即认定世界上千差万别的文化背后，有一种本质、本原（这种本质、本原的东西又大多为西方所掌握）。事实上，这种本质或者说本原并不是事物本身的客观状态，而是人们的一种主观构想或假说。也就是说，世界上根本就没有这样一种本质或本原的东西存在。退一步说，即使有这样一种本质或本原的东西存在，它能不能作为“普泛性标准”，也未经过任何形式的经得起时间和事实推敲的证实。因此，就这种意义来看，谁能说西方的所谓逻辑化、系统性就不是一种美妙的假设？这样看来，谁又能说西方的悲剧定义就一定是放之四海而皆准的原则呢？

三

如果说比较文学研究前两个阶段由于处于同一个文化圈——欧洲文化圈内发展，进行比较文学研究的学者们有着共同的社会文化心理基础，从而形成欧洲逻各斯中心主义思维惯性，那么，为什么处在欧洲文明思维惯例以外的有着自己民族思维习惯的我们也会为这么一种思维态势所左右呢？具体说来，为什么我们在比较文学研究中会出现“非此即彼”的思维惯势呢？

长期以来，由于社会经济发展的不平衡，西方社会以其经济发展的强势而获得了许多经济外的权力。经济本身的权力表现为经济扩张和殖民掠夺；经济外的权力则包含对异质文化的野蛮入侵和改造。权力与知识共谋，形成了一种话语权力。它常以自己的价值判断为标准，并将它普泛化、本质化，将其设定为具有共同性的认知体系。比如说将逻辑性、体系化作为思维的常态形式，而将感性化、体悟性的认识方式视为异态或另类；以自身的某种标准（如悲剧或史诗）来规范、约束其他异质文化的同类东西，并让它成为一种公约式的标准。如果合乎这个“公约”，则证明之，否则漠视之、扼杀之。这样，逐渐在人们的心目中积淀成一种集体无意识，自觉不自觉地陷入一种思维的惯性之中。

同一性幻觉是造成这种思维定势的另一个重要因素。在比较文学发展过程中，从歌德的“世界文学”到后来的“总体文学”，其背后都或隐或显地笼罩着一种幻象，即同一性幻象，即认为任何一种文化背景之后都有一种共同的文学本质。这其实是一种本质主义的幻景。这种幻景使得人们抛弃差异性，盲目乐观地追求“同一性”，而由于经济和文化发展的不平衡，这种所谓的“同一性”最终还是以西方文学为其“主旋律”。因此，在“同一性”这种美丽的谎言面前，非此即彼的思维模式内在地得以确立。当下处于以“跨文化研究”为特征的新的历史阶段。“跨文化”比较文学研究为比较文学学科注入了新的活力，“异质性”可以说是这种活力的源泉。但“非此即彼”思维模式对以“跨文化”比较文学研究的危害却是非常深重的。因为它漠视的恰好是异质文明之间的各种文化差异，抹杀的恰好是不同民族之间安身立命的民族特色。用同一的幻真性取代色彩缤纷的差异性，这显然是对异质性的一种致命的反动。如果说比较文学前两次危机摆脱了“缩小”或“扩张”的困境，但从比较文学诞生伊始，却从未真正摆脱过西方中心传统，尤其是西方“逻各斯中心主义”思维方式。因此，从某种意义上来说，“逻各斯中心主义”对比较文学学科所造成的危害绝不亚于前两次危机，而且其危害具有隐秘性、欺骗性和长久性，所以，危害性更大。这样，真正可能断送我们学科的，不是圈子缩小和扩大的问题，也不是比较文化取代比较文学的问题，唯有可能的，恰好是被大多数比较学者所忽略的这种本质主义的“逻各斯中心主义”及其表现形式——非此即彼思维模式。

西方文论接受史的叙事法则——不断建构的文学史

对于历史的书写，思想家们认为疑点重重，值得推敲。克罗齐（Bendetto Croce，1866-1952）、柯林伍德（Robin George Collingwood，1889-1943）、海登·怀特（Hayden White，1928-）等人对“历史”真实性的叩问，其实都是在提醒我们必须依靠知识、逻辑和价值来对芜杂的历史叙事进行清理，重新命名、重新赋予意义。所以，勒内·韦勒克（Rene Wellek，1903-1995）说：“解决问题的关键在于把历史进程同某种价值或标准联系起来。只有这样，才能把显然是无意义的事件系列分离成本质的因素和非本质的因素。”[1]

按照本尼迪克特·安德森（Benedict Richard German Anderson，1936-）的说法，民族国家(nation-state)是一个“想象的共同体(imagined community)”。他说：“它是一种想象的政治共同体——并且，它是被想象为本质上有限的，同时也享有主权的共同体。”[2]在安德森的这个定义中，“想象”是个不可或缺的关键词。按照其思路，如果说民族／国家是一个被想象为本质上有限的，同时也享有主权的共同体，“中国文学史”则应该是对中华民族／国家这个民族共同体的基本文学想象。诚如杨义先生的理解，“文学作为一个独立的

1 勒内·韦勒克、奥斯丁·沃伦：文学理论，刘象愚，邢培明、陈圣生等译，南京：江苏教育出版社，2005。

2 尼迪克特·安德森：想象的共同体，吴睿人译·上海：上海世纪出版集团，2003。

精神本体、独立的精神对象、独立的学科，是与现代民族国家意识觉醒、高扬，并最终成为民族的公共精神财富的过程分不开的。[3]”从事实来看，只要是一部民族文学史，不论其叙述角度如何不同，它所赋予的民族精神和民族灵魂及其所反映的国家形象，都会在这部文学史的叙述中表现出来，从根本上说，都是民族国家文学历史的反映。任何一个民族／国家的文学史叙事，无不如此。因此，在中国文学史的叙事中，文学史编撰者都会从文字、语言、文化所渐渐构成的文学自身历史中，不遗余力地表现中华民族文学特别是中华民族传统文学的特殊优势，从而梳理民族／国家清晰的文化根系，进而描绘文化历史悠久漫长、文学枝繁叶茂的“民族／国家”形象，用以提振整个中华民族的文化凝聚力和文学自信心，并使其成为整个国家／民族人民应有的文化自信及其本知识，就成了所有文学史述说者的基本自觉。正是看到了“今者东西洋文明入中国，科学日见发展，国学日觉衰落”，为了“欲焕我国华，保我国粹”，来恽裕才提笔奋力疾书，撰述《中国文学史稿》[4]。葛遵礼的文学史叙事，从普及展开，正因为他感觉“文学日就陵夷，几有忘祖之虑”，所以他编撰《中国文学史》，直言不讳地宣称“欲望使高小中学生粗知我国文学之源流”[5]。文学史家黄礼的说法也相当直截了当：“文学史者，不仅为文学家之参考而已也”，“保存文学，实无异保存一切国粹，而文学史之能动人爱国，保种之感情，亦无异于国史焉”，“示之以文学史，俾后生小子知吾家故物，不止青毡，庶不至有田舍翁之诮，而奋起其继述之志，且知其虽优不可深恃”。按照陈平原对学科的“文学史”的知识考古，中国“学史”学科的兴起，约源于1920年代之前，是伴随着新文化运动和整理国故思潮的兴起而兴起的。因为文学史更能配合科学精神，进化观念和系统方法，所以文学史更加凸显文学知识系统的作用。用陈平原的话说，文学史的兴起，是由整个中国现代化进程决定的[6]。而文学史是什么呢？按照法国文学史家朗松（Gustave Lanson，1857-1934）的话说，文学史家和历史学家的不同之处在于，“历史学爱处理的对象是过去——今天只能靠一些残存的迹象或碎片来

3 杨义：文学史研究与中华民族的精神谱系[J]，徐州师范大学学报（哲学社会科学版），2008，（1）。

4 来恽裕：中国文学史稿·绪言[M]，长沙：岳麓书社，2008。

5 葛遵礼：中国文学史·例言[M]，上海：上海会文堂新记书局，1920。

6 陈平原：作为学科的文学史[M]，北京：北京大学出版社，2011。

再现的过去。我们的对象也是过去，但这是今日依然存在的过去；文学这个东西既是过去也是现在。”[7]

朗松的意思是，文学史家所研究的文学，既是一种建制式的知识体系，又是一种动态的认知体验。或者说，文学史既是一种固化知识，同时更是建构性的知识体系。克罗齐的判断更加让人震聋发馈。在断言“一切历史都是当代史”后，克罗齐说，因为我们的任何历史营造之后都会产生新的问题和状况，因此，“罗马史、希腊史，基督教史，宗教改革史，法国革命史，哲学史，文学史以及其他一切题目的历史总是经常被重写，总是重写得不一样。[8]”德国文学理论家尧斯（Hans Robert Jauss，1920-）说得更是明白，文学作品充满“对话特性”，文学作品是由历代读者与文本之间的对话创造出来的，而文学的历史性就存在于这些读者对作品的接受之中[9]。因此，我们现在所谓的文学史，与其说是一种固化的知识体系，不如说是过去的文学事件与当代发生的各种意义集合体。

无一例外，这些理论家关于文学史的观念都是非固化的，而是建构性的。但是，实际上，在我国长期的文学史撰述中，意识形态化是文学史的基本叙述模式。意识形态化叙述甚至从早期的林传甲等人的《中国文学史》就已开始，一直延续至今，成为中国文学史撰述中的主流方式。

上世纪八十年代的“重写文学史”冲动，正是企图挣脱长期以来中国文学史中的意识形态宰制。但是，让人感觉吊诡的是，“重写文学史”本身却仍然无法挣脱意识形态色彩。从胡适的《白话文学史》开始直到21世纪的今天，每一部中国现代文学史，事实上都因时势的变化而在不断被改写、重写，而且，这种改写和重写还将不断进行下去。因此，正如有学者所一针见血地指出的：“重写文学史从来就是和新政治意识形态实践有着密切的联系，从中国现代文学研究的历史上来看，凡是社会思想和文学思想发生重大变化的时代便会产生一种‘重写文学史’的冲动或要求”[10]。龚鹏程先生从“现代化”的角度切入，对“二十世纪中国文学概念”中隐含的、挥之不去的“意识形态化”问题说得更直接——黄子平等人提出的“20世纪中国文学概念”

7 徐继曾译：朗松文论选 · 文学史方法[M]，天津：百花文艺出版社，2009。
8 陈平原：作为学科的文学史[M]，北京：北京大学出版社，2011。
9 尧斯：文学史作为对文学理论的挑战[A]，美学文艺学方法论续集[c]，北京：文化艺术出版社，2007。
10 王富仁：关于“重写文学史”的几点感想[J]，上海文论，1989，(6)。

本身并不是从文学的历史事实出发，而是对当时的社会意识的凝练和概括，是对当时社会意识形态的曲折反映和隐晦表达。龚鹏程认为“重写文学史”话题本身就具有非常鲜明的意识形态色彩，因为，在许多的文学史叙述中，‘重写’被视为一个‘反对政治’的‘文学性’实践；然而，实际上却明显地甚至直接地受到政治的规划，具有政治实践的意义”[11]。综上所述，我们认为，文学史从来都不是本质固化的，从来都是也永远都是意识形态的产物，尽管“审美意识形态”概念本身问题多多，但我们认为仍是一个可值得接受的术语。文学需要审美，需要自律，但是对文学的认识从来都是掺杂着意识形态色彩的。无论承认与否，它的意识形态本性不可改变。而文学史的书写同样如此。每个时代的文学史叙述各不相同，但有一点是共通的，那就是纵贯其间的意识形态性。

一、作为学科的“文学史”的西学背景

众所周知，现代的学科分类是从西方文艺复兴运动开始的。当时新兴的阶级力量资产阶级为了打破黑暗的中世纪的沉闷，将人从神的绝对统治中解放出来，在世俗领域和封建神学作出抗争。在人文主义意识形态的驱动之下，世俗的学科脱颖而出，从而打破了“神学”一统天下知识领域的僵局。现代意义上的各种人文学科如历史、文学等等正是在人文主义的大旗之下建立起来的。

在中国，作为一门学科的文学史是在西方学术观念的影响下，在19到20世纪之交的形成的，并在20世纪获得了全面发展。1903年，清廷颁布《奏定大学堂章程》，规定“中国文学门”的科目包括“文学研究法”、“历代文章源流”、“周秦至今文章名家”和“西国文学史”等，并提示“日本有《中国文学史》，可仿其意自行编纂讲授”。从那时起，中国人便开始以“文学史”的编撰与讲授作为文学教育的中心。正如陈平原教授所说的：中国现代意义上的“文学史”学科建立，除与现代民族 / 国家意识的形成紧密相联，“更与西方教育制度的引进、‘文学革命’的提倡与追忆、国家权力对学术研究的制约与利用，以及中国学术传统与西方文学理论的互动等密切相关。”[12]几

11 龚鹏程：“二十世纪中国文学”概念之解析[A]，陈国球，中国文学史的反思[c]，（北京）：三联书店，1993。

12 陈平原：文学史的形成与建构 · 小引[M]，西安：陕西教育出版社，1999。

乎自有“文学史”学科以来，我们的西方文论接受史也就开始了。西方文论作为外国文学所包含的重要部分，从一开始就出现在我们的各种外国文学史著述中。因此，西方文论接受史在很长的一段历史时期内，都包含在中国的外国文学史的叙述中，作为外国文艺思潮和文艺理论加以介绍，它的主要目的是促进人们更好地理解外国文学文本。而同所有文学史的叙述是一种历史的建构一样，外国文学史从来没有，也不可能逃脱政治和审美意识形态的影响。

从知识考古的角度看，现代中国学术体制以及高教体制都来源于西方。1917 年，周作人在北京大学第一次开设了《欧洲文学史》课程。同时，周作人还最先使用汉语撰述《欧洲文学史》教程。在其讲授和撰述过程中，不可否认的是，西方文学史的框架和观念的影响如影随形，渗入到他的教学和写作中。严格说来，周作人的《欧洲文学史》是一种很粗糙的文学史，材料完全由英文本各国文学史、文人传记、作品批评杂揉而成。所以，周作人自己也说：“编文学历史的工作不是我们搞得来的，要讲一国一时期的文学，照理非得把那些文学作品看完不可，我们平凡人哪里来这许多的精力和时间。我的那册文学史在供应时代需要以后，任其绝版，那倒是很好的事吧”[13]尽管比较粗糙，但周作人的开启之功不可没，从此之后，中国的外国文学史编撰开始进入一个快车道，一时蔚为大观。在前期的外国文学史编撰中，写作者们大都遵循着社会发展的科学主义精神，社会进化观念成为外国文学史的宏大主题。因此，在这些外国文学史的编撰者看来，外国文学史的发展进程往往被看作是外国文学的进化史。这一点与中国文学史的编写规则不谋而合。究其原因，都是因为 20 世纪上半叶中国社会救亡与启蒙的时代要求相关。19 世纪末，以严复为代表的中国知识精英，以西方进化论为强大的思想资源，以改造中国国民性为己任，从思想文化领域开始了新的思想启蒙。人们不约而同地选择文学为工具，从改造中国传统的文学观念及其相应的文学史叙述体系出发来实现文学的现代化改造。他们以文学为媒介进行改造中国的思想实践活动。进化论的文学观念的引入既被看作是一种思想潮流，也被看作一种时髦的文学叙述方法。因此，“进化论”就变而成为当时建构新的文学发展史的思维模式，也是当时和后来相当长的一段时间内文学史研究的基本方法。

13 周作人，周作人文选（第 4 卷）[M]，北京：群众出版社，1999。

最为典型者如胡适之《白话文学史》(1919)。这本著作，正是胡适运用文化进化论观点撰述而成的，它是用进化论历史观撰述文学发展史的最初的具体成果。胡适本人在谈到“进化论“对自己的影响时曾说过，“今日吾国之急需，不在新奇之学说，高深之哲理，而在所以求学论事观物经国之术。以吾所见言之，有三术焉，皆起死之神丹也：一曰归纳的眼光。二曰历史的眼光。二曰进化的眼光。”[14]

基于“进化论”观念的文学史观不同于传统的历史循回观，强调文学发展的时间进步性和历史递进性。这种观念和方法用线性的历史更替观念取代轮回历史观，对于当时还没有白话文学史撰述和研究经验的中国文学界和知识界来说，更有利于凝聚文学史共识，从而更加简易、快捷地把握文学发展史及其基本走向。作为一种方法论，它使得文学史的编撰更加简便明了。因此，它很快就引发了1920年代用进化论撰述文学史之潮流。用白话文写作出中国第一部文学通史著作《中国文学史大纲》的谭正璧(1901-1991)后来干脆将他的著作命名为《中国文学进化史》(上海光明书局)，就充分说明了这种潮流的巨大影响。该书将中国文学进化史简单地归诸于文学观念、文学形式向大众方向的“进化”；郑振铎撰著的《文学大纲》(1924-1927)，《插图本中国文学史》(1932)，《中国俗文学史》(1938)也大多用“进化论”作为基本的叙事理念。上世纪初这些文学史著作，影响巨大，潜移默化地影响了中国文人对文学的基本认知。传统文人大多相信历史是循环的、轮回的，而进化论文学史观将中国文学史叙述引入了一条便捷、简易而不失科学性的轨道。从而，使得中国的文学史叙述一开始就具有世界视野，融人世界潮流。

正如有学者所指出的，用“进化论”作为一种历史观来建构外国文学史，则往往容易将文学的历史假定为文学“进化”史。在文学史叙述中，文学史自身的复杂状况很容易被忽略。这样难免遮蔽文学发展变化的独特性及其独立的审美意义，也使得进化观念从方法论变成了目的论[15]。

对于进化论的机械论理解，也使得当时的知识分子将问题简单化，将文学史的发展，仅仅看作是一种替代性的进步。而忽略了文学本身的复杂性。

14 胡适：胡适留学日记[M]，上海：商务印书馆，1947。

15 林精华：中国的外国文学史建构之困境：对1917-1950年代文学史观再考察[J]，首都师范大学学报(社会科学版)，2012，(1)。

二、西方文论接受史的叙述法则

我们可以对西方文论接受史的总体情形作出这样的描述：从整体上说，西方文学接受史在某种意义上说来也是一种意识形态史，它的基本叙述法则是“选择性叙述”（Selective＆tendency narrative）。而在不同阶段，则表现为取舍各不相同的选择。20世纪上半叶，中国社会的基本样态是“救亡”与“启蒙”，因此，西方文论接受以契合这两个主题的文艺思想为中心；而二十世纪下半叶，尤其是新中国成立以来，则适应新的历史阶段需要，西方文论接受以符合“社会主义现实主义”为归依；新时期以来，全球化浪潮汹涌而至，全方位接受西方文论成为新的时代要求。

对于20世纪上半叶，尤其是19世纪末20世纪初世纪转型时期的中华民族来说，“身份认同”（Identity）是一个无法回避的时代命题。

笔者曾在专著《现代中国文论中的马克思主义话语（1919-1949）》中浅陋地探讨过19世纪末、20世纪初中华民族“身份认同”问题。我认为，所谓的“身份认同”就是中华民族对自身存在状态的一种体认和询问。简而化之，对19世纪末20世纪初的中华民族而言，当时身份认同面临的是“我是谁？”“我从何处来？”和“我向何处去？”的三个问题[16]。

我们对近代以来的屈辱历史稍加梳理，可以深深体会到古老中国的深重磨难。19世纪末20世纪上半叶，中国可谓处于种种内忧外患的严重困扰中。李泽厚先生于1980年代中期提出了一个著名观点，即“救亡压到启蒙”是近代中国史上的基本主题。他认为，在中国现代发展过程中，由于外族的入侵，“反封建”的文化启蒙任务本应深入进行，却不幸被民族救亡主题“中断”。革命和救亡运动不仅没有继续推进文化启蒙工作，而且让“传统的旧意识形态”“改头换面地悄悄渗入”，最终造成“封建传统全面复活的绝境”[17]。

1989年，李泽厚在为自己的文集《走我自己的路》的增订本所作的序言中，再次明确地指出，20世纪中国现代史的走向，是“救亡压倒启蒙，农民革命压倒了现代化”[18]。

确实，近代以来中华民族“救亡”与“启蒙”主题可以说是我国近代民

16 李夫生：现代中国文论中的马克思主义话语（1919-1949）[M]，（长沙）：湖南人民出版社，2010。

17 李泽厚：中国思想史论（下册）[M]，合肥：安徽文艺出版社，1999，第852-853页。

18 李泽厚：李泽厚自选集[M]，合肥：安徽文艺出版社，1994，第10页。

族历史的“元叙事”（meta-narrative）。在这种“元叙事”的大背景下，19世纪末20世纪初的中华民族精英们进行了不懈的努力。“救亡”伴随着中华民族的“身份认同”，一直是近代中国最重要的现实主题。“活着还是死去”，不仅是个人生存的问题，更是中国社会普遍关注的焦点。作为自古以来“治国平天下”的传统继承者的世纪转折时期的思想精英们，自觉地以“救国”、“救亡”、“救种”为责任，担当起拯救民族国家的大义。文学的意识形态性在这种特殊的情形下显得更加功能突出。因此，作为文学史的一支的外国文学史更着力于或者介绍有助于中华民族解放的作家作品，或者经典新读，重新解读经典作品的当代意义，尤其是适合中华民族现实需要的当下意义。这成了很长一段时期内外国文学史编撰的一个重大叙事。同样道理，西方文论的引入更是遵循着这么一个叙事规则。

19世纪末20世纪初，特别是“五四”新文化运动以来，中国知识精英对于文学的看法与态度，无不受到社会文化思潮和时代潮流的左右，常常为意识形态的主流话语所囿，对外国文学发展变化和外国文学史问题的认知从来就不是纯粹的专业学术活动。外国文学史知识总是作为意识形态的附着物的面目而出现的。对外国文学史的基本叙述、史料的取舍、扬弃及对作家作品的剪裁，自始至终都以主流意识形态为主导。知识精英们几乎无一例外地把救亡和启蒙的重任自觉担任在肩，而他们所擅长的各种专门知识和思想就成了改造旧中国的有力武器。在他们看来，译介外国文学作品或研究外国文学不失为一种认识社会和推动社会变革的重要手段和方法。因此，中国知识精英构建外国文学史的方法简便而单纯——他们的撰述，大多是依照中国社会的现实逻辑进行的，而不是以推动学术发展作为第一目的。相当长的一段时间内中国的外国文学史并没有过多地关注国际学术界的学术进展和理论变化。

正因为如此，“选择性叙述”的外国文学史倾向性明显，为我所用的用心昭然若揭。这种叙述模式，固然有利于国人认识社会，推动社会变革，但是，由于过于强调其功利性，从而可能对世界文学发展的整体态势研判不当，甚至可能造成有意的误读甚至扭曲，而对一些真正的外国文学精品则可能由于这种“选择性叙述”而造成遗珠之憾。同样道理，对外国文艺思潮和文艺理论的介绍，也存在这种功利性选择。有的文艺理论可能作为一种思想资源在世界范围内甚至在“对象国”中也影响不大，但是介绍引进到中国却能起到振聋发馈的作用，因而被文学史编撰者加以放大、发挥，从而造成巨大影响。如勃兰兑斯及其文学理论，本身并不是一种多么深刻而新鲜的文学理论，但因它被引入我国文学后，在不同的历史时期满足了不同历史时期的社会意识形态需要，因此，它在我国文学理论批评界的地位非常之高，甚至超出了其本身的价值所在。而有的理论可能在世界范围内影响极广，但是因不利于我们“启蒙”、“救国”的需要，因而编撰者有所割舍，比如近代各种现代文艺思潮，特别是某些曾被我们视作消极、颓废的文艺思潮。这种状况，层出不穷。

论“道”与“逻各斯”之异

长期以来，通过对中西文化和文论的关键词“道”和“逻各斯”的回溯、分析和比较，人们在着力发现中西方思想、文化以及文论的共同之处，同时也力图找出由此导致的中西方文化结构上的差异及其原因。应该说，人们的这种努力已经取得了初步的成果。西方当代大哲学家海德格尔对传统的“形而上学”的反思，以及他在力图走出“形而上学”阴影的“诗与思”的“林中路”上的艰难跋涉，就可以归功于他对上述问题的不懈追求；解构主义大师德里达对“逻各斯中心主义”的大力解构，又把海德格尔的上述努力向前推进了一步。在汉语学术界，有关“道”与“逻各斯”学术话题，也是见仁见智，激发了学人们的极高兴致；更多的学人则力图找到两者之间的差异性，从而探讨为什么在这基本内涵相似的范畴基础上的中西方的哲学，尤其是文化与文学会走上不同的道路，以寻求跨越中西文化的正确途径。

关于“道”的尚象特征，美国著名汉学家本杰明·史华兹在其《古代中国的思想世界》中有独特的论说。他认为，老子之“道”的“无为”、“法自然”原则与“母亲喻象”相关联，从而使得“自然界与它的非存在的本源关联了起来”。老子有言：”谷神不死，是谓玄牝。玄牝之门，是谓天地根。绵绵若存，用之不勤。”在史华兹看来，峡谷符号”可以和女性的性角色与生殖角色联系在一起；峡谷的本质完全是由它的虚空空间决定的，对于一切从它之中流过的东西持有消极接受的态度”。他认为，在性的问题上女性的作用显然是消极的，然而正如老子说言，“牝常以静胜牡，以静为下”。这样，在性行为以及生殖活动中，她都是以不行动而行动。因此，她代表着非断定性的、非计算性的、毋须深思熟虑的、无目的的生殖和生长过程。借助这一过程，“虚空”之中产生出“充满”，静止之中产生出活跃，“一”之中产生出“多”。因此，“女性就是无为的缩影”[1]。一句话，“女性”之“象”，则喻之为抽象之“道”，以“具象”的“母亲喻象”明嘹化了。我们认为，如果说“尚象”与否以及在语言的诗性化和逻辑化等倾向上，“道”与“逻各斯”表现了不同的价值取向，从而映照出中西方文化走向上的分化端倪，那么，更深刻的原因则隐藏在“道”与“逻各斯”本身所具有的差异性上。而正是这种差异性，造成中西文化不同的学术规则、学术话语以及意义生成方式和价值走向。赫拉克利特的“逻各斯”则与老子的“道”恰好相反，是本身即有的东西，是万物的本质和本性，是实质性的东西，决不是“无”，而是“有”，是一种“存在之物”。赫氏之“有”，使得他走向了寻求万物原因和规律之途。因此，他从抽象的“逻各斯”向下落实，从而落实到“火”，认为正是“火”构成了整个世界。赫氏所谓“火”，显然不是老子所言的“无物之象”，而是一种“实有”。这样，赫拉克利特的“逻各斯”之路清晰可见，即从“逻各斯”走向物质实体的“火”，从“求智慧”观察万物，从观察万物中叩问原因、追寻规律。这样，求知——观察——追问原因——总结规律的思维路径大体形成。而这条路径，正是西方文论和文化基本学术话语的特征。其后的亚里斯多德等古典哲学家，正是在对“有”、对“存在”的追问的基础上，形成了西方理性分析学术话语和逻辑分析、意义生成方式的，而这实际上就是后来德里达等人所力图加以解构的所谓“逻各斯中心主义”。海德格尔也正是在看清了从赫拉克利特以来“爱智慧”的哲学基本路数后，才开始了他对“逻各斯中心主义”的大规模清算的。

老子的“道”之“尚无”和赫氏的“逻各斯”之“尚有”，都对中西文化与文论构成了巨大而深远的影响。中国文学艺术与文论中的“虚实相生论”、“虚静论”等，都与老子之“道”的“尚无”特征有关。“无中生有”的话语生成方式，使得中国文学与文论有着““不著一字，尽得风流”的空灵和“象外之象”、“韵外之旨”的隽永悠长。同样道理，“逻各斯”对“有”的追寻、探索与分析，也使得西方文化长于分析、论理和思辨，从而使其文化与文论更加严密而系统，更注重逻辑因果、注重情节结构。偏“有”的“逻各斯”将西方文论引向注重对现实的摹仿，注重外在的对称、比例，

1 本杰明·史华兹：《古代中国的思想世界》，程钢译，江苏人民出版社，2004年，第209页。

也更加注重外在的形式美。[2]

除此之外，我们还应看到，在有关“言说”以及言说的基本路径上，“道”与“逻各斯”也有着共相之外的殊相。老子的”“道可道，非常道；名可名，非常名”，其根本立足点还是在“不可道”、“不可言”上的。但饶有趣味的是，尽管老子一方面放言“不可道”、“不可言”，但他还是一边在“道”着，在“言”着。《道德经》虽然不是鸿篇巨著，但老子毕竟为其“道”说了五千言。老子自知遭遇到的是一个颇令人头痛的悖论：怎样解开“言”与“不言”、“道”与“不道”之结？对于“道”，老子说：“吾不知其名，强字之曰道，强为之名曰大”，即是道出了这种尴尬。这种“强为之名”，实际上是失其本真之意的。老子为了“道”而这样做，实际上是迫不得已的。但事实上，这也为老子闯出一条“言”与“意”之外的一条意外之途，即“以言去言”之途，亦即通过“有言”教人去认识、领悟无言之道，从而超越语言，直达本真之“道”。老子正是这样以有名逐无名，以有言说无言，从语言描绘中去捕捉那微妙之道，去体会那纯真之道。于是，语言便成了桥梁和津渡，引导人们通向“道”的本真之处。但是，老子用“言”之目的却在于根本上舍弃语言；在语言的津渡中，老子的“有言”只是通向“无言”的渡船，只是一个过河的工具。老子处处提醒人们不要拘执于言，而要追求超越语言的“无言”，这就是后来演变出来的“不落言筌”、“不著一字，尽得风流”、“不死在言下”的基本含义。在中华文化中有着特殊意义的“禅宗”，更是在此意上发展演变成“断指”、“棒喝”、“顿悟”、“拈花微笑”等等一整套超越语言的方式方法。这样，“道”之“绝圣去智”的言说方式，导向了“不落言筌”、“不著一字，尽得风流”的中国文化与文论话语方式。艺术的空白和想像的空间，是中华民族艺术的独有特色，也是发轫于“道”的文化和文学话语方式。另外，由于“道”不可以全部言说，只可以部分传递，因此就难免包含着误解的可能性，因而需要不断澄清，这可能成为中国知识史上“注”、“疏”得以盛行的重要原因。因为要消除误解，所以注经、释经的活动比独创性的探索更显重要，从而构成了中华文化独有的“述而不作”的“注经”、“释经”思想方式，形成了中华民族经久不衰的“尊经”文化传统。这是完全有别于西方逻辑实证的思维传统的一种

2 曹顺庆：《道与逻各斯：中西文化与文论分道扬镳的起点》，《文艺研究》1997 年第 6 期。

别样智慧形态。

“逻各斯”则恰好相反。赫拉克利特不仅没有明确指出“逻各斯”有什么不可言说之处，相反还在一定程度上暗示“逻各斯”是可以言说的。在赫拉克利特看来，“爱智慧”在一定程度上来说就是听从“逻各斯”，而“逻各斯”即寓于自然之中，听从“逻各斯”就是认识自然、理解自然，因此“逻各斯”是可以被言说的。关于这一点，伽达默尔直言不讳说过，“逻各斯最初的意思就是语言”。这样，言说也就紧紧地与“逻各斯”联系在一起了。但是，“逻各斯”是理性的言说；理性的言说使用的是概念符号系统，其叙述方式被认为应反映事物的内在联系。因此，“逻各斯”叙事有着严格的逻辑规则，后来就发展成了逻辑推理的方式。在这种情况下，西方文化的根本特征也就在“逻各斯”这样的哲学基础上构建起来了：正因为“逻各斯”可以言说，通过它可以达到对万物的理解和把握，所以人们自然就走向了“求智慧”之途——从“求知”到“观察”再到追问原因和结果的“逻辑思考”的过程。因此，逻辑推理和理性分析，就成了西方人最基本的理解世界的方式。而这种构建，实际上左右了西方的整体文化走向，甚至导向了现代化进程中理性主义和科学主义的彻底的霸权地位。

与上述问题相关的是，“道”与“逻各斯”在认知世界的方式上，也表现了截然不同的取向。老子主张“体悟式”认知方式，而赫拉克利特则主张“分析式”认知方式。老子从不避讳他对“道”的一种混沌式体悟，“道可道，非常道；名可名，非常名”即是其对混沌之“道”的最初告白。“有物混成，先天地生。寂兮寥兮，周行而不殆，可以为天下母……”对这种“先天地生”之“道”，老子不主张穷根究底、追根溯源，而主张参悟。他所强调的不是对事物形成规律的学理追究，而是一种大智若愚式的整体彻悟。怎么才能做到这一点呢？老子提出了“虚静”、“柔弱”、“无为”等具体的方法，即所谓“致虚静，守静笃。万物并作，吾以观复”。冯友兰说：“《老子》所讲的‘为学’的方法，主要的是‘观’……必须保持内心的安静，才能认识事物的真相。[3]”“观”实际上就是一种体悟，它强调的不是一种理性的追逐，而是一种“不出户，知天下，不窥牖，见天道”的自然认识及内在的直观自省。老子强调对“道”的整体省悟，不主张掺入任何人为的痕迹，尽量避免通过“我”，而应通过说明性的策略去分解、串连、剖析原是物物

3 参见陈鼓应《老子今注今译》第134页注，（北京）商务印书馆，2003。

关系未定、浑然不分的整体的自然现象，用所谓"任物自然"的入思方式来体悟世界。表面上看，"道"的这种消解性体悟世界的策略是一种断弃行为，但正如台湾著名学者叶维廉先生所指出的，"这个看似断弃的行为却是对具体、整体宇宙现象和全部生命未受概念左右的世界的肯定"[4]。

因此，从一定意义上说来，"道"之"体悟式"认知世界的方式，奠定了中华文化中特有的"格物致知"式的求知方式。这种认知世界的方式，在中国文化与文论的发展道路上有着特别重要的影响作用，如所谓的"收视坐听"、"澄心以凝思"、"课虚无以责有，叩寂寞而求音"（陆机《文赋》），"神与物游，贵在虚静"（刘勰《文心雕龙》），"素处以默，妙机其微"（司空图《诗品》），"不涉理路，不落言筌"（严羽《沧浪诗话》），等等，都说的是要注重对事物作整体性体悟之意。赫拉克利特的"逻各斯"式世界认知方式恰好相反。赫拉克利特对世界的认知是分析式的。赫氏虽然也确认感性世界的存在，但从没有确认"逻各斯"是感性之物；相反，他认为"逻各斯"在本质上是理性、智慧，是规律、尺度、秩序等。因此，他始终遵循着"求智慧"的追问——推理——原因——结果式逻辑认知之路。而这种求知方式，决定了西方文化穷根究底的执著精神。从古代希腊哲学时代起，一直到古典哲学终结、近代哲学兴起，许多西方思想家都试图对世界给出种种答案，加诸种种审视再审视、界定再界定、阐说再阐说。这种对科学理性的过分倚重，最终不得不创造出"逻各斯"等"语言替身"来取代具体的事物。这实际上为后来的"逻各斯中心主义"奠定了某种宿命的基石。

最后需特别指出的是，中国文化从一开始就自觉地选择了具有一定混沌性的感悟、体认的世界认知方式，一开始就对逻辑理性分析方式有着一种自觉的扬弃。以当代的眼光看，在分别以"道"与"逻各斯"作为文化基石的中西文化中，"感悟式认知"和"理性逻辑式认知"并不存在孰优孰劣的问题。海德格尔等人对东方"道"之重新认识也许正说明，中西方的思想文化资源确实有着许多可以互为印证、互为补充的东西。

4 叶维廉：〈道家美学与西方文化〉，（北京） 北京大学出版社，2002 年，第 19 页。

“宗经”与“原型”：结构主义诗学的对话

一

“宗经”是我国古代文学理论话语中的一条重要原则。所谓“宗经”，是对经典的一种基本态度和基本价值判断。“经”有广义和狭义两种理解。广义的“经”泛指一切经典，而狭义的“经”则专指代表中华民族主流文化方向的儒家学说及相关作品。“宗经”理论有着两种最基本的意义内涵，即文学生成的源泉和作为判断文学作品优劣的审美标准。它是对历经考验的有着永久魅力的古代经典的追随。“经”既是评价文学作品乃至社会行为的规则、典范，也是评价、判断的基本尺度。

“经”的原初意义是指织物的纵丝。“经”常常与作为织物横丝的“纬”对举，共同构成一个词语“经纬”其后，“经纬”由实物上具体的纵横位置又引申为抽象的南北东西空间方位。在古汉语语境中，“经”常常被比附于“天”，“纬”又常常被比附于“地”。在大多数情况下，“天”并不仅仅是一个自然运行的苍穹，而是指宇宙间所有秩序的本原和依据，是人间所有一切的取法目标和终极本原所在。

既然“经”即是“天”，而“天者万物之祖，万物非天不生”[1]，“天地者，万物之本，先祖之所出也”[2]，那么由于源于天的终极性，“经”也就成

1 董仲舒：《春秋繁露》，上海古籍出版社1989年版，第85页。
2 董仲舒：《春秋繁露》，上海古籍出版社1989年版，第85、56页。

了永恒的象征了。因此，西汉时期的古文经学大师刘歆在《三统历》一文中用“元”、“一”来解释“经”：“经，元一以统始“元”和“一”都是本体范畴，都表示一切的端始。这样，“经”作为本体意义上的“始”便被确立下来。

正是由于“经”的统摄宇宙的力量，它被人们界定为一个放之四海而皆准的终极真理，在具体实践中为人所遵循。汉武帝时期，具有恒定性和统摄力量的“经”与以道德伦理为本位的、渴望通过“立言”求得不朽的儒家诗学结合起来，成为经学。由于儒家诗学以建功立业，匡定天下为旨归，它不可避免地与政治、伦理联系在一起，其所立之言便具有道德规劝的性质。道德规劝需要建立在一种话语权力的基础上，而与主流的结合与其说是一种策略不如说更是一种便利途径。作为本体的“经”渴望达到现实性的要求恰好切合了儒家诗学主体的追求，加之汉代大一统的需要，以儒家诗学崇尚的经典文本为形式的经学便成为一种学术宗教而被确立下来[3]。

儒家的经典成为后人学习的榜样。“经”从一个形而上的终极本体经由固定于文字的儒家经典降为一种以道德伦理为本位的“经学”，或者说是儒家经典凭借“经”的本体地位上升为国家意识形态，以释放话语权力的方式进行着道德的规劝。这对中国古典文学、文论的影响极为深远，导致一种发自文化、思想深处的“宗经”倾向。

中国古代文化中，对“经”的态度最典型的表现就是尊经、颂经，述而不作。孔子就说，“述而不作，信而好古。”[4]因为文化遗产的传承有赖于自觉地保存和担当过去那些有价值的东西。“述”之多，是各种文化传统的一个共同现象，只要这种文化传统有一套经典性文本和一大批述评性著作，这些经典总会得以很好地保全，并在此基础上衍生出诸多的相关文本。

而“宗经”思想在文学中比较系统化的表述，则体现在南北朝时期的大文学理论家刘勰所著的“体大虑周”的《文心雕龙》里面。在这本体系完备的古典文学理论集成式的著作中，刘勰建构了完备的宗经思想。“宗经”成为《文心雕龙》理论体系中最重要的结构式理论支柱。在其理论范畴之内，刘勰从本体论、文源论和流变论几个维度分别论述了“宗经”与“文之枢纽”、“论文叙笔”、“剖情析采”的关系，阐明了道、经、时文三者的关系。

3 参见孙开花《论经学与文学的关系》，《山东教育学院学报》2003年第6期。
4 《论语·述而第七》。

刘勰在《文心雕龙·宗经》里开篇写道：“三极彝训，其书言‘经’。‘经’也者，恒久之至道，不刊之鸿教也。故象天地，效鬼神，参物序，制人纪；洞性灵之奥区，极文章之骨髓者也。”[5]正是由于“经”具有“恒久之至道，不刊之鸿儒”的特征，所以它既确立了文学艺术的创作原则，同时也为审美主体和生命主体体验世界、感悟人生提供了某种先在的模式。但是值得注意的是，在这种先验预设中，生命主体对儒家经典不是进行理性的分析、分辨，而是基本上采取无条件信仰的态度，甚至把它当作一种宗教看待。正是在这样一种转变中，儒家经典演变成一种意识形态话语，时时散发出权力的力量。而经过历代书儒们的不断渲染、强化，儒家在整个民族文化形态中确立并巩固了主流话语地位。

宗经理论就大的文化体制构建而言，创立了政治、文化、伦理道德等社会典章制度及规范，甚至构成整个民族文化的基本质素特征。长期以往，中华文化都是以古代经典，尤其是儒家文化经典为圭臬、为典范，因此，在漫长的历史演变过程中，宗经不仅成为一种基本的文化规则，事实上也成为民族文化的一种内在需要。这种深厚文化不断累积的结果，便是慢慢形成的民族集体记忆。它经过不断整合，最终演变成为整个民族文化心理中的集体无意识，或者说是文化原型。同样道理，就文学创作而言，宗经意识为文学创作树立了稳定、经久不变的创作法则，经典往往被目为最高典范，具有不可超越性，因而是否宗经既是对文学作品的评价准则，又是文学创作的内在需要。换句话说，宗经于文学来说，既是一种衡量尺度，也是一种创作的源泉。按照这种理论，可以说，所有的文学作品都应该而且只能产生于“经”，至多是“经”之变形或者说是“经”的另一种表述形式而已。

二

原型理论是欧美文学批评在 20 世纪五六十年代在科学主义和客观精神旗号下，受俄国形式主义、欧美新批评以及结构主义等思潮的影响而出现的文学批评流派。受时代批评潮流的影响，它无可避免地打上了当时所谓的“客观性”和“科学批评”烙印。原型批评理论的根本目的在于发现文学作品中反复出现的各种意象、叙事结构和人物类型，找出它们背后的基本形式。原型批评理论的主要理论家是加拿大的批评家弗莱(Northrop Frye, 1912-1991)。

5 刘勰：《文心雕龙》，范文澜注本，人民文学出版社 2000 年版，第 21 页。

其理论来源主要有英国人类学家詹姆斯·弗雷泽（James G Frazer，1854-1941）有关原始神话结构研究的思想以及瑞士心理学家荣格（Carl Gustav Jung, 1875-1961）心理分析学说中的“原型”和“集体无意识”理论。

弗雷泽在他的煌煌大著《金枝》中，考察了原始祭祀仪式尤其是考察了“金枝国王”王位交接过程中继承人杀死老国王的独特习俗。弗雷泽从进一步的考察看出，这个部落传统或由这个部落传统兴发起来的宗教，总是与四季的兴衰盛竭有关，与自然界的季节循环变化有关。从而，弗雷泽进一步推论，自然界的春华秋实，年岁的枯荣，使远古人类联想到人的生死繁衍，从而产生人死而复生的想法，创造了许多神死而复生的神话传说。从某种意义上说，这是原始宗教对当时还未能准确给出解释的自然事物的刻意模仿，正如张隆溪所言，“这种关于神死而复活的神话和仪式，实际上就是自然节律和植物更替变化的模仿。”[6]

弗雷泽只让弗莱看到不同文化背景中存在着相同的神话和祭祀模式这一现象，而未能向他揭示隐藏在这一现象深处的无意识的结构和产生这些相同模式的“原始意象”；而荣格则用他的“集体无意识”学说和原型理论为弗莱找到了存在于文学中那些反复出现的意象之下的“无意识的结构”，为他提供了阐释这些意象结构方式的理论基础。

所谓“集体无意识”，用荣格的话来说，并非由个人获得而是由遗传所保留下来的普遍性精神机能，即由遗传的脑结构所产生的内容。换句话说，“集体无意识”是指人类自原始社会以来世世代代的普遍性的心理经验的长期积累，它既不产生于个人的经验，也不是个人后天获得的，而是生来就有的。这是一个保存在整个人类经验之中并不断重复的非个人意象的领域。荣格认为，原型是人类长期的心理积淀中未被直接感知到的集体无意识的显现，因而是作为潜在的无意识进入创作过程的，但它们又必须得到外化，最初呈现为一种“原始意象”，远古时代表现为神话形象，然后在不同的时代通过艺术在无意识中激活转变为艺术形象。这些原始意象即原型之所以能够遗传下来，在很大程度上得益于文艺这个载体，正是因为在漫长的历史进程中，它们被不断地、反复地出现在艺术作品中，所以才形成一种“集体无意识”。具体说来，这种“集体无意识”在文学书写中所起作用的形式是：“一旦原型的情境发生，我们会突然获得一种不寻常的轻松感，仿佛被一种强大的力

6 张隆溪：《二十世纪西方文论述评》，三联书店1986年版，第57页。

量运载或超度。在这一瞬间，我们不再是个人，而是整个族类，全人类的声音一齐在我们心中回响。”[7]

弗莱追寻文学原型的目的在于，把一部作品构织成一个由意象组成的叙述表层结构和一个由原型组成的深层结构，从而发掘更深层的作品含义。而原型批评的目标之一就是不仅发现作品的叙述和意象表层之下的原型结构，而且揭示出连接一部作品与另一部作品的原型模式。弗莱认为，人类所有的创作都是在有限的几种经验类型基础上产生出来的。他根据原始神话中四季兴荣盛衰的规律归纳出文学与四季基本对应的四种原型。文学由神话开始，经历传奇、讽刺等阶段后，又有返回神话的趋势。因此，从总体上说来，文学的发展演变过程呈现一种循环状态。文学批评家的任务是，透过文本的偶然现象，在宏观研究的背景中找到一种更大的范式，去发现和解释文学艺术的总体形式和普遍规律，质言之，即原型。因此，从这个意义上说，弗莱的原型批评，是一种把文学作为一个整体进行研究的批评模式。

三

原型批评的根本目的是为了寻找到一种所谓相对科学客观的可操作的准则，以使文学批评走上一条客观化的道路。从一定意义上说原型理论就是要找到适合各种文学发展，隐藏在各种文学现象后的共同的规律和模型。

宗经理论实际上也有这种寻找某种客观规律或客观依据的愿望和动机。事实上，它也力求建立这样一种具有客观性和可操作性的判断和评价标准。只不过，原型理论更加重于文学形式本身，而宗经理论则在很多时候超越了文学的限制，而追寻到文学之外的许多方面。虽然说中华民族宗经的文学传统在王国维以后有所改变，但作为一种潜意识已成为中国文人思维的一种基本方式。

如果我们注意到中西方关于人类起源的一些相同或相近的神话，就能明白：在关于人类的起源与人类历史的发展循环变换过程中，中西方之间有着非常相似的观点或看法。这种历史循环论的观点在长期的历史发展积淀过程中，渐渐演变成为人们的集体无意识，而不断出现在人们的各种观念中。文学批评中的历史循环论就是其中最突出的表现。而这种历史循环论的观点，反过来又形成某种程度的文学循环论。弗莱等为代表的西方文论家倡导向神

7 荣格：《心理学与文学》，三联书店 1987 年版，第 121 页。

话原型的回归，在一定意义上说来，也是这种文学循环论的体现。我们在上文指出的文学与季节变换之间的关系，其实也体现了这种循环论思想。我们在《批评的剖析》中，看到的就是从神话到传奇，再到高模仿、低模仿及反讽，最后回归神话的文学模式发展观。这些观点正是同斯宾格勒、弗雷泽相对应的有机生命循环论。弗莱认为，重构或再造被人为割裂的一些原始联系，正是批评家的基本职责[8]。

事实上，我国宗经理论中，也存在着与上述的历史与文学循环论观点相类似的观点。比如说刘勰，他也强调回溯过去。不过他回溯过去不是去追寻远古神话，而是追寻文学“经典”。具体说来也就是“四书五经”。所谓“渊哉苏哉，群言之祖”，意指中华民族文学的发展，即是对“五经”的继承与弘扬。弗莱讲文学循环论，刘勰也讲“环流无倦”，弗莱讲从当代文学中可以窥见文学先祖遗风——神话的影子，而刘勰也讲如能弘扬先祖的“四书五经”，则“终古虽远，旷焉如面”[9]。刘勰又说：“春秋代序，阴阳惨舒，物色之动，心亦摇矣。”[10]“时运交移，质文代变，古今情理，如可言乎。”[11]刘勰所说的“春秋代序”也好，“质文代变”也好，都含有时序变化，文学往复之意。

另外，弗莱的原型理论和以刘勰为代表的中国传统的宗经理论都尽力回溯，试图为文学找到一管可靠的根脉，因此都不乏某种“寻根”的努力。但是两者在所找到的根系上却大相径庭。弗莱是西方文化的接受者，基督教文化的浸润，使他只能从《圣经》中去寻觅所谓的“伟大的代码”。因此，他无法突破基督教文化的界域。他认为《圣经》及其所孕含的神话原型是西方文学的源泉。而刘勰则不同，他受传统宗经思想影响太深，是儒家思想的伟大继承者，因此，他对文学原始意象的追溯只能落在最能代表古代文化精粹的儒家经典上。但是，与弗莱的原型理论比较起来，刘勰的思想显得更加全面，他除了强调对“经”的追崇外，还注意到了时代和生活对文学的影响。他强调尊“经”的同时，他还强调“文变染乎世情，兴废系乎时序”。这与弗莱单纯强调原型的形式意义的片面性相比，显然更体现着一种全面性。

8 Northrop Frye, Anatomy of Criticism: Four Essays, Princeton University Press, 1957, p.354.
9 刘勰:《文心雕龙》，范文澜注本，（北京）人民文学出版社 2000 年版，第 676 页。
10 刘勰:《文心雕龙》，范文澜注本，（北京）人民文学出版社 2000 年版，第 693 页。
11 刘勰:《文心雕龙》，范文澜注本，（北京）人民文学出版社 2000 年版，第 671 页。

事实上，原型理论在某种意义说来，也是一种“宗经”的理论。只不过，它所“宗”之“经”，是基督教的经典《圣经》。它认为《圣经》是“伟大的代码”，不仅是文学意义源源不断的源泉，而且也蕴含着几乎全部文学作品的形式。虽然西方全部文学作品呈现出万千的样态，但其基本内容和形式却万变不离其宗，恪守着千古不变的《圣经》中的基本神话模型。所谓“原型”乃是文学中反复出现的意象，是经过千百年后，人类所积淀形成的集体无意识。原型批评格外强调通过原型及其置换变型来整体把握文学的方法论特色。而中国文化意义生成方式的一个重要方面则是以“经”为本，依“经”立义，崇尚雅正文风，由注经、释经等方式来建构文本意义。这样，宗经不仅是对“经”的一种继承，也是对“经”的一种发挥。而“经”就像一个力场，不断释放巨大的张力。因此，从这个意义上说，“宗经”不仅具有方法论意义，而且具有本体论的意义。

更有趣的是，在中西这两种异质的文学理论中，宗经理论和原型批评理论都对文类投注了极其巨大的兴趣。原型理论就是建立在对文类的基本分析之上的一种理论。弗莱根据原始神话中四季兴荣盛衰而归纳出文学的四种基本原型。而他对各种文类的分析，正是建立在这四种基本类型基础之上的。四季故事的模型与西方以叙述为主的文学言说风格应该说有着极大的关系。我们都知道，西方文学中叙述风格的文学作品大行其道，与其集体无意识中的上述诸种文化原型有着千丝万缕的纠缠。弗莱看到了这点，从而在理论上加以概括，可以说找到了文学批评绝好的切入点。因为，人类所有文化的产生都有源于文类产生的影响。

同样道理，中国文类中的诗、书、礼、乐等等是中国文化的最早源泉。我们的思想资源很大一部分即源于“四书五经”。就文学创作中的形式而言，宗经而制体，传统之“经”，奠定了中国文学的基本体裁——“体源于经”。在《文心雕龙》宗经篇中，刘勰把诸种文体都聚积于“经”下：“故论说辞序，则《易》统其首；诏策章奏，则《书》发其源；赋颂歌赞，则《诗》立其本；铭诔箴祝，则《礼》总其端；纪传盟檄，则《春秋》为根”[12]。这里的“首”、“源”、“本”、“端”、“根”，意思是一致的，都带有“本源”的意义，表明五经是这些文体的“本源”，即“体源于经”。刘勰还认为：后代的文，是无法超越经的，“并穷高以树表，极远以启疆，所以百家腾跃，终入环内

12 刘勰：《文心雕龙》，范文澜注本，人民文学出版社2000年版，第22页。

者也”[13]。在刘勰看来，文源于道与体源于经是统一的。这种统一，突出地表现为“道沿圣以垂文，圣因文而明道，[14]这一著名的理论模式中。五经作为上古文化的结晶，必然包含着多方面的内容。这样，就使广义的文与五经的内容之间，可以找出一些相关联的东西，这正契合了刘勰的宗经心理，于是推而广之，“体源于经”的结论出现了。五经因其特殊的地位，对后代文学及文体的发展产生影响是必然的。

原型批评和宗经理论不仅注意到了文类发展对文学的变更形式上的制约，而且透过现象，追溯本源，力图找到各种文类背后超稳定的结构本身。因为，它们都坚信，一切文类都可以找到超脱个人的东西，即客观规律，亦即所谓“结构”。所以世界上文学作品尽管看上去各不相同，但万变不离其宗，在弗莱那里，“宗”即原型，而在中国传统诗学中，则是“经”。所以，从这个角度来看，两者都具有某种结构主义的因素。

13 刘勰：《文心雕龙》，范文澜注本，人民文学出版社2000年版，第23页。
14 刘勰：《文心雕龙》，范文澜注本，人民文学出版社2000年版，第12页。

豪侠与圣贤：西中文学中两种异质人格类型

一

在色彩斑斓的西方文学长廊中，有这样一种人物类型，给人留下深刻印象：他们具有超人的意志和力量，以一种独行侠的风格和气韵，撼天地，泣鬼神，历十沟万壑，终于实现或达到某种目的，成为人们仰慕的英椎；或者惨遭失败，但虽败犹荣人们心目中依然是个高山般屹立的偶像。前者如《荷马史诗》中的俄底修斯和笛福笔下的鲁滨逊；后者如希腊神话中的西绪福斯和海明威笔下的桑提亚哥。俄底修斯这个特洛亚战争中的英雄，在战争结束后的漂泊返乡过程中，克服千难万险，凭着过人的智慧和力量，宣告了人类不可战胜的真谛；鲁滨逊依仗手中的圣经和火枪，在生存的大博斗中，捍卫了人类的尊严与自信；西绪福斯在开罪主神后，受宙斯的惩罚，背负沉重的石头从山脚爬上山顶，又从山顶滚下山脚，周而复始，痛苦无穷，但却没有一声叹息和哀怨；桑提亚哥差点搭上性命才捕到的那条大鱼，等他拖回鱼港时，被成群的鲨鱼吃得仅剩一架骨头，但他精神不败，仍不失为“打不垮”的硬汉。在当今西方的一些文艺作品中仍不时可以看到他们的身影，如好莱坞影片《第一滴血》中的兰博、《未来水世界》中的梅勒（maner）以及英国系列影片《〇〇七》中的邦德……

但是西方文艺作品中的这类人物大多像是不食人间烟火的神灵，具有超人的本领和无边的神通，使人敬畏而不可亲近。它像苍穹中一颗孤傲的寒星，使泛众常感英雄逼人的光辉，感觉那渺不可及的存在。那时，还使受众自感卑微渺小。所以它永远活在文艺作品营造的情境中，少有走进人间世界来。这样，在作品英雄人物和受众之间便横亘着一道深深的鸿沟。它阻隔着受众用心去感受英雄的侠肠义胆和铁血丹心，使受众难以甚至无法走进英雄的世界。

东方（尤其是中国）文学作品中的英雄人物则少有这类情形，而往往使人倍感亲切自然，平近和蔼。受众和作品人物之间没有人为的障碍，可直接切入人物心灵，将理想中的人物世俗化、现实化，使其成为可以亲近的人、可感可触的人，甚至成为自己的一部分。作品中的人物春风化雨般地走近受众，化成一种潜在的人格力量。这类人物或许算不上什么英雄好汉，而更多地表现为一种人间情怀，甚或儿女情长，东方（中国）文学作品中更多的是《红楼梦》中的贾宝玉这种典型。贾这个“情痴情种”，表面刚毅不足，阴柔有加。但决非庸劣纨绮，更不同于“花花公子”，而是大观园内反抗压抑生存状况的英勇斗士。这个“英雄”见花落泪，望月伤悲，没有虎胆铁血，少有铮铮铁骨，却是大观园里与园外尽可亲的“宝哥哥”。受众接受的贾宝玉不是渺不可及、高不可攀的英雄，而是一个可与之同喜同悲的同属。受众与英雄之间，少了一种卑微渺小之感，多了一份感同身受的自觉。贾宝玉表现出来的魅力与其说是“英雄”本色，毋宁说是东方人格境界所特有的神韵。

英雄豪杰是西方文艺作品中常见的人格类型。表现英雄人物的豪杰气概是西方文艺作品最基本的主题之一。但是西方文艺中的英雄豪杰，“使人唯有崇敬之，膜拜之。舍崇高膜拜，则我心无交代处”，“终不能无自己渺小，甘心为其臣仆之感[1]”换句话说，西方文学作品中的英雄豪杰使人敬而畏之，而中国文艺作品的“英雄”人物“使人敬之而亲之”，“可涵育于其春风化雨，慈悲为怀之德性之下，使吾人自身之精神得生长而成就”[2]。概言之，中国文艺作品中的“英雄”让人感觉人人皆可成其为圣贤。

二

同为文艺作品中的“英雄”人物，为什么会形成两种截然不同的情态

1 （香港）唐君毅：《泛论中国文艺精神与西方之不同》，《文艺报》1996年6月21日。

2 （香港）唐君毅：《泛论中国文艺精神与西方之不同》，《文艺报》1996年6月21日。

呢？最根本的原因是，不同的社会状况涵育了不同的人格理想。

所谓“理想人格”（IdealPersonality）也称“代表人格”（Representative Personlity），正如布罗姆（L.Broom）指出的，是“能表现文化精神或菁华的人格”气它能表现一定社会政治伦理观念和理想，是一种具有一致性和连续性的典型的行为倾向和模式。

西中文学作品中的理想人格都是一定社会政治文化理想的体现。两种人格模式的区别，说明我们对西中文学隔膜与亲近的内在原因，也确证了西中文学迥异其趣的审美倾向。这种差异形成原因是多方面的，有地域的、语言的，但主要是西中文学生成的文化语境不同。不同话语体系造就了不同文学典型。

西方文化的精髓是以基督教为主的宗教精神，其内核是对“上帝于虚无中创造夭地万物”的信仰。这种信仰足以使人精神凸显，超越于天地万物之上。无所不能的上帝与背负沉重十字架的受难基督是绝大多数西方人眼中永恒的图腾。与此相联，西方文艺的精髓即在于凭籍宛若从天而降的灵感，通过作品中虚拟的受难基督而使人超越有限而达无限，而通接于上面所述的宗教信仰。这种虚拟的基督（偶像）在不同的作品中以不同的面目出现。因此它可以是野人式英雄鲁滨逊；可以是老态龙钟的老人桑提亚哥；也可是“越战”英雄兰博和超级侦探邦德；甚或可以是耳后长鳍的子虚乌有的英椎梅勒（《未来水世界》）。这些英雄豪杰其实是对上帝的摹仿甚至就是上帝的化身。上帝（基督）的灵光始终笼罩着他们，还有什么可以畏惧，有什么困难克服不了呢？所以西方美学（比如黑格尔）认为，人们在伟大的英雄豪杰面前，只能自感渺小卑微，产生敬畏之心，除分享英雄豪侠的伟大外，别无所能。西方文艺作品中的这种理想人格——英雄豪杰使受众对其敬畏三分。作品与受众之间的深刻障碍横亘于前，受众无法走近英雄。

西方世界是个崇尚个人英雄的世界。自古以来，西方人便认为，个人在历史长河中起着举足轻重的作用。在西人童年时期的游牧时代，那种松散的游牧状态，培育了人类祖先超常的生存勇气，也造就了人类较早的英雄首领。游牧的生存方式，使得个人的生存能力显得尤其重要。这样就为西方后人的个人英雄主义思想的发展完善打下了基础.原始部落之间的战争，为这种个人英雄主义思想的体现提供了最大的可能。为了获得最基本的生存条件，人们常为争夺一片草地、一方肥沃的土壤展开战争。在这种原始战争中，勇猛和体格健壮往往成为胜利的先决条件。胜利的基础往往是个别英雄奠定的。这个英雄勇猛异常，就容易率领部落成员战胜敌人。因此，战争中的英雄往往成为人们崇拜的偶像。这种观念反映在早期文艺作品中，如希腊神话、荷马史诗等，就形成了西方文学理想人格——英雄豪杰的雏形。普罗米修斯、西绪福斯以及阿喀琉斯、俄底修斯等，正是它的最初形态。这种观念延续下去，与文艺复兴时期崇尚个性解放、启蒙运动中的个人主义倾向以及浪漫主义运动中个人主体意识的张扬相互融合，渐渐演变成对英雄的热烈蝶拜。所以，在西方，“世界的历史，人类在这个世界上已完成的历史，归根到底是世界上耕耘过的伟人们的历史”，“整个世界历史的灵魂就是这些伟人们的历史[3]”气这种观念几乎成了所有西方人的共识。在当代西方世界，英雄崇拜更被看作是解救现状的唯一办法和新的宗教。当代邦德、兰博及梅勒们的故事在某种意义上可说是西方人为自己虚构的现代神话，而老态龙钟、略显笨拙的桑提亚哥只不过是另一种表现形式。

中国传统诗学则认为，文学是人与世界的沟通，即所谓“诗为天人之合”。外在的一切，如“天人之际，新故之迹，荣落之几，欣厌之色”若与内在的人心“相值而相取”，"即成为诗”[4]再诗通过与“天”相通的“人”显示着宇宙的“道”。所以说：“诗者，天地之心”[5]。既然“诗为天人之合”、“天地之心”，那么，文学作品中的人物就是天人之间的重要桥梁。要达到人与世界之间的沟通，这无疑是一条便捷的途径。因此，文学作品中的英雄人物就不能让人感到高不可攀，而必须让人觉得可以亲近，可以效仿。天人可以合一，何况人与人呢？所以，文艺家捕捉到的总是些现实可感的人物，以此来实现这种美学梦想。正如钱钟书先生在《谈艺录》中所说，中国文论往往“近取诸身，以文拟人；以文拟人，斯形神一贯，文质相宣‘矣’也[6]。其实，这种情形不仅限于文论之中，创作中又何尝不是如此呢？所以，“贾宝玉式的东方型精神灵慧，直接与圣贤佩佛相通而无隔，他并非追求什么‘天国’，‘乐园’，‘乌托邦’=他的为人性情……其本质却正是可以作得圣贤，成其为仙佛的心田行径”。既然贾宝玉具有这样一种平易近人、可亲可触的

3 转引自（台湾）韦政通：《传统中国理想人格的分析》。
4 王夫之：《诗广传》。
5 《七纬》，赵在翰辑，钟肇鹏、萧文郁点校，（北京）中华书局，2012，P.22。
6 钱钟书：《谈艺录》，（北京）中华书局，1986年第二版。

圣贤品格，受众与他的距离就近在咫尺了。宝玉不仅是林黛玉的“宝哥哥”，也是大家的“宝哥哥”。他不仅属于曹雪芹，也属于广大受众。

在中华民族博大精深的思想文化体系中，儒家思想以其恢宏广博而成为中国文化的主干。它弘扬主体精神，始终着眼于现实世界的人情伦理，讲究现世现实的仁义礼智信，将圣和贤看作人生最高目标。圣贤风骨更被看作是儒家的理想人格。所谓“修身、齐家、治国、平天下”，所谓“达则兼济天下，穷则独善其身”，皆是这种圣贤品格的具体体现。通过“贤”而达“圣”，推“圣贤”而广之，从而实现人人“圣贤”，既是一种道德理想，更是儒家推崇的一种社会风尚。这神观念反映到文学作品中，就形成了人物形象的新格局：“英雄”人物既是今天人人学习的榜样，又是明天人人都能做到的楷模。因此，中国文艺作品中的“英雄”不是那种不食人间烟火的“神”，而是平易近人的“人英雄人人皆可亲近，人人皆可成为英雄。

当然，中国文艺作品中并不全是“贾宝玉”式的“人物”，也不乏项羽、一百单八汉、张飞、关羽之类的英雄形象。但与西方孤胆英雄相比，他们大多不是独来独往的侠客，而是有着过多人间关碍的“好汉”。作为失败的“英雄”项羽，虽然有着“力拔山兮气盖世”的魄力，但当逼上绝路四面楚歌时，最丢舍不下的却还有一个女卜——虞姬，“骓不逝兮可若何！虞兮虞兮奈若何”是何等感人伤神的情景啊。张飞、关羽、一百单八汉更多的时候是以英雄群体的面目出现的。

西方文艺作品普遍崇尚豪侠式人格类型，多超人式的英雄。他们仿佛不食人间烟火，几乎无所不能，尽情挥洒各种豪迈气概。或者换一副面孔，面对挫折和失败，不馁不躁，凭着一种超人的意志和毅力，与命运作殊死的搏击。虽死不悔，虽败犹荣，将自己打扮成受难基督的样子。这种人格模式的形成得力于西方的文化传统：以崇尚个人英雄主义为核心内容的社会风气以及与之相关的宗教意识。这种深厚的文化土壤孕育了古往今来西方文艺作品中“超人”式英雄豪杰族系，涵盖了不同时代面目各异实质相同的英雄形象。

西方文艺中广为推崇的这种人格模式，在美学上产生的效果是不言而喻的。它使受众心灵肃穆，庄严纯洁地接受这伟大人格的洗礼和熏陶，仿佛静心倾听来自上帝的声音。但是它在接受上所造成的障碍也是显而易见的——敬畏之心阻碍了受众与英雄豪杰的接受。缺少感同身受的结果是不可避免地消解作品中英雄豪杰人格的榜样力量。

中国文学作品推崇的是圣贤式的人格类型.所以中国文艺作品中多平易近人的普通人形象。即使那些叱咤风云的英雄人物，也有着一种平常心，一种深刻的现实关怀，总是多一份人性，少一份神性。这种人格模式的形成则是中华民族文化培育的结果。中国传统文化中占主导地位的儒家文化的精神内核即是扎根于现实土壤中的伦常文化。“圣贤”是其理想人格，也是它推崇的一种社会风尚。所谓“君臣父子”，“内圣外王”其实是一种社会头等道德理想。通过“贤”而能达“圣”，“内圣”而能“外王”。榜样的力量是无穷的.因此文艺作品中的“英雄”人物不能让人感觉到虚无缥渺，似梦似幻，而必须具有坚实的现实基础。这样才能春风化雨，才能润物无声，才能潜移默化地影响于人。

“天人合一”是中国诗学所追求的一种美学境界。反映到具体的文艺作品中，中国传统诗学强调的是一种感同身受。在这种美学观念映照下，文艺作品中的人物与受众走到一起来了，受众也走近作品中的人物。“英雄”与受众的平等关系，是一种水乳交融，你中有我，我中有你，也就很难分你我了。

“豪侠”也好，“圣贤”也好，都只是“英雄”的一种表现形式，两者间时有交融的形象。西方文学中既有“豪侠式英雄”，也有“圣贤式英雄”，莎士比亚笔下的哈姆莱特，具有独行侠的特质，也有东方式“圣贤”风格。同样，中国文学中也不尽是“圣贤式”人物，也不时有具有豪侠气概的英雄出现。在三国英雄、一百单八汉中也有类似情形。限于篇幅，这种情形不在此讨论。

重建中国文论话语的新视野——西方文论的中国化[1]

几年前，学界一些有识之士痛感在西方文论话语的挤压下中国现代文论话语的失语状态，从而提出了重建中国文论话语的理论设想。[2]学者们畅抒己见，见仁见智，发表了很多有价值的见解。大家一致主张重新发掘整理中国古代文论的优秀传统，接续中国古代文论的血脉，重建中国文论话语。

发掘整理中国古代优秀文化遗产，接续中国古代文论的血脉固然是重建中国文论话语最关键的策略，是取得重建中国文论话语战略性胜利的至关重要的步骤，但不是唯一的途径。要实现中国文论话语的重要转型，以避免中国文论话语的“失语”症状，除继承并发扬中国古代文论的优秀遗产，还应从西方文论话语中借鉴、吸收优秀的文论菁华，以丰富我们自身的文论话语，在此基础上，结合中国文学的具体实践，创造出既具有世界文学普适性，更具有中国文论自身特色的新的文论话语。因此，在重建中国文论话语的过程中，西方文论的中国化：不失为一个新的理论生产场阈，一个新的知识视野。

一、西方文论的中国化：融造中国文论新知的有机功能

所谓的西方文论中国化，即是将西方文论新知的有关理论与中国文论传统以及中国文学实践相结合，将西方文艺理论置于中国文艺实践的现实土壤

1 此文系作者在曹顺庆先生指导下所撰写的论文。原文刊发于（长沙）《理论与创作》2004 年第 4 期。

2 这场关于“失语论”和重建中国文论话语的讨论持续了很长时间。详见曹顺庆、李思屈等学者有关论文。

中，在实践中运用、检验，以确证其有效性的途径和方法，也是将西方文论在中国文艺实践的现实语境中进行改造、加工，以产生新的文艺理论的策略，是实现西方文论中国转换的具体途径和方法。在此，我们主张将转换理解为通过比较研究和分解诠释，使潜藏在不同文论思想里的因子互相转化，同时，我们还主张将转换同时理解为发展、改造、翻新。当然，发展并不只限于在既定的框架里扩充和延伸，改造和翻新也不同于另起炉灶，而是让其生长出一个新的理论新知。

西方文论引入到我国的历史可以说源远流长。如果把佛教东传看作是我国第一次外来思想文化的“东渐”，那么，外来思想文化的引进至今已走过了一个漫长的历史过程。大致说来，我国的西方文论思想的引进经历了三次浪潮。第一次浪潮是19世纪末20世纪初五四新文化运动时期。19世纪末，随着近代中国先哲思想家们的逐渐觉醒，人们开始注目来自西方和“异邦”的新声。在以“洋务运动”为象征的向外学习热潮中，外来思想资源开始源源不断地涌入我国。如果说林琴南等人对外国作品的译介尚不构成气候，那么，叔本华、尼采等人的“生命哲学”则确实吸引了以王国维为代表的一代中国学人。王国维曾专攻西洋哲学，他甚至著有主要以西方哲学观点来解说中国文化与文学现象的皇皇大著《红楼梦评论》。《人间词话》则是他整合中外文论思想资源，呈现自己美学独创性的重要力作。

到了五四新文化运动时期，各种外来思想更是蜂拥而至。浪漫主义、现实主义、象征主义、自然主义、超现实主义……各种流派，各种理论令人眼花缭乱，目不暇接。叔本华、尼采、帕格森、厨川白村……各种文论思想家的名字纷至沓来，鱼贯而入。而当时的各个作家，从鲁迅、郭沫若到郁达夫、茅盾、冰心……无不受到当时外来思想尤其是文论思想的影响。这次引进具有很强的功利目的，主要是为了配合五四新文化运动的开展以及当时中国的思想解放。因此，当时引进的西方文论思想与其说是引进文艺批评新方法，不如说是为配合思想启蒙而进行论辩而引进的文艺论战兵器。

西方文论思想资源的第二次大规模引进是在1980年代。那时候，因“文革”禁锢已久的我国文艺理论界蓦然将目光投向西方时，西方从现代到后现代的名目繁多的文学批评流派一下子尽收眼底。精神分析学、俄国形式主义、英美新批评、原型批评、结构主义、后结构主义、现象学、解释学、接受美学等引起了我国文艺理论批评界的“方法热”。这是我国改革开放后打开国门时与西方思想的高密度接触，体现了我国知识界吸取外来营养时一种近乎于饥不择食的过程。这次输入相应地也有如下特色：一是与西方文论历时性的产生过程不同，我们的引进是共时性的，各种潮流一涌而入。这种状况固然有利于我们比较、鉴别地吸收，但不利的状况也是非常明显的：即可能任何一种文论思想的学习都是肤浅的，蜻蜓点水，浅尝辄止，皆发展不够；同时还造成一种严重的断层和错位现象，即我们的引进与当代西方文论的发展总是慢了节拍，合不上步伐。当英美新批评、结构主义在西方已经逐渐退场时，我们却炒得正酣；当西方文论已进入后现代主义时期，我们还在争论有无现代主义；而当我们引进西方后现代主义思潮时，西方则又进入所谓的“后现代之后”了。[3]

西方文论引入的第三个浪潮体现在1990年代。这次引进与国外文论的发展基本上处于同步状态。这种同步现象最突出地反映在西方“后现代主义之后”理论思潮的引进上。当后殖民主义批评作为“后现代主义之后”的最新理论思潮于1980年代末至90年代初刚刚从边缘走向中心而获得学界注目时，我国理论界也非常及时地作了引进介绍，并立即用之于对张艺谋电影本文等的具体批评实践中，同时，几乎于同一层面上介入了正在展开的国际性的后殖民理论大讨论中。[4]尤其是近几年的有关“全球化”理论的讨论，中国学者更是表现出极大的热情同步参与，面对世界论坛，发出自己独特的声音。这次引进的特点在于克服了前两次引进时那种功利与急躁的情绪，以一种积极心态参与进来，显示出了较大的从容与镇静。

从我国引进西方文论思想资源的过程中我们可以看到，当我们生吞活剥，囫囵吞枣，不仅取不到外来思想的“真经”，就连皮毛也学不象，而且还会弄出让人啼笑皆非的事情。比如，长期以来，我们使用一套借自西方的话语来进行思维和学术研究，用“现实主义”、“浪漫主义”、“形式”、“内容”或者“结构”、“张力”等西方概念来分析屈原、李白、杜甫、白居易等人的作品，将具有抒情、写意、豪放等特征的屈原、李白归诸于浪漫主义，而将具有叙事、写实色彩的杜甫、白居易等人的作品归诸于现实主义。这样的分析，总给人一种隔靴搔痒的感觉。殊不知当人们用这些外来概念将他们切割时，他们作品中固有的中国艺术精神也消失殆尽。这样，外来理论不仅

3　参见陈厚诚、王宁：《西方当代文学批评在中国》，百花文艺出版社2000年版，第9、10页。

4　陈厚诚、王宁：《西方当代文学批评在中国》，第12章《后殖民批评在中国》。

不能很好地解释中国文学的具体实践，反有一种生拉硬扯的生涩，给人一种画马不成反类犬的感觉。

但是，如果换一个角度来审视中国文论思想发展史，我们也能发现外来文论思想与中国文艺理论结合得较为成功的例子。比如说“禅宗”对中国文论发展的影响。早在东汉时期，佛教东传，开始进入我国。佛教理论虽然并不是纯粹的文艺理论，它对我国文学理论的影响也不是以直接的方式介入，但它对中国古代文艺理论的间接影响却是有目共睹的。佛教传入我国后接受了我国古代文化熏陶和洗礼，几经改造，演变成具有中国特色的禅宗。可以说，禅宗保留有一定的佛教质素，但它并不是本真状态的、原汁原味的牟释佛教。受禅宗影响，我国文论中经常出现的诸如“妙悟”、“意境”等概念和范畴，既有中国传统文论的特色，又有佛教、禅宗等明显的“异质”文化因子掺入其中，从而构成了中国古代文论中非常富有创见同时又具有明显中国特色的一簇概念和范畴。在受禅宗影响的文论家中，其中最典型的代表莫过于刘勰。他虽然深谙佛学，但在他那划时代的文论著作《文心雕龙》中，却极少使用佛学概念和木语。我们在其著作中很难找到佛教影响的痕迹，而我们又几乎时时感受到他的著作中存在着佛学影子。他继承并弘扬中国文化中特别是《周易》经传与魏晋玄学的思辩思维传统，同是接受外来文化影响而又不露痕迹地建构出一个“体大虑周”的中国文论思想体系。

另一个值得我们反复咀嚼、深思的成功例子是马列文论的中国化过程。马克思主义文论思想是随着马克思主义思想在我国的传播而传入的。正如马克思主义思想与中国革命的具体实践相结合在一起，马克思主义文论思想也是与中国革命的具体文艺实践紧密结合在一起的。除受前苏联及某个阶段极左思潮的影响，应该说马克思主义文论思想基本上适应了中国社会主义文艺建设的需要。我国社会主义文艺及其理论的繁荣发展，正是在马克思主义文论思想的哺育下发展起来的。可以说，现在我们所讲的马列文论，它既是一种西方外来思想，更是我们本土化了的一个重要思想理论资源。它既有西方思想资源的基本理论特征，又有浓郁的中国文论“乡土”特色。更重要的是，到目前为止，它依然是我们进行文艺批评实践的一种有效方法。因此，可以说，马克思主义文论在中国已经完全演变成一种非常重要的文论新知。

上述两种外来文论思想资源之所以能够较好地转化为我们自己有效的文论思想新知，其重要启示在于：面对外来文论思想资源，我们不是“食洋不化”，而是吸收之，消化之，并且通过“新陈代谢”将其融为自己的血液中，成为自己生命机体的有机组成部分。这样的吸收作用，不会造成消化不良的现象，反而会增加新的造血机能，从而增长中国文论思想本身的思想张力。换句话说，上述外来文论思想资源之所以能在中国的土壤里生根发芽，就在于我们将西方文论思想与中国文论传统以及中国文学实践真正地结合在一起，并且将其指导实践，服务实践，发现其优点长处，克服其缺陷和不足，以增强其有效性、共通性。一句话，即真正做到了有效利用外来思想资源，将外国文论思想资源中国化，从而实现了外国文论在中国文论话语系统中的成功转换。

二、西方文论中国化的内在逻辑及学理依据

为什么要将西方文论思想资源中国化呢？换句话说，西方文论思想资源中国化的内在逻辑和学理依据在哪里？

我们认为，中西思想传统之间的巨大差异性是我们思考问题的基本出发点，同时也是我们对待外来思想，包括西方文论思想进行整合重建的最基本的学术据点和学理依据。

勿庸讳言，中西方思想文化资源中不乏共通之处。不然，各种思想的交融整合就缺乏基本的立足点。马克思在分析 19 世纪以来资本主义“世界市场”时指出：“过去那种地方的和民族的自给自足的闭关自守状态，被各民族各方面的互相往来和各方面的互相依赖所代替了。物质的生产是如此，精神的生产也是如此。各民族的精神产品成了公共的财产……”[5]马克思在这里言及的“世界精神”我们固然不能作机械的本质主义的理解，但他们所强调的精神共通性却无疑是千真万确的。正因为有了世界精神的通约性，才有了各民族不同思维交流和融合的可能性，才有了一切问题思考的基本平台。

但是，我们在强调各种文化思想资源交流整合的共通性或者通约性时，更应注意其间的差异性和特殊性。特别是在我们吸纳、整合外国文论思想资源时，更应注意两种或多种文论思想资源之间的差异性和多样性。

对于中西文论的差异性，学界已进行了一些梳理。比如说西方文论重再现、形似，讲典型，而我国传统文论重表现、神似，讲意境等等。这些见解自然有一定的道理，但由于没有联系这些艺术观念产生的整个思想文化背景，

5　马克思、恩格斯：《共产党宣言》，《马克思恩格斯选集》，第一卷，（北京）人民出版社 2012 年版，第 254-255 页。

而只是拘于经验描述，尤其是没有从哲学思想基础作深入分析，因此难免有隔靴搔痒之嫌。

那么，从哲学思想基础来说，中西方的差异在哪里呢？哲学界有很多辨析。对于这个问题，季羡林先生认为：东方哲学的基本特征是“天人合一”，而西方哲学的基本特征是分而析之的哲学。在这个基本判断上，季先生进一步指出了东西方的不同思维模式，即“东方的思维方式、东方文化的特点是综合，西方的思维方式、西方文化的特点是分析”。[6]王元骧先生对此进行了更详细爬梳：他认为；中西方哲学的主要差异在于：西方哲学讲“主客二分”而中国哲学讲求“天人合一”。[7]具体说来：从理论内容来看，西方哲学注重自然，偏重科学主义。而中国哲学注重人情，偏重伦理。西方哲学自然性思维特点，表现为一开始就把注意力集中在探讨构成世界的存在的本原上。如把世界的本原视作“水”、“气”、“人”等等。亚里斯多德更是明确地提出探讨世界的本质的哲学是“第一哲学”[8]这一思想几乎支配了近两千年的西方哲学界，使得西方哲学家无不立足于自然“理念”来思考哲学根本问题。虽然在近代西方哲学史上，也不乏哲学家把人本身作为思考的出发点，但他们即使谈到人大多依然从自然物质的角度来看待人本身。把人当成自然的部分，甚至有的哲学家是在生物学的基础上建构他们关于人的哲学理论。

而中国哲学一开始即立足于“天人合一”具有内向性的思维特点。从而比较关注人自身的思维行为，无论是老庄哲学还是儒家思想，无不体现这种主张主客合一、关注人本身的主张。西方哲学既然偏重科学主义和科学知识，主张认识以主客二分为前提，那么只有人、物分离，人获得主体意识后才有可能把事物当作自己的对象，对其进行观察思考。由此发展成熟的认识论恰好与近代自然科学的发展合拍。这样就使西方哲学不可避免地打上了自然科学特别是数学的印记，以致知性分析的方法一跃而成了近代西方哲学研究的基本方法。

而中国哲学的思想核心，“天人合一”把自然和人伦都看作是去达到主体心理与宇宙本体的应合看作是天意之显示与象征，并把通过自身的修养达

6 参见季羡林《再谈东方文化》、《东方文论与西方文论之间盛衰消长问题》等文。

7 王元骧：《论中西文论的对话与融合》，《浙江学刊》，2000年第4期。

8 亚里斯多德《形而上学》，《西方哲学原著选读（上卷）》，（北京）商务印书馆1981年版，第124页。

到的主体心理与宇宙本体的应合看作是人生的一种至高境界。所以在方法上一般求诸于神秘的直觉体验而不重视科学的分析。

更重要的是，由于西方哲学的主客二分是建立在主观唯心的“理念”世界观基础上的，这就决定了他们的思维从一开始就具有“逻各斯中心主义”的特点。所以，他们的思想和哲学，包括后来的文学理论都不可避免地打上了“逻各斯中心主义”的烙印。正如宇文所安（StephenOwen）先生在《中国文论：英译与评论》中所正确指出的；“寻求定义始终是西方文学思想的一个最深层、最持久的工程。而西方文学思想传统也汇入到整个西方文化对‘定义’”的热望之中，它们希望把词语的意义固定下来，以便控制词语。[9]这样，正如乐黛云先生在为该书所作的中译本序中所指出的：“西方哲学体系强调的是存在于一切现象之上的绝对精神，确实不变的理性；而中国哲学传统强调的是‘有物混成’，认为世界万物都在千变万化的互动关系中，在不确定的无穷可能性中，因种种机缘而凝聚成一种现实，这就是所谓‘不存在而有’”[10]中西方哲学和文论思想都是最初的关注点决定了后来的变化。曹顺庆先生也指出，从哲学演变而来的西方文论和诗学就是一种“理念知识”，其研究对象有确定的逻辑区域，其学科背景也有宏观的学术研究框架，其知识谱系的展开方式高度理性化和逻辑化。它往往以某一基本理论作为立论的逻辑起点，然后由此延伸出其知识体系的多个环节，诸如文学本质论、作品论、作家论、批评论等等。而中国文论的知识谱系则迥然不同。它的研究对象没有特定的文学区域，而是泛论与文学甚至文化有关的所有经验、感受、知识等等。表现在展开方式上，中国文论也不同于西方以先行理念为基础的展开方式，它没有一个中心逻辑概念，然后由此展开理论的每一个细节，并构成一个西方式的所谓“理论系统”和“理论体系”。它没有逻辑上的先后关系，只有空间上的感受与经验。[11]

既然中西方文化之间从哲学基础到思维方式都存在着巨大的差异，中西方的文化之间存在着“差异”和“身份认同”问题，那么，对西方思想资源包括文论思想资源的引进，我们就得格外小心。我们当然不能闭关自守，排

9 宇文所安：《中国文论：英译与评论》，上海社会科学出版社 2003 年版，第 3 页。
10 乐黛云：《中译本序（中国文论：英译与评论）》，上海社会科学出版社 2003 年版。
11 曹顺庆、支宇：《东方文论话语之重建》，《中外文化与文论》第 9 辑，（成都）四川教育出版社，2002 年版。

斥异己，但也不能盲目跟进，任其自由。这样势必造成文论话语移植的不适应症，甚至造成对原有资源的损害，或者将它弄成发育不全的“怪胎”。所谓“橘逾淮而枳而西方思想资源即使再丰富，质地即使再好，功能即使再高，我们也不能“野蛮移植”，而必须注重现实土壤的“墒情”养分，不能不管不顾地盲目照搬。因此，西方文论思想资源必须对其进行改良培植，以使其中国化。在引入西方思想资源包括文论资源时，我们要在强调差异的基础上进行对话整合，以缩小理解的歧义，达到真正打通的效果。

另一方面，从知识产生的发生学原理来看，任何一种知识的生产都不可能是凭空幻想出来的。它必然也必须在现有知识的基础上激发产生。反而言之，任何一种现成知识或者理论，它在一定的范围和程度上为相关知识或理论的产生创造了条件，预留下空间。也就是说在此知识或理论的不完善处或者产生裂隙之处，正是彼知识或理论的孕育生长处。因此，知识领域之间是一种互动同时又是一种互补的关系，任何一种理论或知识，要想完全截断与相关知识或理论的这种“血缘”关系，成为一种纯粹的“个人创见”，理论上说几乎是不可能的。就这种意义而言，每一个理论家都是站在前人或他人肩膀上而成就自己的。而新的知识、理论之所以能够诞生，在很大程度上取决于对旧有知识、理论的全面准确地把握，再在这个基础上发现相关知识或理论的不足，从而改进之、完善之。一句话，相关知识理论的裂隙处，即新的知识的孕育点。自然科学知识是这样，人文社会科学知识更是这样。

在此，我们且不论各种自然科学知识之间是如何相互推动，孕育发展（计算机的更新换代是一个很好的说明。新一代的计算机技术对过去一代的计算机而言，无疑是一种新的“创见”，但它与前代计算机之间的关系是不言自明的），我们仅以人文社会科学知识，尤其是中西方文论中的相关知识为例来说明各种知识间的“文本间性”或“互文性（intertextuality）”

“互文性”这一概念首先由法国符号学家、女权主义批评家朱丽娅-克里斯蒂娃在其《符号学》一书中提出：“任何作品的本文都像许多行文的镶嵌品那样构成的，任何本文都是其它本文的吸收和转化”。[12]其基本内涵是，每一个文本都是其它文本的镜子，每一文本都是对其它文本的吸收与转化，它们相互参照，彼此牵连，形成一个潜力无限的开放网络，以此构成文本过去、

12 朱丽娅·克里斯蒂娃：《符号学：意义分析研究》，转引自朱立元著《现代西方美学史》，上海文艺出版社 1993 年版。

现在、将来的巨大开放体系和文学符号学的演变过程。[13]正如法国学者蒂费纳·萨莫瓦约（SamoyaultTiphaine）所指出的：“互文性这个词的好处在于，由于它是一个中性展词，所以它囊括了文学作品之间互相交错、彼此依赖的若干表现形式。”[14]

比如说，亚里斯多德是柏拉图的学生。他在研习柏拉图的有关“理念哲学”时，发现柏拉图由其客观唯心主义思想的“理念”概念中生发出来的关于文艺的看法，尤其是认为文艺作品与其“理念”世界所谓隔着三层的理论，有着过于虚幻的痕迹。于是，亚里斯多德从怀疑老师学说开始，发现柏拉图学说中的不足，进而否定了他的学说，提出了著名的“模仿理论”。很显然，亚里斯多德在柏拉图的“理念”王国中发现了其“文本间性”，并在此基础上发展形成了自己的一套迥然不同的文学理论。然而，两者之间虽然有着巨大差别，但两者乏间的“互文性”是显而易见的。

再如目前无论在西方还是我国都非常流行的以赛义德为代表的后殖民主义批评方法。它们与马克思的批判哲学、法农（FrantzFanon）的民族歧视和文化殖民、葛兰西（AntonioGranmsci）的文化领导权（culturehegemony），尤其是福柯（MichelFoucault）的权力话语理论之间的“互文性”痕迹是非常明显的。即使在上述理论之间，如葛兰西、福柯理论与马克思学说之间也存在着极其重要的“互文”关系。

各个思想家是如此，各个学说流派之间其实也是如此。比如说，英美新批评与俄国形式主义之间，现象学、阐释学、以及读者反应批评之间……各种学说、流派之间有没有某种内在的关联性呢?

外国文论的产生是如此，中国的文论思想发展亦概莫能外。比如说禅宗与佛学、禅宗与老庄哲学思想之间、与玄学名士及其思想之间，无不存在着千丝万缕的联系。叶维廉先生认为禅宗直接乘承了老庄哲学与玄学思想，尤其是在语言与思维等方面。禅宗的异言异行不仅直击老庄哲学言语故事和玄学名士的洒脱，而且往往有过之而无不及。一句话，禅宗是在老庄哲学、佛学和玄学的间隙中生长而成的[15]。

---

13 参见赵一凡著：《欧美新学赏析》，（北京）中央编译出版 1996 年版，第 140 页。

14 蒂费纳·萨莫瓦约著，邵炜译：《互文性研究·引言》，（天津）天津人民出版社 2003 年版。

15 叶维廉：《道家美学与西方文化》，（北京）北京大学出版社 2002 年版，第 120 页。

中西方文论之间其实也存在这样一种关系。比如说在对于语言的关系上，西方哲学家们就直接受到来自东方，尤其是中国的神秘、直觉思想的影响。可以说，海德格尔、胡塞尔等人的哲学思想中，与东方思想、尤其是中国（公案）思想中的“目击道存”、“顿悟”、“棒喝”、“断指”、“拈花微笑”等所谓“行解”等思维方式不期然的契合和互文关系。同样道理，我们的“意识形态批评理论”又怎么能摆脱国外理论家，尤其是马克思有关意识形态理论的影子呢？

既然各种文本之间都存在着一定的文本间性，都有着一种自觉不自觉的“互文”关系，那么，中国文艺理论在吸收、借鉴西方文论思想资源，将西方文论话语转换成适合中国现实土壤的文艺理论话语也就有了新的可能。因此，在中西方的文论文本互置互换互学互补的过程中，我们就能够在外来文本的间隙处，不断发现新的理论增长点，就有可能将人类思想的现有成果转化、变换一种新的理论新知。西方文论话语实现在中国文论中的全面转换，实现中国化，也就有了坚定的实现可能性。

第三点也是最重要的一点，即是：文论话语的“他国化”是世界各国文学理论发展的一条普遍规律。我们强调任何一个国家和民族的文化思想和文学理论具有差异性，因此要尊重各民族文化和思想和文学理论的基本特征，在强调差异的基础上寻求文学的共同规律。但是，我们也应看到，每一个国家和民族的文化和文学理论都不可能是完备无瑕的。中国文学理论固然有其灵动、感性等优良特质，但也有其天生不足，如重直觉而缺乏体系，长期以来重视抒情而轻视叙述，甚至把叙述作品如小说看作“小道”、“小技”等。这些无疑都有其自身的不足。同样，西方文论有其系统、严密等优良传统，追求逻辑的完美无缺，但却屡屡滑入“逻各斯中心主义”和不可知论，因此同样也有其不足之处，如过于倚重逻辑理性思维而缺乏东方直觉思维那样一种灵动。因此，各民族国家的文化与文论就需要互相学习、借鉴° 也正因为如此，各国文化与文论资源都有一个被他国学习、借鉴、改造的过程。

他国化是世界文艺理论发展的一种重要手段，更是世界文艺理论历史发展的一个必然过程，比如说我们前文提到的印度佛教文化对我国文论的影响就是一个明显的例子。佛教的某种直觉思维思想和神秘主义，与我国传统思想中的老庄哲学、玄学等思想相契合，后来逐渐演变成禅宗，而禅宗对我国文论的影响，尤其像对刘勰《文心雕龙》这样“体大虑周”的中国文论著作的影响是极其巨大的。但《文心雕龙》显然与禅宗，尤其是与印度佛学已有极大的差别。

如果说印度佛教的例子还不足以成为文论话语他国化的典型案例，那么，中国文化与文论对日本文化与文论的影响则是更有代表性的个案。我们以宋代时期的禅宗对日本的影响为例。据有关资料记载，宋代的禅像洪水一样涌进了日本。南禅的风骨意趣在鸭长明的随笔著作《方丈记》和吉田兼好的随笔《徒然草》中得到了深刻的体现。南禅思想观念也促成了日本著名的佛僧“五山文学”的形成。不仅如此，南禅的许多思想成为镰仓、室町及后来的日本文学艺术的基本原则。在思想内容上，从这时期开始的诗歌和其他文学创作都着意表现随缘任运、安贫守寂和自由旷达的人生态度；展示自己空灵无垢的心境；表达对自然万物的微妙而丰富的情感体验；描写浮世的无常或者讥讽碌碌众生的愚昧可笑之相等等。这种禅风禅骨、禅意禅趣在后来的松尾芭蕉的俳句中得到淋漓尽致的表现。禅风禅骨促成了日本美学重要的范畴，如“空寂”、“闲寂”、“幽玄”、“恬淡”、“风雅”、“一即多”、“不对称”等的产生。南禅意识不仅从内容上影响了日本诗歌和文学的精神，甚至促成了某些诗歌及其他艺术独特的形式。如和歌以及由连歌生发出来的俳句。俳句那种以最简约的、含蓄的、暗示性浓缩语言尽可能地表达出丰富的情感意蕴正适应了南禅的相关思想，或者说南禅思想给予了俳句作者以深切的启示。这样，源自于印度的佛教经中国转变成禅宗，再流传于日本，完成了一种国际化的旅程。具有中国特色的禅宗理论在日本的演变，无疑就是一个日本化的过程。

他国化不仅表现在文艺理论的实践过程中，也表现在文学作品的翻译过程中。一些也许在本国并不突出，或者说不太引人注目的作品，经过翻译家的翻译，在他国受到极大的关注，甚至引起一场文学方式和文学理论的变革。比如说寒山诗在美国的翻译就是一个典型的例子。寒山诗在中国文学史上未必受到很大的重视，也未必是中国文学中最有代表性的作品。但是经介绍到美国后，引起庞德等人极大的兴趣。在庞德等人眼光独具的审视下，它竟成为他们冥思苦想而不得的范本。在中国不太引人注目的寒山诗竟会形成了美国意象派文学的一次革命性突破。再如曾影响过中国好几代人的《钢铁是怎样炼成的》这部小说，在世界文学中它并不是一部出色作品，即使在当时的苏联文学中也未必就是优秀，但它翻译后对我国文学所造成的影响是极其巨大的。应该说，这样一部作品的译介，已经成为中国当代文学发展进程中一个具有特别意味的重要的文学事件。因此，从某种意义上说，一个国家或民族的文学史，实际上并不是一部纯粹的民族文学史。

美国著名文艺理论家希利斯·米勒（J. H. Miller）发现，在最近二三十年间，当代西方文论“经历了一个突然的，几乎是全面的转向，抛弃了以语言本身为对象的理论研究，而转向历史、文化、社会、政治、机构、阶级和性别条件、社会语境、物质基础。”[16]米勒教授的观察是敏锐的，但他显然没有留意到，伴随着这些根本性转变，当代西方文论其实还暗含着另一种东方转向。这种“东方转向”不仅仅表现在呼吁走出“西方中心”怪圈，从而引起对东方的重新发现，也不仅仅表现在西方世界中有着一些非常出色的具有东方背景的理论家（如赛义德等等），更表现在对东方文化的直接的借鉴和模仿上。更值得注意的是，这种倾向不仅出现在文学领域，而且还出现在整个思想文化领域。[17]

这样一种“东方转向”的世界潮流，也为我们的西方文论中国化预置了一个可能的空间，提供了一种良好的外部环境。因此，中国文论话语完全应该也可能加入到这样一种国际学术大循环中，实现西方文论中国化，从“理论旅行”的方法论的维度来考虑如何更合理，更全面、更准确地把西方思想资源转换成为中土的思想新知。

三、西方文论中国化的途径和基本方法

前面我们从中西方文论思想资源，特别是从哲学基础到思维方式的巨大差异入手，从外国文论他国化的实践维度出发，分析了实现西方文论中国转换的必要性和可能性。我们认为，中西方文化之间如此巨大的差异性一方面给中西文论的互相转换造成巨大的障碍，基于这种文化差异上的任何理解都有可能造成歧见或误读，甚至根本性的错误。但是，另一方面，这种巨大的差异之间也同时存在着巨大的文论生长契机。“文本间性”或者说“互文性”理论不仅指出了知识生产的基本性规律，而且也为各种文论思想资源的

16 李清良：《中国文论思辨思维》，湖南师大出版社，2001年版，第272页。

17 这方面国外学者弗郎索瓦-于连、亨廷顿、国内学者叶舒宪等曾对此作过较令人信服的梳理。可参见于连：《为什么西方人研究哲学不能绕过中国》、亨廷顿：《文明的冲突》、叶舒宪：《20世纪西方思想的“东方转向”问题》、《再论20世纪西方思想的“东方转向”》等文章和著作。

相互转换提供了强有力的理论支持。而 20 世纪西方文化思想界的“东方转向”也为西方文论的中国转换提供了一种非常有利的现实语境。

我们所谓的西方文论中国化，或者说西方文论的中国转换，并不是简单地把西方文论的相关概念或范畴换成中国概念和范畴，也不是将中国文论的有关知识概念拉郎配地与西方文论的相关概念范畴牵扯到一起，以证明中国文论资源的丰富性和伟大性，更不是将西方文论话语生硬地套用过来指导中国的文艺批评实践。

我们主张以宽阔的学术心态，以平等求实的精神来对待西方丰富的系统的文学理论资源。我们不盲目地追风，也不盲目地排外，根据中国文学发展的现实态势，根据中西方文化尤其是文学理论上的不同区别，在差异的基础上力图打通、理解，以吸收之，消化之，用之于中国的文学实践，在不断的文学实践中加以改造，使其具有中国特色，进而成为中国文论话语的一部分。

我们的具体的思路是：

（一）因势利导，依异求同

在世界经济共同向前发展，人类交往日益频繁的今天，各个民族、各个国家之间相互往来已经成为一股强劲的潮流，各种文化之间的交融已经是个不争的事实。面对这样一股世界文化交流的潮流，我们要以一种坦然的心态来加以处理。一方面我们要适时地加入世界文化思想交流的大合唱中，发出自己美妙的声音，另一方面，我们也要心胸开阔，畅怀若谷，以海纳百川的包容心态聆听世界各民族大家庭不同文化之间的不同声响。只有在“众声喧哗”、“复调变奏”中，世界各民族国家和地区的文化大合唱才发出最动人的音响。

但是在聆听欣赏世界文化大合唱的过程中，我们也要注意分辨不同的声音，尤其要结合自己的“声音”、“声线”特色，以便更好地找到自己的“声部”，以发出自己最动听的声音。怎么样才能在世界文化交流，尤其是中西文论交流中做到这一点呢？我们的原则是：因势利导，依异求同。我们的立足点是建立在中西文论的差异性基础上的。我们主张，任何一种异质文化之间的相互理解和沟通，都只能在差异的基础上找到各自文化的“身份认同气在此基础上，才能真正做到扬己之长，避人之短。在对方理论的“激发”下产生新的文艺理论新知。

正是因为找到了各自的差异，才有了“参与”、“交流"的基础。正如找到了“大合唱”中的不同“声部”，大家都能够清晰地发出自己的声音，而又不会相互干扰、遮蔽别人。在西方文论的介绍引入中，我们之所以特别强调不同文论及其生长土壤的差异性，其用心即在于此：即我们不是生硬地套用西方文论话语，让其对我们的文学理论或创作作殖民化、普适化的证明，把自己的理论或创作当作人家的某种理论注脚。我们的理想是中西方文论互证、互识，互相映衬，互相照亮。这样，世界文论话语中，就不是一种声音压倒另一种声音，也不是一方的声音代替另一方的声音，而是各种声音交杂在一起，构成既具有“文艺理论”共同的主旋律，又能分辨出不同声音色彩的美妙华章。

（二）相互“激发”，“点亮”自身

在中西方文化交流过程中，尤其是中西方文论的交流过程中，我们一般有这样两种选择：一是“投降”、“归顺二即使自己成为西方文论的附庸，成为西方文论的注脚或证明；一是“激发”、“同化”，走的是与前一条道路刚好相反的道路，即强调中西各自的差异和优劣，在西方理论的“激发”下，回头审视自身传统，开启并弘扬自身固有但末来得及充分注意和全面发展的可能性，从而取消外来文化的优势，并在此过程中使自己的文化传统得到更进一步的充实、丰富和发展。接受别人影响，但是少有消化不良痕迹。⑰

在中国文学史上，受外来理论“激发”，同时又结合自身传统优势，从而创造出独具特色的理论，在各个不同的历史发展时期有不同的尝试者。比如我们前文已经提及的刘勰实际上就是通过佛教理论“激发二而又在中国文化中特别是在《周易》经传与魏晋玄学中找到自己的理论支点，从而建构出具有中国文化特色的文论体系。宋代著名诗话家严羽也是如此，尽管有人讥讽他在“禅宗”基本常识上也闹笑话，但丝毫不影响他在《沧浪诗话》中使用禅宗术语及根念，“借禅人诗”，并取得巨大成功。他之所谓“借”，其实是以“他山之石”以“攻己之玉”，是理论的巧妙挪用，是“激发”的妙用。至于近代以来王国维、钱钟书、刘若愚等人在西方文学理论激发下对中国文学理论所作出的卓尔不凡的贡献，已常为人所称道。在此不再赘述。

应该指出的是，上述各个先贤大师，他们都是在充分注意中西文论的差异性的基础上所受的“激发”。他们正是以一种依异求同的精神，受到对方理论的“激发”，在互比互证的境况下，“点亮”了自己的理论之灯。

（三）以西“切”中，再铸新声

“激发”之下的中国文论，虽然在理论上有着极大的创新，但仍带有些许的“他者”痕迹。能不能将西方文论真正彻底地中国化，原创性地构筑中国文论的理论新知呢？在此，我们提出一个大胆的理论设想中西文论的“反切生成法”。

大家都知道，“反切法”是中国文化传统中一种具有极大创造性的生字拼音方法。将一个字的“声母”与另一个字的“韵母”相切，就能拼出一个“生字”的发音。受此方法的启发，我们设想，在我们中国文艺理论话语建设中，以西方现有理论之“声二“切”中国文艺理论之“韵二以西切中，从而产生出一种文艺理论的“新声”。

比较文学理论中提出的“阐发法”是一种尝试。虽然现在尚无足够的证据证明此法在我国文艺理论建设中取得了多大的成功，但毕竟朝前迈出了勇敢的“第一步”。如果我们摒弃中西互释之“前见”特别是偏见，也许有一天我们真能切出一个文艺理论中美妙的声音。这种“新声”既双方“互切”，但又完全不是“他者”的声音。这样，中西文论之间的互证互照互释互明才真正可以能。

四、中国文论话语转换新的地平线

如上所述，我们用较大的篇幅分析了西方文论中国化的可能性和必然性，并在此基础上提出了我们的基本思路。

我们之所以斗胆提出这样一种理论设想，是基于这样一种事实：即无论人们赞同与否，中国现代文论话语确实存在着一定范围、一定程度上的“失语”状态。因此，我们必须重建中国文论话语。但必须指出的是，我们提出的“失语论二主张实现中国古代文论话语的现代转换，并不是坚持“保守主义”或者“民粹主义”的立场，而是为了强调中国古代文论话语资源的重要性。

中国古代文论话语的现代转换当然是一条非常重要的理论之途，但我们认为并不是唯一途径。西方文论也是我们可资利用的重要话语资源。因此，我们在提出实现中国古代文论话语的现代转换的同时，还主张西方文论话语的中国转换。即所谓的“西方文论中国化”。同样需要指出的是，我们之所以这样做，并不是说我们重建中国文论话语的基本立场有所改变。恰好相反，我们提出这样的口号，正是为了更加丰富完善中国现代文论话语，让中国现代文论话语重新焕发出最为耀眼的光芒。这是我们所谓“西方文论中国化”的最基本出发点，也是我们的理想归宿。

所以，正如提出“失语论”和“重建中国文论话语”一样，我们的目的并不在于“哗众取宠”，而实际上是一种话语策略，以此来提醒人们注意这样一个大家可能意识到，但却未必引起足够重视的基本情状。

勃兰兑斯文学批评中的理论张力

“张力”（tension）这个词所赋予的特殊意义或源自索绪尔（Ferdinand de Saussure，1857-1913）的现代语言学理论。按照索绪尔的语言学学说，他将语言的意义按其功能分为“能指（the signifier）”、“所指（the signified）”和“指称物（the referent）”。在词与物之间，由能指、所指和指称物之间的不同指向或者语言符号的随意性组合而产生不同意义。因此，在索绪尔看来，语言的这种特性，使得词与物之间形成一种张力的关系，这种张力构成词语之意涵。

新批评理论家艾伦·退特（AllenTate，1899-1979）在其论文《论诗的张力》中独创性地运用了这个文论新术语，主要指诗中内涵义与外延义的同时存在。即指诗歌意义在矛盾对立因素的有机统一中呈现出来。早些时候的兰色姆（John Crowe Ransom，1888-1974）和燕卜茹（William Empson，1906-1984）也曾使用过这个概念。“张力”论在新批评派内部得到广泛引申，后又受到阿恩海姆（Rudolf Arnheim，1904-2007）的创造性发展。在其后很多文艺理论批评著作中.tension 常被借用过来，被翻译成“意涵”、“张力”、“紧张”或“焦虑”等意义，指的是理论批评中常有一种矛盾冲突而又可能导向新意义的状态。随着新批评观念的引进，张力论在我国也不断被引申、应用，但其理论价值还没充分发挥。

众所周知，勃兰兑斯文学理论所操持的“历史分析方法”和“心理主义”是其两种主要基本批评图式。我们认为，勃兰兑斯的文学批评，在哲学和美学思想上接受的是黑格尔的影响，特别是沿袭了他的整体主义历史观；在方法论上，他承续了孔德和穆勒的科学实证的文学批评方法，直接吸纳了泰纳的文学发展三元素说。他所探索出来的“历史分析方法”和“心理主义”既有欧洲主流批评传统的血统，又有其自身的理论特征。在19世纪欧洲文学批评中有着开疆拓土之功。

事实上，勃兰兑斯的文学批评也存在着一定的理论张力（the theory tension）。这些理论“紧张”一定程度上造成了他的批评困境，但或许也启迪着另一种新的理论洞见（theory insihgt）。

下面，我们试图以开放的态度来讨论勃兰兑斯文学批评中的一些理论问题。

一、批评的内容与形式

在勃兰兑斯时代，文学批评的主导模式是以社会文化批评为主，对文学的形式和内容问题虽然时有探讨，但没有将其作为文学批评的基本原则。因此，文学批评中的他律和自律问题，还没有被置于很重要的位置。但是，这并不意味着在文学批评实践中就不存在这么一个文学批评的基本性问题。

勃兰兑斯的文学批评模式是他律论模式还是自律论模式？对此，须作谨慎的客观分析。无可否定的是，勃兰兑斯的心理主义分析模式本身具有一定的形式分析色彩，社会历史分析中也并非一概不关心形式。比如，在《十九世纪文学主流》第二分册谈论施莱格尔的风格时就谈到了他的老师比格尔在语言、格律上对施莱格尔的影响，在第四分册谈论从华兹华斯到柯勒律治、司各特、穆尔、济慈的诗歌发展历程时，也是从艺术思维形式的角度勾画其演变轨迹的。

这些分析很显然是比较严谨的文本细读模式。他以一个文学鉴赏家的视角精心解读了这些作家和诗人作品中的精幽之处，指出其在格律、韵味上面的细微差别和美学上的特殊意义。这种批评分析方法，甚至可以说是20世纪中期曾经风行一时的文本细读的形式主义文论在19世纪的一次初显。

但是，勃兰兑斯的这种分析方法显然又不同于完全的形式主义文学批评。他始终没有舍弃他的文化批评模式而陷入纯粹的文本细读中去，而是结合对文本的精读来彰显他的批评特色。所以，这种分析方式在很大程度上避免了他律论或自律论的不足，不离开精神生活内容谈形式，也不离开形式谈精神历程，做到了辩证和综合的有机结合。

但我们也得承认，在更多的时候勃兰兑斯是离开了文本形式谈论心理与精神的，不管是作品中的人物心理、作家心理，还是时代的和社会的心理。如第二分册的第二章在谈到让·保尔（浪漫主义的先驱）及其作品《洛维尔》时，就只从主人公的自我中心主义、主观主义，从主人公以幻想与诗来构成现实，将诗神圣化等观念特征来论述。可以看出，勃兰兑斯在这时候往往沉迷于自身的心理主义理论，完全离开了作品的形式分析。

这种情况在每一册中都大量存在。更主要的是，当勃兰兑斯从时代精神、社会心理以及作家心理的角度探讨作品人物的心理时，他所关注的大多是社会心理中的观念性内容，而极少涉及形式心理。陶东风先生注意到了这一点，准确地指出："他总是将注意的焦点集中在作家对人生、社会、自然的态度、评价上，而较少注意作家对艺术形式、规范、技巧的态度。"[1]

确实如此。比如，在欧洲的文艺发展过程中，建筑美学上的"巴洛克"和"洛可可"风格，都不同程度地影响到欧洲各国的文艺发展，尤其是影响了浪漫主义文艺的发展。其实在浪漫主义作家以外的一些作家的作品中，也可以看到这些艺术遗产给他们打下的深刻烙印。但是，这些都不是勃兰兑斯关注的中心。哪些精神生活内容为了"迁就"传统形式而牺牲或变形了？哪些形式又因不适合新的精神生活内容被冲破了原有框架？这些重大的艺术史、文学史课题至少没有引起勃兰兑斯的充分注意。因此从整体上说，正如陶东风所说："勃兰兑斯的文学史是文学所反映的思想史，重在表现、反映了什么而不是如何反映。"[2]外在论模式还表现在勃兰兑斯常常离开文学而大谈哲学、宗教、政治，将许多非文学作品也当成研究的主要对象，而不是当做背景材料处理，一写就是洋洋万言（如第三部分梅斯特尔）。

另外，他的心理主义分析模式本身具有一定的形式分析色彩。但是，勃兰兑斯却将对作家的个体心理分析引导到了社会心理分析的层面。因此，他的心理主义分析模式在批评中就常常出现一种形式与内容的撕裂。外在论（他律论）模式必然导致文学时期与文学类型划分上的失重。例如，法国流亡文学与反动文学之间的时期与类型划分的标准，是观念性、思想性的标准，并非文学形式自身的标准。表现在流亡文学中的对18世纪的反动，被认为是情感原则对理智原则亦即卢梭对伏尔泰的反动；而19世纪初的文学则宣扬理性原则，以此反对过去的一切原则，包括情感原则。这种划分标准就文学史而

1　陶东风：文学史与思想史[J]，学术研究，1991（4）。
2　陶东风：文学史与思想史[J]，学术研究，1991（4）。

言至少是片面的。因为它不是以艺术的整体风格（包括形式层面和思想层面）而是以思想观念的特征为依据的，它所揭示的只是思想演进的轨迹而不是风格演进的轨迹。

我们知道，风格的演进除了包含思想因素外，更应包括风格的另一内在成分——形式。而勃兰兑斯时代，对历史文化内容的关注是文学批评的主流，而对形式的分析则相对较少关注，因此，勃兰兑斯的文学批评，虽然已有部分内容涉及形式主义边缘，但始终没有真正迈进这道门槛。

二、批评的实证与印证

由于勃兰兑斯上述一些认识上的游移，因此就形成了怎样确定文学批评边界的问题。

勃兰兑斯模糊了文学批评的界线，将其引上了社会批评的轨道，因此，他的文学批评形成这样一种格局：他对某个文学家的批评，从文学出发，却最终不局限于文学，甚至大大超过了文学的界限。这样，文学批评就不知不觉转化为文化历史批评。

他有一个显然是大可质疑的看法：作家与作品是可以画等号的，作品中的主人公就是作家的化身。这实际上就是说：作品都是作家的夫子自道和自我写照，都是自传，因而理解了作家就等于理解了作品。

这样推导的结果便是：作家生平材料对于理解作品的意义从必要条件变成了充分条件。所以，在《19世纪文学主流》中，我们经常可以看到非常武断的判断。

同对其他所有作家的代表作品的精读一样，勃兰兑斯对诺瓦利斯的小说《海因利希·封·奥尔特丁根》作了精致也很精彩的分析。比如他认为诺瓦利斯丰富了德国浪漫主义的内涵，将浪漫主义由描绘“没有了渴望、没有意图的沉闷性格”的消极浪漫主义导向“憧憬”的积极浪漫主义。认为在诺瓦利斯的这部作品中，“蓝花”就代表了浪漫主义的这种积极方向。这些分析，无疑都是十分精彩的，闪耀着一个批评家的睿智之光。

但是，勃兰兑斯在进行精致的分析时，却总是忘不了他的心理主义分析模式，并且将这种心理模式生硬地套用到作家和作品人物分析中。他断言，《海因利希·封·奥尔特丁根》的主人公就是诺瓦利斯，主人公的双重爱情就是诺瓦利斯本人的双重爱情[3]。

同样的情况也出现在对夏多布里昂的分析中。在精细的分析后，勃兰兑斯最终得出结论：夏多布里昂的小说《勒奈》的主人公就是夏多布里昂。阿美莉对于勒奈的爱情就是作者的姐姐路西对作者的爱情。对作者生平的介绍干脆与对小说主人公的分析交替进行、互相印证，“在描绘这些特点时作者不过是在描绘自己的性格[4]”。

这样，勃兰兑斯很显然陷入了一种迷局。他没有区分作家和作品主人公，而将两者等同起来；他没有将作家的生活与他所反映的生活区别开来，而将两者等同起来；他没有将生活和艺术区分开来，而将两者等同起来。这对一个批评家来说，无疑是一种走火入魔似的偏执。

正如陶东风先生所言，“这使得勃兰兑斯的文学批评模式带上了一种新的实证论色彩：以作家实证作品，反过来又以作品实证作家，加上他还没有完全摆脱环境决定论和社会时代决定论，因而作家——作品——环境就串成了一条具有决定论和实证论色彩的链条”[5]。

值得注意的是，勃兰兑斯对自己理论上的阿喀琉斯之踵有着良好的自我矫正能力。勃兰兑斯并未始终恪守他的实证论立场，而是对实证论立场进行比较符合实际的调整，以印证自己的观点，从而使得实证和印证相结合，使实证批评方法具有更大的张力。

他对司各特的分析便是如此。

他用了较长的篇幅来回顾作家生平，指出作家的基本彳 顷向。如他指出司各特在政治观点上是极端排斥、不相信英国国教的，但作为一个作家，却又能不抱偏见地以一个犹太人作为作品主人公并赋予她理想的性格，这更加令人钦佩[6]。

再如分析德国浪漫派作家阿妮姆。勃兰兑斯认为尽管他是一个浪漫主义作家，但“从他的私生活来说，他没有一点浪漫主义的气味”，相反，“他

3 勃兰兑斯：19 世纪文学主流：第 2 分册[M]，刘半九译，北京：人民文学出版社，1997：196。
4 勃兰兑斯：19 世纪文学主流：第 1 分册[M]，张道真等译，北京：人民文学出版社，1997：33。
5 陶东风：文学史与思想史[J]，学术研究，1991（4）。
6 勃兰兑斯：《19 世纪文学主流》第 4 分册，徐式谷等译，（北京）人民文学出版社，1997 年版，第 131 页。

是一个身心健康的人，一个明理懂事的农民，一个老成持重的新教徒和普鲁士人”[7]。显然，勃兰兑斯将作家的私生活、个人气质与其作品风格看成是统一的、一致的。但是当事实与他的观念不相符合时，难能可贵的是勃兰兑斯将实证观念调整过来，进行实事求是的分析。

因此，我们便能发现：作为传记作家，勃兰兑斯常从特殊的事实出发而不是从理论模式出发，发现了许多超出模式范围的特殊现象，从而淡化了实证主义的色彩。这时，他常常采用印证的方法来进行批评。他将作家生平与作品的不一致看做对于他自己的自传论的自我批评。

另外，对于环境与作家个体的不一致，他也大多能调整批评方法，通过绵密的分析，作出较为准确的结论。如关于济慈，勃兰兑斯以浪漫诗人的语调来描写他，字里行间可以看出一种对天才的崇拜。他对济慈的分析是非常准确到位的。比如他不仅指出了济慈超人的想像力，认为“他的诗是一种纯艺术，除去凭借想象力之外别无其他来源”[8]，而且指出他这种纯艺术之所以成功的重要准则：“济慈对理论和原则抱着一种诗人风度的漠不关心，这本身就是_种理论和原则——是一种基于以诗人的眼光膜拜大自然的哲学。在一个贯彻始终的泛神论诗人看来，这人世生活的一切表现、一切形态和一切姿容都是宝贵的，而且全都同等地宝贵。”[9]“他生而具有若干特殊的禀赋，这些禀赋结合在一起并达到充分发展的地步，就构成了感知与再现一切自然美的登峰造极的能力。[10]”

这些分析我们认为是非常准确、切合济慈的诗歌创作实际的。而对于济慈生活环境与作品之间的不一致，勃兰兑斯也进行过讨论。操持实证批评法则的勃兰兑斯没有穷究这种矛盾性，而是较为合理地调整到对作品的精细研读上来，从而得出结论：“我们看到，一些特别纤柔娇嫩的有机体，却往往出现在最不适合它们存在的外部环境里，并在几乎得不到周围环境任何帮助

7 勃兰兑斯：《19世纪文学主流》第2分册，刘半九译，（北京）人民文学出版社，1997年版，第216页。

8 勃兰兑斯：《19世纪文学主流》第4分册，徐式谷等译，（北京）人民文学出版社，1997年版，第150页。

9 勃兰兑斯：《19世纪文学主流》第4分册，徐式谷等译，（北京）人民文学出版社，1997年版，第151页。

10 勃兰兑斯：19世纪文学主流：第4分册·徐式谷等译·（北京）人民文学出版社，1997年版，第43页。

的情况下发展成长。而济慈正是这样一个例子。[11]”

这个判断的依据是，济慈生活的局促，尤其是他深深的病痛，并没有泯灭他的理想和追求，他生活中的种种不堪并没有影响他自然主义的讴歌。

所以，从这些批评实践来看，勃兰兑斯忠于实证，但又能跳出实证的框架，以旁证的方式去映证自己精细而激情澎湃的批评。

三、批评的坚守与妥协

正如很多论者所指出的，从艺术哲学的角度来讲，勃兰兑斯师承了泰纳的艺术“种族、环境和时代”三因素论。勃兰兑斯将这种理论吸纳转化为自身营养，在各种文艺批评实践中进行了生动而有创见的发挥。

但是，我们也应看到，在《19 世纪文学主流》这部皇皇大著中，作者的主观意图和客观批评实践之间充满了内在的紧张。

作者主观上尊重那些“科学实证”了的事实，但事实上，正如勃兰兑斯所说，“我的工作便是追溯每一种心情、情绪或者憧憬，把它列入它所属的某一类的心理状态里去”[12]。这样做的结果是，他对作家创作时的社会文化心理，尤其是作家个人情性的分析异常精准、到位，但却掉入一个理论的吊诡状态中：他在分析某部具体的作品时，往往把人物形象看做所谓“普遍人性”的某个方面（例如吝啬、贪婪、嫉妒之类）的体现者，而不可能把它同产生这一形象的社会制度和社会阶级联系起来，进行真正的科学研究。他以浮泛的印象取代了对作品的具体分析，把 19 世纪前期的欧洲文学描述为一场进步与反动的斗争，也是采取了一种相当简单化的做法。应当认识到，文学史的演变远比所谓“进步与反动的斗争”复杂得多，具体到作家作品更需要作细致的分析；勃兰兑斯过分强调了文学与政治斗争的联系，以致忽视了这样一个事实，即文学的演变有其自身的规律，与政治斗争和社会变迁并不是一种直接的因果关系。所以勃兰兑斯所坚称的“科学”、“实证”精神，在他的实际运用过程中是打了一定折扣的，他的人性论观念以潜意识的形态深深地影响了他的“科学”判断，从而使他不自觉地陷入对“普遍人生”的追溯中，而渐渐背离了他的批评初衷。这是其一。

11 勃兰兑斯：《19 世纪文学主流》第 4 分册，徐式谷等译，（北京）人民文学出版社，1997 年版，第 143 页。

12 勃兰兑斯：《19 世纪文学主流》第 1 分册：出版前言·（北京）人民文学出版社，1997 年版，第 2 页。

我们注意到，勃兰兑斯还承袭和发展了圣伯夫的文艺观，认为文艺作品不外乎作家的自传状。因此，在《19世纪文学主流》中，勃兰兑斯对一些具体作品的分析特别注重从作家的传记入手。在勃兰兑斯笔下，人物有时简直成为作家的自我写照，而情节则几乎等于作家个人经历的忠实复制。

应该说，勃兰兑斯的这种批评方法，创新了文艺批评的空间和内涵，使得文艺批评方向从大而无当的社会批评转而投向作家的内部心理结构，在一定的范围和程度上为文艺批评拓展了一条新的路径。

然而，勃兰兑斯在对作家进行自传研究时却忽视了一个基本原理：文艺创作的虚构性和真实性的张力。作家创作时固然要真实表现自我，但更多的时候是超越自我，走向更为宽广的创造性空间。我们当然不能完全否认作家在创作中所流露的自传成分，但是一言以蔽之的“自传说”显然低估了文艺创作的概括性和人物性格的典型性意义。这样，在“自传性”和“创造性”、“虚构性”的问题上，勃兰兑斯陷入一个深刻的陷阱中。此其二。

如前所述，勃兰兑斯从社会进化论的观点出发，认为文学的主要动因是进步与反动的斗争。而他的文学批评正是依据这样一个价值标准展开的。所以，他对法国浪漫派的批评，对德国浪漫主义的评析，虽然都秉承泰纳和圣伯夫的理论教诲，力图对各种文学现象和文学思潮进行“科学”、“实证”的研究，但在具体的批评实践上，他大体上仍是按照“进步”与“反动”的价值尺度来展开的。

这样，勃兰兑斯在批评实践中就会遇到两个难题：一方面，坚守“科学”、“实证”的客观批评标准，但在具体的批评对象身上却很难客观；另一方面，“进步”和“反动”实际上都是一种判断，难免带有主观色彩，其标准事实上难以规定。

比如对夏多布里昂的批评就存在着这么一种矛盾性。勃兰兑斯和当时欧洲绝大部分知识分子一样，反对革命的暴力行动，所以他对法国雅各宾派党人革命和拿破仑的第一帝国一概都是批评的。而这种态度，影响了他对夏多布里昂的判断。众所周知，夏多布里昂是第一帝国和雅各宾派专政的坚决反对者，而对波旁复辟王朝是持欢迎态度的，他是复辟之后所谓“思想自由”的竭力鼓吹者，在思想上，是属于典型的保守主义者。由于对“暴力革命”操相同态度，勃兰兑斯对夏多布里昂的批评明显是温和的，是不痛不痒的，更多的时候是以赞美的眼光来赋予他的作品以意义。对作为“流亡者”的夏多布里昂，勃兰兑斯对其“思想自由”寄予了无限的同情。应当说，这些地方都不免背离了勃兰兑斯的文学进化论观点，也背离了他把文学视作进步与反动的斗争这一主导精神。此其三。

后殖民语境中的中国文学言说

在相当长的一段时间内，“文学的世界性”概念外延甚窄，其实只是局限在西方文学体系内部。由于政治、经济乃至军事等方面的原因，导致了西方中心论和殖民主义的统治地位。因此，“文学的世界性”实质上抹煞了亚、非、拉各民族文化的根本特色。西方文艺家站在西方中心地位，对边缘文化采取一种或者不屑一顾或者轻描淡写的态度，以一种明显的优越感来判断东方文化，对东方文化的发展指手划脚。比如法国著名文艺批评家洛里哀（FredericLoliee）就曾对未来的世界文学大趋势作出预测：

西方之智识上、道德上及实业上的势力业已遍及全世界。东部亚细亚除少数偏僻的区域外，业已无不开放。即使那极端守旧的地方也已渐渐容纳欧洲的风气……从此民族间的差别将渐被铲除，文化将继续它的进程，而地方的特色将归消灭。各种特殊的模型，各种特殊的气质必将随文化的进步而终至绝迹。到处的居民，将不复有特异于其他人类之处；游历家将不复有殊风异俗可以访寻，一切文学上的民族的特质也都将成为历史上的东西。总之，各民族将不复维持他们的传统，而从前一切种姓上的差别必将消灭在一个大混合体之内一这就是今后文学的大趋势。”[1]

我们且不论洛里哀的这种预测的准确性与否，光从其字里行间就能读出不少欧洲（西方）人溢于言表君临天下的优越感。他的这种预测，是以磨合世界各民族文学的特性以衔接以欧洲为中心的世界文学”为代价的。实质上还是一种对其它弱势文化的强暴。

1 洛利哀：《比较文学史》傅东华译，上海书店 1989 年版，第 352 页。

这种理论盛极一时，一方面滋养了西方中心主义盲目的位尊之感，从而导致了对边缘文学的排斥与泯灭；一方面造成了边缘文学的自卑感，从而形成极度情绪化的对西方文学的反感和对立。这对世界文学的发展是极为不利的。

近代以来，由于西方对中国进行的直接的政治犀事、经济等方面的侵略，给中国文学抹上了一层厚厚的阴影。接踵而至的鸦片战争、甲午风云、八国联军及日本侵华，在给中国人民造成巨大物质损害的同时，也造成了中国文化严重创伤。“在权力与意志的压迫下，中国文学也无形中受到西方中心权力话语”的某种支配和制约。中国文学未及中心而又边缘，被逐出中心话语之外，从而形成一个相对封闭的体系。

中国文学是一个相对自足的系统，无论是文艺创作还是文艺理论都有一套自己的言说方式。自《诗经》至《红楼梦》，由“诗言志”到“天人合一”，自古至今，中国文学从理论到实践都有自己独特的审美范畴和理论视阈，都有自己独特的表达方式和言说规则。

中国文学与西方文学中心物二分、主客对置的审美倾向迥异其趣，二者在一定的程度上存在一道融合的壁垒。在很长的一段时间内，中国文学在自足的系统中自生自长，拒斥（实际上也不可能）与外界的接触。

五四运动以来，中国文学这种相对自足的形势有所突破。中国文学在进行改良与革新的同时，力图符合世界潮流。但是中国文学在追逐西方文学潮流时，却发现西方文学在渺视自己，轻贱自己。中国文学在作着向心的努力时，西方文学却存在着离心的力量。特别是新时期文学以来，这种情形更是突出。创作上，我们引进了五花八门的流派。荒诞派票色幽默、新小说……我们目不暇接的同时，也感到了一种眩感和迷失；理论上，我们更是兼收并蓄，包罗万象。现代主义、后现代主义、后后现代主义……形形色色的主义潮涌而至，将我们弄得晕头转向的同时又构成了一种话语的威胁。我们固有的文艺体系一夜之间不灵了，不适用了。我们曾经相对自足的理论体系也似乎那么不堪一击，要不被人深刻化了，要不就是被人早就言说了。闹了半天，我们只不过在人云亦云而已。一句话，我们的文艺体系被西方话语遮蔽了。这样，我们在五色杂陈的西方文艺面前，就难免表现出一种茫然的心态：要么躲进小楼成一统，罗罗索索地自说自话；要么置身纷繁喧闹中凄凄切切，哑口无言。

因此，西方文学凭籍其自身文学和文学之外的原因而取得文学的话语权力。它的言说就构成了西方中心主义，它的话语就构成了西方中心话语。而东方（中国）文学却正是因为这种原因而失去了言说的自由。在这种情势下，中国文学的尴尬局面就无可避免地形成了。

西方中心主义对东方文化（文学）的遏制和扼杀，长期以来不仅引起了来自东方文化（文学）的抗争，也引起了西方主流文化内部一些有识之士的警觉和反思。尤其是近年来，一股反思西方中心主义，力图突破西方中心论和殖民主义意识，重新审视和打量东方文化的社会思潮不约而同地在西方各国涌现，最近一段时间以来更是蔚然成风。这也许是二十世纪即将过去时期形成的一道特有文化风景。

这道风景中最引人注目的亮点就是后殖民主义理论的崛起。

后殖民主义又称东方主义。它并无严格的概念界定，也有人称之为文化帝国主义”等。这个术语来源于美籍学者爱德华·赛伊德（Edward W Said）所提出的学说。赛伊德将法国社会学家福柯（Micheal Foucault）的知识与权力关系的机制转化理论引进到后殖民时代的文化讨论中。他认为西方（尤指欧美）的自我中心意识通过知识的生产将被殖民者（东方各国）构成它者，以作自我肯定。这种表现又因为西方的文化霸权而不断被重构，从而使他者终于湮没在西方的话语之中并为其所取代。赛伊德的这种理论一经提出，立即引起了西方文化界的反热潮。几乎与赛伊德同时，G，斯皮瓦克（Gayatri Spivak）等理论家都从不同的维度对这种理论进行了进一步的充实完善。

很显然，后殖民主义理论是西方人对自身文化恣意歪曲和贬低其它民族文化的自我批判，是对自身文化的一种深刻内省和反思。其实，这种理论也并非空穴来风，而是有着悠长的思想渊源的。虽然在西方中心主义占主导地位的前殖民时代，它的声音微弱，但它从未真正地缄默过。以圣经为特征的西方基督教文化本身就孕含某些东方主义色彩，而启蒙时期法国的伏尔泰、德国的莱布尼兹都发出过东方主义的热切的呼声。他们对自身文化进行研究的同时，观照东方（主要是中国）文化，对西方文化提出了最初的质询。后殖民主义理论只不过是这种呼声的悠远回响而已。

这种对西方中心主义的批判，正象意大利文艺理论家罗马知识大学的阿尔蒙多·尼兹（Armando Gnisci）教授所说的，关系到一种自我批评，以及对他人的教育、改造的“苦修（askesis）”，它只有通过比较、倾听他人，以他人的视角看自己之后，才能实现。[2]”要做到这一点，对一向持有优越感和权力意志的西方知识分子来说，并不容易，除了靠自我批评外，还要靠对方合作和善意。所以尼兹教授称其为“苦修”——一种丢掉某种权力和优越性，以适应它者”话语的脱胎换骨的修炼”。

由文化上的东方主义而向文学上的东方主义转变似乎是一种顺理成章的过程。在这股社会思潮的影响下，文学中的东方主义倾向也越来越明显。这种新的认知方式越来越广泛地运用在文学创作和文学研究中。这一方面导致了西方作家东方题材创作的泛滥，异域情调和神秘色彩成了西方作家追逐的时尚；更重要的是用东方主义思想来研究文学文本，一系列的新发现，使得西方文学研究家们惊诧不已。比如说赛伊德在文化与帝国霸权主义的研究中，重新审视西方文学，就有许多令人惊讶却又不得不让人击节三叹的发现。例如奥斯汀的《傲慢与偏见》一书被看作是描写有关英国乡绅谈情说爱，优雅幽默的范本。但是在赛伊德后殖民主义理论的观照下，它却与帝国的殖民扩张理论有关。因为作品的第一句话凡是有财产的单身汉，必定需要娶位太太，这已经成了一条举世公认的真理”，与殖民者基乐南（V-G-Kiernan）年轻的国度觊覦世界上某个丰盛之地，而男青年则梦想着名誉与金钱”的名言有着一种内在联系：太太——男青年——名誉、金钱——帝国——海外庄园，实质上说的是一回事。这种联系在奥斯汀的潜意识里是被当作真理来接受的。再如康拉德的小说《黑暗的心》。传统的说法是小说深刻地表现了文明人与蛮荒环境中的内心冲突。但在“东方主义”理论解剖下却隐含“殖民主义”主题：欧洲人对非洲（“黑暗”）的帝国意志及实际操纵演习。用东方主义的理论来阅读欧洲小说我们对但丁、莎士比亚等经典作家都可以作出重新审视，更不用说象笛福等本来就具有殖民色彩的作家一见，东方主义理论的涵盖面几乎无所不在。

在后殖民时代，持有上述见解的西方思想家和文艺家不在少数。它与东方文学的寻根”追问”浪潮一拍即合，由隐而显，由次而主，在二十世纪接近尾声的世界各国渐成气候，从而形成一股世纪末最具代表性的思潮。世界各国文学创作和文学研究借助这股社会思潮开拓了一个全新的视野，形成了一种簇新的态势。

2 阿尔蒙多·尼兹：《作为非殖民化学科的比较文学》、《中国比较文学通讯》，1996年第1期第5-6页，罗湉译。

在这种全球性的后殖民语境中，中国文学在走向世界的过程中，该如何发出自己的声音，该如何制定出自己的言说策略？我们以为应从这几方面来考虑

首先，我们要保持文学上高度的民族自信，突破西方中心的历史影响。诚然，在世界文学发展史上，西方各个阶段的文艺运动取得了相当大的成就，这是一个不争的事实。但是我们也要看到：西方出现过但丁、莎士比亚、歌德、普鲁斯特、伊斯……，我们也有过屈原、关汉卿、曹雪芹、鲁迅、巴金……；西方有过《神曲》、《浮士德》《尤利西斯》……，我们也有过《诗经》、《楚辞》、《红楼梦》、《阿Q正传》……，我们的文学也有值得我们骄傲的地方。古代是这样，近、现代也是这样。我们完全有理由确立自己在世界文学之林中的地位，而不必一味地自惭形秽。这是其一。同时，西方文学有其自身的文化传统和社会哲学基础。西方各阶段的文学成就仅是西方社会阶段性成果，有的甚至可能是阶段性畸形发展的产物，因此，我们不能也不可仿效西方文学，这是其二。正如西方文学是世界文学的组成部分一样，中国文学也是其中不可或缺的内容。中华文化作为人类四大古老文明的硕果仅存者，不仅具有一股文明的超稳定性，还具有一股生生不息的巨大活力。就知性的理性的思维而言，我们也许不及西人，但就感性的具体的审美把握和艺术思维而言，我们的东方式审美思维也许更接近艺术的本质。这是其三。

第二，在世界文化的转型时期，我们也要主动地迎接和把握这样一次机会与挑战，力图发出中华民族文化最美的声音，尽量避免情绪化的言说方式。

在中国文学走向世界的过程中，我们面前常常有着这么两个悖论性的陷阱：要么失掉自信，要么唯我独尊。对于前一种情况的形成原因及其表现形态，我们在前文已经论及，这里谈谈后一种情况。

由于我们长期以来受到西方文学的忽视和扭曲，所以一旦从这种压制下解脱出来，我们首先想到的是如何发扬光大我们固有的传统文化，使其传播四海。而作为文化的重要载体的文学，更应成为开路先锋，成为世界文学的榜样、楷模。这种想法合情合理，无可厚非。但在学理上却极易掉进一个怪圈：与之共生的往往是一种极端的民族情绪。这在前几年有关诺贝尔文学奖的评选、张艺谋电影的议论和去年说不的热潮中可见一斑。在沉醉于这种情绪的人们看来，西方中心的退隐就意味着东方中心的取而代之。过去我们只能崇尚西方经典，依西方文理之说，今天我们就要以东方经典傲视天下。这

种思维方式，从学理上看，无非是在新的时代环境下，对过去西方中心的报复性的反动。是这种错误的另一种形式的拷贝和复制，是一种简单的非此即彼的思维定势的反映。

这种思维倾向的直接后果也是悖论性的。一方面是我们急功近利地要制作大作品，展示中华民族悠久漫长和灿烂辉煌的文化，但是怎样展示这一切却一时找不准方向，于是有的作家艺术家以为三寸金莲、裹脚布、愚昧荒唐的婚俗就是中国古老文明的象征，因而在作品中大加展览。殊不知这又落入了西方中心主义者的陷阱，满足了西方人对神秘蒙昧国度的好奇心，从而映衬出他们的优越感；另一方面是我们某些真实展示了民族风情、民族文化（当然也包括某种落后甚至愚昧）的作品受到了怀疑和指责。如有的学者对张艺谋电影本文重新进行解读，认为张艺谋电影屡屡从西方讨来说法的神话，正是由后殖民语境这个隐身的导演所一手炮制。张艺谋靠的正是寓言化的中国形象，空间化、符码化、脱离中国历史连续体、异国情调等等，投合了西方中心权威话语，而受到它的首肯和青睐的。[3]我们认为，这种批评看似很有道理，实则是一种文化心理虚弱的表现。

这样，我们就无可避免地形成了一种无所适从的情状。这种情绪化的言说方式，对于繁荣我们的文艺创作，形成中国文学走向世界的新格局是极为不利的。

第三，我们要超越中心话语，追求权威话语。我们认为，在世界走向一体化的今天，东西方文化的遭遇已经是一个毋庸置疑的事实。要在这种后殖民语境中真正发出自己的声音，我们不应跟在西方中心背后人云亦云，任其权力意志颐指气使，也不应用自己的所谓民族寓言”来博得他者的欢心，以获取他者的同情和重视，而应寻求一种超越东西文化之间的桥梁。它既不是西方中心权力话语，也不是我们的内心独白和自说自话，而应是建立一种东西方真正在平等基础上的纯科学的溶观的描述性”对话。即：超越中心话语，建立权威话语。只有这样，中国文学才能发出最动听最悦耳的声音。

3 参见王一川：《谁导演了张艺谋神话》，《民族寓言与超越寓言战略》，《文艺研究》1994年第1期。

参考文献

一、中文部分

A

1. 艾柯等著：诠释与过度诠释[M]，王宇根译，三联书店，1997。
2. 艾恺：最后的儒家——梁漱溟与中国现代化的两难[M]，王宗昱、冀建中译，江苏人民出版版社，2004。
3. 艾田伯：比较文学之道，艾田伯文论选集[M]，三联书店，2006。
4. 安东尼·吉斯登：现代性的后果[M]，田禾译，译林出版社，2000。
5. 安敏成：现实主义的限制[M]，姜涛译，江苏人民出版社，2001。
6. 安德森：想象的共同体[M]，吴睿人译，上海世纪出版集团，2003。

B

1. 鲍曼：立法者与阐释者[M]，洪涛译，上海人民出版社，2000。
2. 布尔迪厄：文化资本与社会炼金术[M]，包亚明编译，上海人民出版社，1997。
3. 布尔迪厄、康华德：实践与反思[M]，李猛等译，中央编译出版社，1998。
4. 本雅明：发达资本主义时代的抒情诗人[M]，张旭东等译，生活·读书·新知三联书店，2007。
5. 勃兰兑斯：十九世纪波兰浪漫主义文学[M]，成时译，人民文学出版社，1980。

6. 勃兰兑斯：尼采[M]，安延民译，工人出版社，1985。

7. 勃兰兑斯：法国作家评传[M]，侍桁译，国际文化服务社，1951。

C

1. 陈永杰著：现代新儒家直觉观考察：以梁漱溟、冯友兰、熊十力、贺麟为中心，中国出版集团东方出版中心，2015 年。

2. 曹顺庆：中外比较文论史[M]，山东教育出版社，1998。

3. 曹顺庆：中西比较诗学[M]，北京出版社，1998。

4. 曹顺庆：比较文学学科理论研究[M]，巴蜀书社，2001。

5. 曹顺庆：比较文学论[M]，四川教育出版社，2002。

6. 陈建华："革命"的现代性——中国革命话语考论[M]，上海古籍出版社，2000。

7. 程正民、程凯：中国现代文学理论知识体系的建构[M]，北京大学出版社，2005。

D

1. 达尔文：物种起源[M]，周建人、叶笃庄、方宗熙译，商务印书馆，2005。

2. 丁文江、张君劢：科学与人生观[M]，上海亚东图书馆，1923。

3. 段怀清编：新人文主义思潮——白璧德在中国[M]，江西高校出版社，2009。

4. 段怀清：白璧德与中国文化，首都师范大学出版社，2006。

5. 段怀清：传统与现代性——思想与时代文选，浙江大学出版社，2007。

6. 段怀清：苍茫谁定东西界——论东西方文学与文化，浙江大学出版社，2012。

E

1. 伊格尔顿：文学原理引论[M]，文化艺术出版社，1987。

F

1. 福柯：知识考古学[M]，谢强等译.三联书店，1998。

2. 福柯：疯癫与文明[M]，杨远婴译，三联书店，1999。

3. 福柯：规训与惩罚[M]，刘北成、杨远婴译，三联书店，2003。

G

1. 郭颖颐：中国现代思想中的唯科学主义（1900-1950）[M]，雷颐译，江苏人民出版社，1990。
2. 郭志刚、李岫：中国三十年代文学发展史（1930-1939）[M]，湖南教育出版社，1998。
3. 葛桂录：雾外的远间——英国作家与中国文化[M]，宁夏人民出版社，2002。
4. 甘阳：古今中西之争[M]，生活 · 读书 · 新知三联书店，2006。

H

1. 哈贝马斯：交往行为理论[M]，曹卫东译，上海人民出版社，2004。
2. 哈耶克：科学的反革命[M]，冯利克译译林出版社，2003。
3. 黑格尔：美学[M]，朱光潜译，商务印书馆，1979，儒学与现代视域：中国与海外。
4. 黄卓越：河南大学出版社，2009。
5. 何锡蓉：佛学与中国哲学的双向构建.上海社会科学院出版社，2004。

J

1. 季广茂：意识形态视域中的现代话语转换与文学观念嬗变[M]，北京大学出版社，2005。
2. 金丝燕：文学接受与文化过滤[M]，中国人民大学出版社，1994。
3. 姜智芹：文学想象与文化利用：英国文学中的中国形象[M]，中国社会科学出版社，2005。
4. 金元浦：接受反应文论[M]，山东教育出版社，1998。

L

1. 雷纳 · 韦勒克：近代文学批评史（中文修订版 · 1-8 卷）[M]，杨自伍等译，上海译文出版社，2009。
2. 乐黛云，勒比松：独角兽与龙——在寻找中西文学普遍性中的误读[M]，北京大学出版社，1997。
3. 鲁迅：鲁迅全集 1-18 卷（G），人民文学出版社，1981。

4. 罗钢：历史汇流中的抉择——中国现代文艺思想家与西方文学理论[M]，中国社会科学出版社，2000。
5. 李何林：中国文艺论战[M]，东亚书局，1930。
6. 李何林：关于现代中国文学[M]，新文艺出版社，1957。
7. 李泽厚：中国思想史论[M]，安徽文艺出版社，1999。
8. 李夫生：现代中国文论中的马克思主义话语，湖南人民出版社，2010。
9. 李夫生：理解与误读—百年中国西方文论接受史中的“勃兰兑斯现象”研究，湖南大学出版社 2013。
10. 林安梧：儒学革命：从“新儒学”到“后新儒学”[M]，商务印书馆，2011。
11. 刘黎红：五四文化保守主义思潮研究[M]，中国社会科学出版社，2006。
12. 卢卡奇：历史与阶级意识[M]，杜章智等译，商务印书馆，1992。
13. 刘禾：跨语际实践——文学，民族文化与被译介的现代性（中国，1900-1937）[M]，宋伟杰等译，生活读书新知三联书店，2002。
14. 罗兹曼：中国的现代化[M]，“比较现代化”课题组，译.江苏人民出版社，2003。

M

1. 马克思、恩格斯：马克思恩格斯选集[G]，人民出版社，1972。
2. 马克思：1844 经济学——哲学手稿[M]，刘丕坤译，人民出版社，1979。
3. 马以鑫：中国现代文学接受史[M]，华中师范大学出版社，1998。
4. 马泰 · 卡林内斯库：现代性五副面孔[M]，顾爱彬等译，商务印书馆，2002。
5. 迈纳：比较诗学[M]，王宇根等译，中央编译出版社，1997。
6. 美国《人文》杂志社，生活 · 读书 · 新知三联书店编，多人译，人文主义-全盘反思[M]，多人译，生活 · 读书 · 新知三联书店，2006。

N

1. 倪正芳著：拜伦与中国[M]，青海人民出版社，2008。

O

2. 欧文·白璧德：民主与领袖[M]，张源、张沛译，北京大学出版社，2011。
3. 欧文·白璧德：文学与美国的大学，张沛、张源译，北京大学出版社，2011。
4. 欧文·白璧德：卢梭与浪漫主义，孙宜学译，河北教育出版社，2003。
5. 欧文·白璧德：法国现代批评大师，孙宜学译，广西师范大学出版社，2002。

P

1. 潘温亚：追寻文学流变的轨迹[M]，人民出版社，2009。
2. 卜松山：与中国作跨文化对话[M]，刘慧儒等译，中化书局，2003。
3. 广西师范大学出版社，2002。

Q

1. 钱穆：现代中国学术论衡[M]，生活读书新知三联书店，2005。
2. 钱中文等：自律与他律[M]，北京大学出版社，2005。
3. 钱理群、黄子平、陈平原：二十世纪中国文学三人谈[M]，北京大学出版社，2004。

R

1. 饶芃子：比较诗学，陕西师范大学出版社，2000。

S

1. 沈卫威：民国大学的文脉，人民文学出版社，2014。
2. 沈卫威：吴宓与《学衡》，河南大学出版社，2000。
3. 孙乃修：屠格涅夫与中国——二十世纪中外文学关系研究[M].学林出版社，1988。
4. 塞缪尔·亨廷顿：文明的冲突与世界秩序的重建，新华出版社，2009。
5. 赛义德：东方学[M]王宇根译，三联书店，1999。
6. 赛义德: 赛义德自选集[G]谢少波、韩刚等译, 中国社会科学出版社, 1999
7. 赛义德：文化与帝国主义[M]李琨译，三联书店，2003。

T

1. 唐文明：隐秘的颠覆：牟宗三、康德与原始儒家[M]，生活·读书·新知三联书店，2012。

W

1. 吴小鸥：文化拯救——近现代名人与教科书，商务印书馆，2015。
2. 王晓路：中西诗学对话——英语世界的中国古代文论研究[M]，巴蜀书社，2000。
3. 王元化：文心雕龙创作论[M]，上海古籍出版社，1979。
4. 韦勒克、沃伦：文学理论[M]，刘象愚等译，江苏教育出版社，2003。
5. 韦斯坦因：比较文学与文学理论[M]，刘象愚译，辽宁人民出版社，1987。
6. 沃尔夫冈·伊赛尔：阅读行为[M]，金惠敏等译，湖南文艺出版社，1991。

X

1. 学衡（全16册），江苏古籍出版社，2008。
2. 许宁：理学与现代新儒学[M]，长春出版社，2011。

Y

1. 伊格尔顿：二十世纪西方文学理论[M]，伍晓明译，北京大学出版社，2011。
2. 姚斯等：接受美学与接受理论[M]，金元浦译，辽宁人民出版社，1987。
3. 姚思、霍拉勃：接受美学与接受理论[M]，周宁等译，辽宁人民出版社，1987。
4. 杨冬：文学理论——从柏拉图到德里达[M]，北京大学出版社，2009。
5. 叶维廉：寻求跨中西文化的共同文学规律[M]，北京大学出版社，1986。
6. 余英时：中国思想传统的现代阐释[M]，江苏人民出版社，2003。
7. 余虹：中国文论与西方诗学[M]，三联书店，1999。
8. 俞兆平：现代性与五四文学思潮[M]，厦门大学出版社，2002。
9. 颜炳罡：整合与重铸：牟宗三哲学思想研究，北京大学出版社，2012。
10. 乐黛云：比较文学原理新编[M]，北京大学出版社，1998。
11. 乐黛云：比较文学与比较文学十讲[M]，复旦大学出版社，2004。

Z

1. 朱寿桐：新人文主义的中国影迹[M]，中国社会科学出版社，2009。
2. 张灏：梁启超与中国思想的过渡（1890-1907）[M]，崔志海、葛夫平译，江苏人民出版社，1995。
3. 张源：从“人文主义”到“保守主义”——《学衡》中的白璧德[M]，生活·读书·新知三联书店，2009。
4. 张意：文化与符号权力：布尔迪厄的文化社会学导论[M]，中国社会科学出版社，2005。
5. 郑澈：英语世界的胡适[M]，中国社会科学出版社，2016。
6. 郑师渠：在欧化和国粹之间[M]，北京师范大学出版社，2001。
7. 蔡尚思编：中国现代思想史资料简编第1-5辑，人民出版社，1982-1983。

二、英文部分

（一）英文基本网络资源和相关刊物

1. http://www.google.com.hk/
2. http://deepblue.lib.umich.edu/index.jsp
3. http://en.wikipedia.org/wiki/Georg_Brandes
4. http://www.kirjasto.sci.fi/brandes.htm
5. Comparative literature Studies. The Pennsylvania State University Press.
6. Comparative Literature. University of Oregon, Eugene.
7. Contemporary Literature. The University of Wisconsin Press.
8. Studies in 20th & 21st Century Literature. Dept. of Modern Languages, University of Nebraska-Lincoln.

（二）英文著作

1. Gorge Lukacs, The Theory of The Novel, The Merlin Press Ltd., 1988.
2. Harold Bloom, The Anciety of Influence — A Theory of Poetry, Oxford University Press, 1997.
3. Harold Bloom, The Western Canon — The Books and School of the Ages, Harcourt brace and company, 1994.

4. Owen Stephen, Traditional Chinese Poetry and Poetics, Omen of the World. The University of Wisconsin Press,1985.
5. Owen Stephen, Reading in Chinese Literary Thought. Cambridge, Massachusetts: Harvard University Press, 1992.
6. Owen Stephen, An Anthology of Chinese Literature: Beginnings to 1911.New York and London: W.W.Norton & Company, 1996.
7. Rena wellek, A History of Mordern Criticism: 1750-1950, Yale University Press, 1986.
8. Richter.ed. The Critical Tradition: Classic Texts and Contemporary Trends. Newyork, St. Martin's, 1989.
9. Said. the World, the Text and the Critic. Harvard University Press, 1983.
10. Said. Beginnings: Internation and Method. Columbia University Press, 1985.
11. Terry Eagleton, Literary Theroy, an Introduction, Lonton, Blackwell Publishers, 1996.
12. Whitebrook. Identity, Narrative and Politics. Routledge, 2001.

后 记

一

2019 年 3 月 1 日凌晨，当我在电脑上敲完这本书稿最后一行文字时，不禁轻声叹了口气“总算完成了……”便伏在书案上沉沉睡了一觉。

细想起来，对白璧德及其新人文主义及其与中国 20 世纪上半叶中国文化精英这个课题的关注可谓颇有一段历史渊源。2005 年深秋，在四川青城山上的某个民宿前，导师曹顺庆先生指导我们一拨博士生讨论论文选题。我们十来个人挨个谈了自己的想法。有的选题很新潮，想写赛义德和后殖民主义方面的，有的想写身体叙事方面的；有的走传统路线，深耕狄更斯或者泰戈尔及印度文学……，轮到我谈时，我谈了一个大胆的想法——其时，我正痴迷于国际比较文学学会会长张隆溪先生的著作《道与逻各斯》，被其宏大的理论辨析力所吸引。我也异想天开地想模仿张先生，也来个宏大的理论辨异“原型”与“宗经”，将西方文论界正热的“原型”理论与中国古代文论中的“宗经”理论进行一个宏大的追根溯源般的讨论。曹先生果断地否决了我幼稚的想法。所以，这个选题实际上就胎死腹中。

正在我灰头土脸、沮丧灰心之时，曹先生直接了当地给我指了个方向，——梳理中国现代文论中的马克思主义理论话语——对这一课题，我并无兴趣，可在当时情境之下，我也别无选择……

多年以后我重又想起这件事。非常感谢曹师顺庆先生的开悟点醒。若是硬着头皮将那个宏大的理论课题硬做下去，恐怕凭我这愚钝资质，是很难出半点什么成果的。而先生为我指点的另一个选题——马克思主义文论，事实上为我打开了另一扇门。当我一头扎进这个领域后，也感到了一种探索新鲜学问的快乐。因为我从里面发现了一个未曾引起我注意的新天地。这其实何尝不是坐冷板凳所得到的一丝意外的惬意！

因此，我的博士学位论文《中国现代文论中的马克思主义话语（1919-1949)》可以说是从无奈中开始，却在惬意中完成了。意外的是，在进行这篇命题作文式的论文写作时得到了一种研究方法论：即对来自异域文化的一种文艺思潮（马克思主义话语）先进行溯源式的寻根，找寻它是什么时候通过何种路径传入中土的。这是研究的第一步。第二步是，在此基础上，更进一步察究这种外来思潮在传入的过程中发生了哪些变异。这是一种细致的爬梳过程，非常枯燥，有时甚至味同嚼蜡，但其中也有某些乐趣。在进行博士论文的写作过程中，我滋滋有味地流览了马克思主义的很多经典作品。甚至把一些图书馆束之高阁尘封已久的作品搬出来阅读。在大量阅读的过程中披沙拣金般地寻找自己想要的材料。这样的一些笨功夫，却使我收获颇丰。我的博士论文写作也特别顺利。特别值得一提的是，在此论文基础上拓展而成的同名专著，幸运地获得了第14届湖南省社科优秀著作出版资助，顺利地出版了。

得益于这种研究方法的加持，后来，我在申报教育部社科规划课题时，再受此方法的启发，从另一中国西方文论的引进中的个案——勃兰兑斯——入手，开展西方文论中国化的研究。由于有了前述研究的基础和经验，这次的研究就轻松了许多。一是前一次研究的方法论很顶用，因此，研究的途径就少了一些凝神苦思的局促，而有了一种轻车熟路的从容了。而且，上一次的研究过程中积累了许多的未及用完的相关资料，或许可称为研究的“边角余料”，在上一个专题研究中没多少用处，在这个选题中却大有用处。所以，在查找资料上，也不必大费周章，而变得随手得来容易多了。顺便说一句，这次勃兰兑斯这个个案的研究，恰遇世纪转折的历史时期，很多研究者都在自觉不自觉运用“百年”的概念。所以，我也在选题时追逐潮流般地冠上了“百年中国西方文论引进过程中的‘勃兰兑斯’研究”这样略显宏大的定语。

这便是我做第二个选题《百年中国西方文论引进史中的“勃兰兑斯现象”研究》的大致过程。在此，我要特别鸣谢一个心仪已久，却一直无缘得见的学者朱寿桐先生。正是在一次偶尔的流览阅读过程中，读到了朱先生谈勃兰兑斯的一篇论文。我对其细致爬梳和精湛的论述深为折服，引起了我对这个在中国遭遇颇为奇特的西方文论家的特别的兴趣，并不自量力地把他作为我第二本研究专著的讨论对象。借此机会，我再次向朱先生致以诚挚的敬礼！

二

现在您手上所看到的这本小著，是我的学术生涯中写得最为艰苦的一本书。

2012 年，经过长达 6 年之久的反复申报，我的《白璧德的新人文主义与 20 世纪初中国新儒学运动研究》获得国家社科基金一般项目立项。

于是，我率领课题组着手准备研究工作。对课题组成员进行了分工。并紧锣密鼓地进行了开题。开题过程中，专家们提出了许多宝贵的建议，并审定了课题研究的框架题纲。所以，本书的大体脉络依然沿用了我的前两个研究模式，但这次研究我大胆借用了导师曹顺庆先生一直致力于普及的比较文学“变异学”理论。即我们更多地关注在两种理论交汇融合的过程中所发生的种种变异。这或许是我的几本具有“互文性”的小著中最有所不同的部分。

谁知，在写作进行得颇为顺利的时候，一个致命的打击突然袭来，打得我仓皇失措。

2015 年 1 月 8 日，在元旦长假刚刚过去，重新开始上班的第 1 天，写作中的我突然跌倒在工作室，霎那间失去了知觉。等同事们发现时已倒地近三个小时。亲人般的同事见到情形不对，立即拨打急救电话，救护车轰鸣着穿过校园时，人们不敢相信，我怎么一下就不行了？

天无绝人之路！在 ICU 度过了几个命悬一线的昼夜之后，我竟奇迹般地活了下来！医生在检查了我的病情后对家属说，非常严重的脑出血，如果再多出 20 毫升血，或者再耽误两个小时送医院，就可以直接送到火葬厂了……

这样，我在医院一躺就躺了大半年。意识时好时坏，我曾经引以为傲的记忆力急转直下。最要命的是，肢体活动能力严重萎缩。以前双手可以在电脑上盲打，且能键走如飞，速度可与职业打字员媲美。现在则左手完全不听使唤了。一按下键就不能抬起，在屏幕上留下一排排同样的字母……

一度，我曾沮丧、泄气，嗟叹命运的不公。我才刚 50 岁啊，老天就让我变成这样！最伤心时，甚至想到过结束这受限的人生。但最终我还是挺过来了，坚持下来了。

于是，我重又开始了我的艰难写作，把中断了很长时间的写作思路慢慢地恢复了过来。记忆力退化，我就反复做笔记，双手盲打有问题，我就单手慢慢敲，硬是一笔一划地敲出了整本书稿。

由于操作上的笨拙，有时又会有些误操作。一个小小的失误，可能就前功尽弃了。望着大部分心血倾刻之间变成一片空白，那种无望乃至绝望不是正常人体会得到的。

经过数次的希望、绝望转换轮回后，本书的初稿终于在2019年2月的最后一天完成了。几经波折，经多名专家的评审鉴定，同名的国家社科基金课题也终于结题了。

当我好不容易拿到课题的结题证书时，我原以为会百感交集老泪纵横的。但没想到真到那一刻我竟然波澜不惊，异常平静，只是静静坐了一会儿，然后倒头呼呼睡着了，竟然整整半天……

三

在本书的写作过程中，我要特别感谢几个人。一个是前文提及过的朱寿桐先生。朱先生勤勉颖慧，做出过许多扎实的研究成果，他给了我许多启迪和借鉴。我的西方文论接受史研究方法论的形成，就得益于朱先生等学者的学术启迪。可以说，我的这本著作，是站在前人丰厚的学术基础上完成的。我虽然通过他们的研究成果与他们作过无数次的精神交往，但与他们大多未曾谋面，但愿以后有机会面聆这些学界前辈直接的指点和教诲。

另一个需要特别感谢的是这套“比较文学研究丛书”的主编曹师顺庆先生。当曹老师听说了我的这些遭际后，对我嘘寒问暖，表示了极大的关心，得知我正在千辛万苦地跟出版社联系出版事宜时，立即同意将我的这本书稿纳入他主编的“比较文学研究”丛书中，并对修改给予了许多具体而实用的指导。现在想来，曹先生是我学术道路上的贵人，不仅是在我学术迷茫时为我及时指点迷津，更是在学术道路上跋涉艰难时以坚毅的大手拉弟子出于泥沼路途。先生的无尽之恩，当是我前进的无尽动力！

需要说明的一点是，本书能在世界著名的花木兰文化出版社出版，是作者学术生涯的高光时刻。但如前所述，事实上，本书的成书过程有些坎坷。本书是国家社科基金结题论文的基础上修改而成的。由于写作时断时续，所以文体风格也就有些参差不齐。在修改编辑的过程中，又由于在不同的打印社和不同软件、各种输入法之间的辗转切换，所以，无论怎样细心，最终还是难免存在一些错讹。特别是著作附录论文，由于原发表杂志编辑所要求注释方法各不相同，所以在整理录入时，存在的错讹之处更是防不胜防。由于时间关系，最主要是由于作者能力有限，无法作出令人满意的全面准确的订正。这样就为本书预埋下一些遗憾。

最后，感谢与本书直接相关的“杨姓二妹”——杨嘉乐小姐和杨清师妹。杨清师妹是曹老师主编的这套“比较文学研究丛书”的组稿者，与作者的各种联系耐心又细致。在文件传输的过程中，杨清师妹总是不厌其烦地耐心收发。让作者感到安心放心。杨嘉乐小姐系花木兰文化出版社北京联络处的负责人，进入正常编辑流程的书稿作者都由她联络。杨小姐谦逊有礼，指导入微。虽然我与她们两人都还未曾谋面，但线上联络，书为媒介，心言手语，无声胜有声，都是为了丛书早日面世而努力！

李夫生

2021 年 7 月 7 日